KB253545

PANDORA

판도라

류승현 퓨전 판타지 소설
FUSION FANTASTIC STORY

류승현 퓨전 판타지 소설
FUSION FANTASTIC STORY

판도라 1
류승현 퓨전 판타지 소설

초판 1쇄 찍은 날 § 2009년 12월 15일
초판 1쇄 펴낸 날 § 2009년 12월 21일

지은이 § 류승현
펴낸이 § 서경석

편집장 § 문혜영
편집책임 § 정서진

펴낸곳 § 도서출판 청어람
등록번호 § 제1081-1-89호
등록일자 § 1999. 5. 31
어람번호 § 제1-1102호

주소 § 경기도 부천시 원미구 심곡2동 163-2 서경B/D 3F (우) 420-822
전화 § 032-656-4452 팩스 § 032-656-4453
http://www.chungeoram.com
E-mail § eoram99@chollian.net

ⓒ 류승현, 2009

ISBN 978-89-251-2024-9 04810
ISBN 978-89-251-2023-2 (세트)

FUSION FANTASTIC STORY
류승현 퓨전 판타지 소설

1

THE PANDORA COMPANY

PANDORA

판도라

류승현 퓨전 판타지 소설

도서출판
청어람

CONTENTS

작가의 말

오랜만에 새로운 글로 돌아왔습니다.

판도리는 판타지의 세계관에서 문명과 과학

이 발달한 근대풍의 세계를 다루고 있습니다.

화약 병기가 난무하는 전장에 마법과 검이

함께 어우러지는 기묘한 판타지군요.

부디 부담없이 즐겨주시기 바랍니다.

CHAPTER 01
사선의 여신

1

　중대본부는 전선에서 불과 200여 미터 떨어진 곳에 위치하고 있었다.

　그곳엔 무수한 총탄의 격발음과 야포와 박격포가 터지는 소리, 파이어 볼이 지면과 충돌하며 폭발하는 소리가 사방을 진동했다.

　중대본부의 랑스 대위는 초조한 표정으로 미리 준비해 놓은 양은 냄비의 끓는 물과 야전 침상을 번갈아 보고 있었다. 1분 전에 중대의 부상병에 대한 연락이 들어왔다. 중대의 중대장이자 단 한 명뿐인 치유사인 랑스에게 주어진 가장 큰 임무는 다름 아닌 부상병의 치료였다.

"대위님! 왔습니다!"

간이 막사로 중대본부 소속인 레마 하사가 다급히 뛰어들어 왔다.

레마는 의무병이지만 이런 전장에서 중상자에게 그가 할 수 있는 일이라곤 고작해야 상처를 꿰매고 붕대를 감고 진통제를 투여하는 일뿐이었다. 그 이상의 상황이 벌어지면 해결할 실력도 도구도 없다.

하지만 치유사인 랑스는 달랐다.

레마의 뒤를 이어 동료의 등에 업힌 피투성이의 병사가 막사 안으로 들어왔다. 판도라 중대 1소대의 소대장인 크라이 중위였다. 랑스가 소리쳤다.

"좋아! 빨리 침상으로 눕혀! 레마! D1이랑 캄펠 준비해!"

"D1은 앰플 한 개밖에 안 남았습니다, 대위님!"

"이여! 반갑습니다, 대위님! 대위님의 아름다운 얼굴을 보니 죽다가도 정신이 번쩍 나는군요!"

침상에 눕혀진 커다란 덩치의 크라이가 랑스의 얼굴을 보며 반갑다는 듯 왼팔을 들었다. 오른팔을 들지 않은 이유는 팔꿈치 아래가 잘려 나가 없었기 때문이다. 랑스는 피가 철철 흐르고 있는 크라이의 팔꿈치를 보며 아랫입술을 살짝 깨물었다.

"젠장! 중위!"

"네, 대위님!"

"팔 한쪽은 어따 버리고 왔나!"

"그게 말이죠, 필드 잔고가 바닥났는데 마침 근처에 옥수수가 한 발 떨어져서 말입니다!"

크라이는 다른 사람의 이야기처럼 웃으며 말했다. 옥수수는 박격포의 포탄을 말한다. 직격을 맞으면 보병의 중화 필드는 한 방에 박살난다.

랑스는 펄펄 끓는 양은 냄비에 두 손을 1초 동안 담갔다 곧바로 빼냈다. 뜨겁다. 화상을 입을 정도의 열기다.

하지만 이렇게라도 해야 병균이 들끓는 전장에서 소독의 흉내라도 낼 수 있다. 소독용 알코올이 새로 보급되려면 이번 전투가 끝나야 한다. 랑스는 마력을 끌어올려 양손의 자연 치유력을 높이며 한쪽 팔이 날아갔으면서도 잘도 나불대고 있는 크라이에게 다가갔다.

"정신이 말짱한 거 보니 D1은 안 쓰고 치료하겠다, 중위. 괜찮겠지?"

크라이는 아쉬운 듯 쩝 하는 소리를 내며 대답했다.

"그거 한 대 맞으면 확 가는데 말입니다, 대위님. 아파 죽겠는데 그냥 놔주시면 안 되겠습니까?"

"안 돼. 기병이면 기병답게 깡으로 버텨봐."

레마가 가위로 크라이의 상의를 자르자 오른쪽 옆구리에
난 상처가 눈에 들어왔다. 박격포의 파편인지 손가락만 한 쇳
조각 두 개가 옆구리에 박혀 있었다. 조각의 끝은 내장에 닿
았을 것이다. 랑스는 짧게 한숨을 내쉬며 크라이에게 소리쳤
다.

"중위!"

"네, 대위님!"

"참아!"

"크억!"

사정없이 쇳조각을 뽑아내자 크라이가 비명을 터뜨렸다.
랑스는 왼손으로 치유 마법 3번식인 '륭하'를 완성해 상처
세포 조직의 자연 치유력을 활성화시키고, 동시에 오른손으
로 치유 마법 6번식인 '나자할'을 시전해 크라이의 내장에
남아 있는 독성과 이물질을 중화시키기 시작했다.

"대위님, 캄펠 연결했습니다!"

레마가 수액이 든 링거를 크라이의 왼팔에 꽂아 넣고 고정
시켰다. 랑스는 고개를 끄덕이며 크라이의 오른팔 절단면에
어설프게 감겨 있는 붕대를 풀었다. 순간 피가 튀며 랑스의
얼굴을 붉게 적셨다. 랑스는 얼굴에 묻은 피를 닦을 새도 없
이 처참한 몰골이 된 크라이의 팔꿈치를 왼손으로 붙잡았다.

이럴 땐 상처의 단면 부위를 강제로 괴사시켜 더 이상의 출

혈을 막고 남은 조직을 보호하는 게 정석이다. 랑스는 치유 마법 7번식인 '레미온'을 조심스레 시전하며 절단 부위에서부터 약 2센티 정도 되는 부위의 세포를 천천히 괴사시켰다. 너무 넓은 범위에 레미온을 사용하면 나중에 더 많은 부위를 잘라내야 하니 최소한의 사용이 중요했다.

순간 근처에서 엄청난 폭음이 터지며 막사 건물이 세차게 흔들렸다.

중대 막사 좌측으로 15미터 부근에 적군 마포병의 파이어볼이 떨어졌다. 중대 상공에 펼쳐 놓은 대공중화 필드는 이미 깨져 버렸고, 판도라 중대의 필드사인 마법사 폰테라는 이미 30분 전쯤 과도한 마력 사용으로 기절해 버린 뒤라 중대본부는 적의 포격에 완전히 무방비로 드러나 있었다.

'제길, 손이 떨려!'

랑스는 엄청난 폭음에 집중력이 흔들리는 것을 느꼈다.

손끝이 미세하게 떨리며 레미온의 시전 범위가 어긋나려 했다. 큰일이다. 랑스는 다시 한 번 마력을 끌어올려 스스로에게 치유 마법 9번식인 '오토나'를 사용했다. 원래는 극한의 상황에서 환자의 의식을 회복시키는 마법이다. 하지만 상황에 따라선 이런 용도로 사용할 수도 있었다.

집중력이 회복되자 레미온의 세포 괴사 범위가 원래대로 돌아왔다. 크라이의 꾹 다문 입가에서 끙 하는 신음 소리가 새어 나왔다. 살아 있는 세포를 강제로 괴사시키는 것이니 통증이 엄청날 것이다.

그러나 크라이는 일반인의 몇 배의 신체 능력을 가진 기병이다. 랑스는 그의 체력과 정신력을 믿으며 비어 있는 오른손으로 치유 마법 2번식인 '사자리온'을 사용해 크라이의 가슴 한복판에 대었다.

사자리온은 환자의 심박 수를 임의로 조절하는 치유 마법이다. 크라이의 심장은 역시 극단적으로 빠르게 뛰고 있었다. 분당 170에서 180 정도의 엄청난 속도였다. 랑스는 정신을 집중해 크라이의 심박 수를 천천히 떨어뜨렸다. 뻘겋게 달아오른 얼굴로 끙끙거리고 있던 크라이가 조금 편해졌는지 한숨을 내쉬었다.

"후우……."

랑스도 덩달아 한숨을 내쉬었다.

이제 30초 정도만 레미온을 지속시키면 괴사가 완전히 끝나고 죽은 살덩어리를 잘라내면 모든 치료가 완료된다.

그때 막사의 입구로 누군가 뛰어들어 왔다.

"소대장님! 크라이 소대장님! 제가 소대장님 팔 주워 왔습니다!"

순간 랑스는 반사적으로 크라이의 오른팔에 시전하고 있던 레미온을 취소시켰다.

떨어져 나간 크라이의 팔을 주워 온 것은 1소대의 소총병인 엘라르 상병이었다. 그가 주워 온 팔은 비교적 온전한 형태를 유지하고 있었다. 손가락 하나 날아가지 않고 깨끗했다. 랑스는 순간 골치가 아파오는 걸 느끼며 소리쳤다.

"상병!"

"네, 중대장님!"

"누가 그딴 거 주워 오라고 시켰나!"

"네. 그게 보니까, 그냥 옆에 떨어져 있어서 주워 왔습니다! 저희 소대는 그저 소대장님 오른팔 하나에 모두 목숨을 걸고 있지 않습니까!"

비어 있는 왼손으로 경례를 붙이며 천연덕스럽게 대답하는 엘라르의 모습에 랑스는 길게 한숨을 내쉬며 고개를 저었다.

크라이의 오른 팔뚝은 이미 레미온에 의해 반쯤 괴사가 진행된 상태였다. 여기서 다시 치유 마법을 3번식인 룡하로 바꿔 세포의 자연 치유력을 끌어올리고, 거기에 잘린 팔을 붙일 생각을 하니 그야말로 가슴이 철렁 내려앉는 기분이었다.

"저… 저기, 혹시 늦은 겁니까, 중대장님?"

엘라르 상병이 주위의 분위기를 살피며 물었다. 눈을 지그시 감고 있던 랑스가 순간 눈을 번쩍 뜨며 침상에 누워 있는 크라이를 향해 소리쳤다.

"크라이 중위!"

"네, 대위님!"

"전쟁이 지긋지긋하지 않아?"

"전쟁은 지긋지긋하지만 저희 소대 애들 생각하면 이대로 뻗어버릴 수는 없습니다!"

"그럼 이 팔, 다시 붙이고 싸우고 싶어?"

"물론입니다, 대위님! 붙여만 주시면 열심히 싸우겠습니다!"

"실패할 수도 있어! 그럼 넌 팔뚝이 아니라 어깨까지 잃어 버리게 되는데?"

"여신 랑스님이 실패할 정도라면 절대 후회하지 않겠습니다!"

순간 랑스의 눈매가 꿈틀거렸다. '여신' 이란 판도라 중대는 물론 스콜 대대, 아니, 스콜 대대가 속해 있는 제7독립연대 전체에 퍼져 버린 랑스의 별명이다.

물론 남자인 랑스 본인은 그 별명을 죽도록 싫어했다.

"중위, 한 번만 더 여신 어쩌고 하며 날 부르면 다음엔 모가지가 떨어져도 안 붙여준다!"

랑스는 괴사가 진행되던 크라이의 팔꿈치에 자신이 사용할 수 있는 최대급의 치유 마법 '륭하' 를 재빨리 퍼부었다.

서서히 검은빛으로 물들어가던 팔꿈치가 금세 밝아지며 혈색이 돌기 시작했다. 랑스는 급격한 마력의 소모에 머리가 아찔했다. 마력의 근원도, 마력을 소모해 마법을 사용하는 것도 모두 두뇌가 담당한다.

눈치 빠른 레마가 크라이의 오른팔을 찬물로 가볍게 씻은 후 랑스의 눈앞에 내밀었다. 랑스는 왼손으로는 계속 륭하를 사용하고, 오른팔로는 치유 마법 5번식인 '티에리타'를 시전했다. 티에리타는 파손된 뼈를 치료하고 붙게 만드는 마법이다. 약간의 골절이라면 륭하만 가지고도 충분히 뼈를 붙일 수 있지만, 이 정도로 완전히 절단이 났을 경우엔 티에리타를 사용해 절단면을 미리 치료해 놓아야 수술이 성공할 가능성을 높일 수 있었다.

"으아악!"

그때 크라이가 비명을 질렀다.

괴사하던 세포가 갑자기 활성화 되자 신경 또한 급격히 예민해진 것이다. 그 고통은 상상조차 할 수 없을 정도였다.

그래도 크라이는 기병답게 비명만 지를 뿐, 몸을 움직이거나 발작을 일으키진 않았다. 엄청나게 참고 있는 것이다. 랑스는 아랫입술을 피가 날 정도로 깨물며 레마의 도움을 받아 잘려 나간 팔의 절단면을 팔꿈치에 붙이기 시작했다.

'지금이다!'

랑스는 마음속으로 소리쳤다.

한때 분리되었던 절단면이 다시 하나가 된 순간, 랑스는 왼

손에 시전 중이던 룡하를 풀고 곧바로 치유 마법 4번식 '라스
티타'를 시전했다. 라스티타는 파손된 근육을 치료하는 치유
마법으로, 광범위한 근육 손상이나 절단된 근육을 치료한다.

팔을 붙이는 처음 10초가 수술의 성패를 좌우한다. 랑스는
전력을 다해 라스티타와 티에리타를 크라이의 접합 부위에
퍼부었다. 완전히 잘린 팔을 다시 붙이는 건 연대 최고의 치
유사로 이름 높은 랑스조차도 처음 시도하는 수술이었다. 온
몸에 땀이 비 오듯 흐르고, 옆에 있던 레마가 안타까운 표정
으로 랑스의 얼굴에 흐르는 땀을 대신 닦아주었다.

"으아아아아아아악!"

중대 막사가 떠나갈 정도로 크라이가 비명을 질렀다. 완전
히 떨어져 나갔던 오른팔의 신경이 다시 붙으며 감각이 돌아
오는 것은 말로 설명할 수 없는 고통이었다.

순간 어딘가에서 포탄이 터지며 막사 건물이 또 한 번 세차
게 흔들렸다.

막사 안에 있던 다른 병사들이 움찔하며 몸을 숙였다. 하지
만 랑스는 미동도 하지 않았다. 눈으론 보이지 않지만 마력을
통해 손끝으로 전해지는 근육과 혈관과 신경의 흐름에 온 정
신을 집중하고 있었다.

그렇게 30초의 시간이 흘렀다.

랑스는 참았던 숨을 길게 내뱉으며 크라이의 오른팔에서

양손을 뗐다. 그리고 레마를 불렀다.

"하사!"

"네, 랑스 대위님!"

"이 녀석 팔에다 붕대 감아서 고정시키고 남은 D1 한 대 놔 줘!"

"네! 알겠습니다, 대위님!"

안절부절못하고 있던 레마의 표정이 갑자기 밝아졌다. 막사에 있던 다른 병사들은 환호성을 지르며 펄쩍 뛰어올랐다. 랑스는 눈을 질끈 감으며 소리쳤다.

"소란 피우지 마! 아직 전투 중이다! 1소대원들은 바로 전선에 복귀해! 아무리 적이 퇴각 중이라 해도 방심하지 마라! 적 포병들이 지금 쏟아붓고 있는 게 들리지도 않냐! 알았으면 빨리 위치로 돌아가!"

병사들은 급히 경례를 붙이며 막사 밖으로 뛰쳐나갔다. 랑스는 그제야 비틀거리며 크라이가 누워 있는 침상에 가까스로 걸터앉았다. 레마가 급히 물을 한 잔 떠오며 걱정스런 목소리로 랑스에게 말했다.

"괜찮으십니까, 대위님?"

"아… 괜찮아. 좀 어지러워서."

스물세 살의 대위는 혈색이 돌아오고 있는 크라이의 오른팔을 바라보았다. 수술은 성공적이었다. 크라이는 앞으로 닷

새만 지나면 다시 그 굵은 팔로 철퇴와 대검을 움켜쥐고 적진에 뛰어들 수 있을 것이다.

덕분에 랑스는 오늘 더 이상 치유 마법을 사용하기 힘들게 되었다. 만약 또다시 중상자가 생겨 중대본부로 실려 온다면 랑스로선 어찌해 볼 방법이 없었다. 대략 다섯 명의 중상자를 완치시킬 수 있는 마력을 총동원해 크라이의 오른팔 하나를 원래대로 붙여놓은 것이다.

랑스는 눈을 감은 채 크라이를 불렀다.

"중위!"

"네, 중대장님!"

"그 오른팔, 사람 목숨 다섯 명 값이라는 것만 명심해!"

"그렇습니까? 명심, 또 명심하겠습니다!"

크라이는 기적적으로 움직이는 오른쪽 손가락을 꿈틀거리며 대답했다. 다행히 적들이 완전히 퇴각할 때까지 중대에 더 이상의 중상자는 발생하지 않았다. 다만 귀에 꽂은 무전기로 들려온 것은 랑스의 손으로도 더 이상 어찌해 볼 수 없이 즉사한 전사자에 대한 보고뿐이었다.

랑스는 고개를 축 늘어뜨리고 길게 내려온 앞머리 사이로 얼굴을 감싸 쥐었다.

벌써 1년 넘게 전쟁을 치르고 있지만, 랑스는 전사자 보고를 받을 때마다 그저 이렇게 고개를 숙이고 침묵을 지킬 수밖에 없었다.

2

　랜들 평야의 전격전이 레비넌트 군의 승리로 끝난 지 사흘이 지났다.

　티엔 군은 갑작스럽게 투입된 레비넌트 군의 3개 대대 병력에 손 한 번 제대로 쓰지 못하고 20㎞를 후퇴해 낮은 구릉지인 오르가스 지방 서쪽에 군을 재배치시켰다.

　아르고스 대륙력 813년. 티엔 신성제국이 서쪽에 있는 세르기오 왕국을 침략해 자국의 영토로 합병해 버림으로써 세르기오와 동맹 관계에 있던 레비넌트 공화국은 제국을 상대로 전쟁을 선포했다.

　아르고스 대륙에서 가장 강력한 두 세력이 전면전을 시작한 것이다.

　전쟁 초기엔 세르기오 왕국을 집어삼킨 티엔 제국이 압도적인 병력으로 기세를 이어 전황을 유리하게 이끌었다.

　그러나 레비넌트 공화국은 티엔 제국보다 우수한 기갑부대와 마포병을 보유하고 있었으며, 무엇보다 신대륙 그레이블루에 개척한 식민지에서 방대한 자원을 거두어들여 경제적인 면에서 제국을 압도했다. 전쟁 초기의 위기를 넘긴 레비넌트 군은 곧바로 반격을 시작해 점령당한 세르기오 왕국의 영토를 절반 가까이 해방시키는 데 성공했다.

그리고 대륙력 814년 5월. 전쟁이 시작된 지 정확히 1년이 지난 오늘, 남부 전선을 공략하고 있던 레비넌트 군의 2개 사단 병력은 세르기오 왕국 남부의 요충지라 할 수 있는 랜들 평야와 주변에 있는 다섯 개의 도시를 해방시켰다.

전황은 순조로웠고, 세르기오 왕국을 사악한 티엔 제국의 손에서 완전히 구해내는 것은 거의 시간문제로밖에 보이지 않았다.

"아무리 생각해도 이번 중대장은 정말이지 최고인 것 같아."

레비넌트 군 남부군단 제7독립연대 1대대 3중대 1소대의 소대장인 크라이는 참호 안에서 담배를 피우며 자신의 오른손을 물끄러미 보았다.

중대장인 랑스 대위가 완전히 잘려 나간 그의 오른팔을 붙여준 지 고작 사흘이 지났다.

벌써 팔은 정상에 가까운 상태로 회복되어 있었다. 전투가 중대 단위로 전개되는 현대전에 있어서, 같은 중대 안에 사관급 치유사가 있다는 건 그야말로 행운이었다. 군대에 있어 치유사는 기병은 물론이고 마법사보다도 희귀한 존재로, 본래 중대에 최소 한 명 이상 소속되도록 정해져 있지만 재수가 없는 경우도 허다했다.

"다들 그러지 않습니까, 중위님. 중대 중에서 우리 판도라 중대가 제일 호강하는 중대라고 말입니다."

마찬가지로 담배를 입에 물고 옆에 쪼그리고 앉아 있던 루시아 중사가 말했다. 루시아는 판도라 중대 1소대 소속인 기병으로, 크라이가 '사관 급' 기병이라면 루시아는 '부사관 급' 기병이었다.

"그렇지. 몸도 호강하고 눈도 호강하고 말이야."

크라이가 킥, 하고 웃으며 말했다. 중대장인 랑스는 그야말로 믿을 수 없을 만큼 미인이었다. 랑스의 고향인 심풀 지방 남자들의 특징은 비교적 체격이 작고 여자처럼 곱상하게 생겼다는 것이다. 더욱이 랑스의 경우 처음 봤을 땐 누구라도 여자라고 착각할 정도였다.

거기에 랑스는 단지 미인으로 끝나는 게 아니라, 연대 전체를 통틀어 가장 뛰어난 치유사였으며, 또한 중대장으로서 작전 지휘 능력도 평균 이상이었다.

원래 치유사는 사관이든 부사관이든 간에 최전방에 나가지 않는 법이었지만 랑스는 가능한 전선에 서서 전투 지휘를 하는 편이었다. 더욱이 그럴 때마다 보여주는 몸놀림은 일반 병사의 레벨이 아니었다.

"그러고 보니 랑스 대위님이 원래는 기병이시라면서요?"

루시아 중사가 크라이에게 물었다. 크라이는 반쯤 타고 있는 담배를 바닥에 던지며 대답했다.

"그래, 그렇다고 하더라. 사관학교에 들어갈 때 기병이 될 수도 있었는데, 아무래도 치유사 쪽이 전망이 밝다고 생각한 거겠지."

기병은 일반 성인 남성의 약 3배 이상의 근력과 뛰어난 신체 능력을 가진, 타고난 전사를 말한다. 600년 전, 아직 인류가 말을 타고 칼과 창, 그리고 마법으로만 싸우던 시절에는 '투사' 라 불리기도 했으나, 점차 전장에서 말이 사라지며 그 자리를 뛰어난 기동력으로 대신하게 된 투사들이 '기병' 으로 불리게 되었다.

즉, 현대의 기병은 말을 타지 않았지만 마치 말을 탄 것과 같은 기동력과 전투력을 가진 존재인 것이다.

한편, 랜들 평야를 점령한 레비넌트 군 수뇌부는 후방에 배치해 놓은 9사단의 잔여 병력을 랜들 평야로 모두 집결시켰다.

9사단은 전쟁 초기 남부 전선에 투입된 주력군으로, 현재는 격렬한 전투로 인해 병력의 소모가 심해 통상의 절반조차 되지 않는 5천 명 수준의 병력을 유지하고 있었다.

판도라 중대가 속해 있는 제7독립연대의 정원 역시 2,800명이었으나, 지속된 전투로 인해 현재는 2천 명 정도의 규모를 보유하고 있었다.

막사에서 중대 보고서를 작성하고 있던 랑스는 보고서 가장 하단에 있는 요구 사항란에 '손실된 병력의 충원'이라고 적으며 길게 한숨을 내쉬었다. 다른 중대에 비해 비교적 사상자가 적은 판도라 중대였지만, 164명이었던 중대 정원은 현재 119명까지 떨어진 상태였다.

"보고서를 작성하고 있는 건가?"

그때 중대본부인 허름한 막사로 화려한 금발의 남자가 얼굴을 비추었다. 판도라 중대의 필드사를 맡고 있는 마법사 폰테라였다. 랑스는 펜을 내려놓으며 고개를 끄덕였다.

"보고서라고 해봤자 별거 없어. 그저 누가 죽었고 누가 다쳤는지 적어서 제출할 뿐이야."

"그거 안됐군. 죽은 사람의 이름을 적는 건 마음의 평온을 깨뜨리는 일이지."

폰테라는 애도하는 표정으로 우아하게 허리를 숙였다. 하는 행동 하나하나가 눈에 띄게 화려한 이 마법사는 랑스가 중대장으로 부임해 온 이후로 지금까지 판도라 중대의 하늘을 누구보다 충실하게 지켜주고 있었다.

랑스는 코웃음을 치며 작성한 보고서를 반으로 접었다.

"마음의 평온 따위는 처음부터 없었어. 이런 전장에서 느긋할 수 있는 건 당신 정도뿐이겠지."

“나도 딱히 느긋한 건 아니야. 단지 내가 여기서 죽지 않을 거란 사실을 알고 있을 뿐이지.”

“자신만만해서 좋네. 나도 좀 그렇게 생각하면서 살았으면 좋겠어.”

“걱정 마. 너도 절대 이런 곳에선 죽지 않을 테니.”

폰테라는 예언자처럼 말하며 랑스에게 허리를 숙였다. 말투는 반말인 주제에 폰테라는 랑스를 처음 만났을 때부터 이렇게 태도만큼은 공손했다.

랑스는 길게 내려온 앞머리를 쓸어 넘기고 삐걱거리는 양철 의자의 등받이에 몸을 기대며 말했다.

“폰테라, 당신 마법사 아니었어? 언제부터 예언자로 전직한 거야?”

“예언처럼 거창한 게 아니야. 그냥, 난 알 수 있어. 처음 봤을 때부터 알고 있었지. 넌 이런 데서 대위 나부랭이로 썩을 인간이 아니야.”

“그렇게 말해봤자 당장 대위 나부랭이로 썩고 있는 사람 입장에선 뭐라고 할 말이 없네.”

랑스는 웃으며 폰테라를 보았다. 나이는 스물다섯으로 자신보다 고작 두 살 위인 이 마법사가 짐작조차 할 수 없는 방대한 지식과 높은 식견을 갖추고 있다는 사실을 알기까지는 그리 오랜 시간이 걸리지 않았다.

다만 성격도 그만큼 꼬여 있어, 기존에 판도라 중대를 이끌던 두 명의 중대장과의 불화는 다른 부대에까지 소문이 나 있었다.

처음 중대장이 전투로 사망하고, 두 번째 중대장이 후방으로 전출된 이후 세 번째 중대장으로 판도라 중대에 온 랑스는 그 소문을 듣고 처음부터 긴장할 수밖에 없었다. 중대에 있어 필드사란 어쩌면 중대장이나 치유사 이상으로 중요한 존재이기 때문이었다.

그러나 다행히 폰테라는 랑스가 마음에 든 듯했다. 사실 마음에 든 정도가 아니라 처음부터 마치 10년쯤 사귄 친구처럼 가깝고 스스럼없이 말을 걸어왔다.

랑스는 처음엔 이 남자가 혹시 남자를 좋아해서 이러나 싶어 당황했다. 사관학교에도 드물게 그런 인간들이 있었다. 하지만 다행히 이후에도 그런 기색은 없었고, 그냥 서로 인간적으로 파장이 맞는 것 같았다. 그리고 고작 1년이 지났을 뿐인데, 지금에 와서는 완전히 말을 놓은 친구 사이가 되어 있었다.

폰테라가 야전 침상에 걸터앉으며 넌지시 물었다.

"이번 전쟁에 대해 어떻게 생각해?"

"넌 똑같은 질문을 수십 번 반복하는 취미가 있는 것 같은데… 그럼 나도 똑같은 대답을 수십 번 해주도록 하지."

랑스는 짧은 한숨을 내쉬며 대답했다.

"빨리 끝났으면 좋겠다고 생각해."

"…그런 걸 물어본 게 아니란 걸 알고 있잖아?"

"아니, 몰라."

랑스는 고개를 저었다.

"전쟁의 당위성이나 필요성, 의미 같은 걸 물어보는 거라면 역시 몰라. 난 그냥 치유사로 무사히 전역해서 고향에 돌아가 병원에 취직할 거야. 그리고 돈을 모아서 언젠가는 작은 개인 병원을 차릴 거야."

"꽤나 소박한 꿈이군."

폰테라는 미소를 지었다. 그러나 그의 날카로운 눈은 전혀 웃음기를 머금고 있지 않았다.

"곧 변화가 있을 거야."

"변화?"

"네게도, 그리고 너를 따르는 사람들에게도 큰 변화가 올거야. 넌 항상 평범한 소시민임을 자처하고 있지만, 네 운명은 결코 그렇게 작지 않아."

"난 운명을 안 믿어."

"운명은 믿고 안 믿고의 문제가 아니야."

폰테라가 단호하게 말했다.

"운명은 태어나면서부터, 성장하게 되면서부터 가지게 된 인간으로서의 역량 그 자체야. 운명을 벗어나려고 발버둥 치는 게 아니라, 운명을 벗어나려고 발버둥 칠 운명으로 태어난 거니까."

랑스는 쓴웃음을 지으며 고개를 저었다.

"그거 참 기운 빠지게 만드는 이론이네. 그럼 난 운명론자인 마법사에게 끊임없이 설교를 듣도록 태어난 운명인가?"

"그런 셈이지."

두 사람 모두 웃었다. 하지만 이는 랑스가 마음속으로 항상 생각하는 문제와 같은 맥락의 이야기였다.

랑스는 다른 치유사들이 부러워할 만큼 뛰어난 치유사의 재능을 가지고 있었다.

하지만 그가 진정으로 바란 건 마법이 아니라 육체의 힘이었다.

그는 치유사이자 동시에 기병이었고, 기병으로서의 재능도 결코 떨어지지 않았다. 사관학교에 들어간 18세까지 심풀 지방에서 가장 유서 깊은 검술 도장의 촉망받는 인재이자 후계자로 지목되고 있었다.

하지만 그는 검술 도장을 그만두고 치유병과로 사관학교에 들어갔다.

고향 사람들은 모두 랑스의 선택에 당황했다. 모두 랑스가 기병과에 들어가 뛰어난 실력을 가진 사관 급 기병으로 전장에서 활약할 것을 의심하지 않았기 때문이다.

랑스가 기병을 버린 이유는 간단했다. 그는 순수하게 자신이 육체의 힘으로 최강의 자리에 오를 수 있다고 믿었다.

하지만 그것은 불가능했다.

기병의 힘을 가지고 태어나 아무리 뼈를 깎는 수련을 하고 피를 말리는 실전을 경험한다 해도 기병은 결코 '기사'를 이길 수 없었다.

기사.

랑스가 원하는 궁극의 힘을 가진, 그러나 결코 랑스가 닿을 수 없는 힘을 가진 존재들.

폰테라가 주장하는 운명 철학적으로 말하자면, 랑스는 결코 얻을 수 없는 힘을 갈망하는 운명을 가지고 태어난 것이다.

영원히 닿을 수 없는 목표를 향해 고통스런 행군을 계속하느니 차라리 잊어버리자.

그게 랑스가 치유사를 선택한 이유였다.

"마음이 혼란스러운 것 같군. 그럼 지겨운 설교의 마법사는 이만 자리를 비켜주도록 하지."

폰테라는 자신도 모르게 심란한 표정이 된 랑스의 얼굴을 보며 야전 침상에서 일어났다. 랑스는 휴대용 버너 위에서 끓고 있는 갈색의 액체를 가리키며 말했다.

“차라도 한잔 하고 가지?”

“괜찮아. 마포병들이 마력의 분배에 관한 강의를 해달라고 해서 가봐야 해.”

“그래? 잘 좀 가르쳐 줘. 저번 전투처럼 파이어 볼을 딱 세 발씩 쓰고 뻗어버리면 중대장으로서 아주 곤란해.”

랑스의 말에 폰테라가 손사래를 치며 대답했다.

“내 말이 그 말이라니까? 마도부도 뭔 생각인지 모르겠어. 최소한 마력이 400미터는 넘어야 마포병으로 전장에 보낼 수 있는 거 아니었나?”

“전쟁이 길어지니까 자질이 부족한 사람도 어쩔 수 없이 투입시키는 거겠지.”

“아무튼 한 사람당 적어도 네 발씩은 쓸 수 있게 교육시키도록 하지.”

“기대하겠어, 제7독립연대 최고의 필드사님.”

“난 연대가 아니라 남부군 최고의 필드사야. 과소평가하면 곤란해.”

“그래서 저번에 폭격이 시작된 지 한 시간 만에 마력이 거덜 나 기절해 버린 거야?”

“나 아니었으면 30분도 못 견뎠을걸.”

폰테라는 호언장담하며 중대 막사를 빠져나갔다. 랑스는 픽 하고 웃으며 작성한 중대 보고서를 반으로 접고 또 반으로 접어서 주사기와 약품 케이스가 어지럽게 늘어져 있는 간이 테이블 위에 던져 놓았다.

왠지 좀 전부터 테이블 아래 놓아둔 검은 가방에 눈이 끌린다.

가방은 랑스가 처음 판도라 중대에 부임했을 때부터 가져온 개인 소지품이었다. 전쟁이 시작된 지 1년이 넘었지만 랑스는 지금까지 단 한 번도 그 가방을 열지 않았다. 그 속에 담겨 있는 것은 랑스의 마음속에서 이미 박살나 버린 지고(至高)의 꿈이 남긴 마지막 파편이었다.

'이걸 써야 할 때가 과연 올까?

랑스는 마음속으로 물었다. 그것은 마치 가까스로 굳은 상처의 딱지를 뜯어버리고 싶은 심정과 비슷했다.

그는 확인하고 싶었다.

딱지 아래의 상처가 완전히 아물었을지, 아니면 딱지를 뜯자마자 상처가 벌어지며 멈추지 않는 새빨간 피가 쏟아질지……

3

[A지점 관측 완료. 150미터 전방 우측에 적군 참호 다수 있습니다!]

"정말인가? 2시 방향 말인가?"

[2시 방향 맞습니다. 보병 1개 소대 확인!]

"기병은?"

[식별 불가능입니다!]

관측병과의 무전을 끝낸 스팅커터는 쓰러진 나무 기둥 뒤에 엎드려 대기 중이던 2소대의 기병들에게 눈짓을 보냈다. 모두 네 명의 기병이 고개를 끄덕였다. 스팅커터는 상황을 간단하게 설명했다.

"2시 방향. 150미터. 1개 소대. 질문있나?"

"기병은 몇 명이나 있습니까?"

서른 살의 베테랑 기병인 룅켈 상사가 물었다. 스물한 살의 임시 소대장인 스팅커터 소위는 천천히 고개를 저었다.

"모른다. 아마도 다섯 명 정도는 있겠지."

기병들의 얼굴이 살짝 굳었다. 스팅커터는 부하들의 반응을 잠시 살폈다. 그리곤 아무 말 없이 눈을 돌려 전방의 상황을 관찰했다.

머리 위로 조준 사격인지 유탄인지 알 수 없는 수십 발의 총알이 난무하고, 적진 깊숙한 곳에서 파이어 볼 두 발이 큰 포물선을 그리며 빠르게 날아왔다. 하지만 살육에 특화된 그 진홍빛 덩어리는 이내 상공에 펼쳐진 중화 필드에 부딪쳐 산산조각으로 흩어졌다.

'지금이다!'

붉은 섬광과 열기가 머리카락에 스친다고 느낀 순간, 스팅커터는 단숨에 나무 기둥을 넘으며 소리쳤다.

"돌격!"

동시에 네 명의 기병이 나무 기둥 좌우로 흩어져 빗발치는 총탄을 뚫고 돌진했다. 총알이 스치고 지나가며 허리에 찬 CL3 중화 필드 발생 장치의 숫자가 빠른 속도로 떨어졌다.

하지만 지금은 그런 걸 일일이 신경 쓸 상황이 아니었다.

필드 장치에 깜빡이는 28,000이라는 숫자가 0이 되면 맨몸으로 적의 총탄을 받아내야 한다. 물론 그에 대비해 기병들은 총 무게가 15킬로에 달하는 방탄 장치를 온몸에 두르고 있었다. 거기에 오른손엔 3킬로그램에 달하는 철퇴를 들고, 왼팔엔 비슷한 무게의 타원형 방패를 장착하고 있다.

멀리서 봐도 육중함, 바로 그 자체였다.

하지만 빠르게 질주하는 스팅커터는 그런 기병용 장비를 아무것도 장착하지 않았다. 그가 입은 것은 오직 가벼운 야전용 군복 한 벌, 허리에 찬 CL3와 날이 얇은 장검 한 자루뿐이었다.

스팅커터는 몸을 최대한 낮춘 대단히 불편한 자세로, 하지만 다른 기병들보다 훨씬 빨리 150미터의 거리를 질주했다. 새빨갛게 달궈진 총알이 푸른 불꽃을 튕기며 얼굴을 스친다.

등줄기에 소름이 돋았다.

하지만 총알을 두려워하는 기병은 결코 전장을 관통할 수가 없다. 적진을 향해 돌진하는 이 한순간에 기병이란 존재의 모든 가치와 쾌감과 공포가 공존하는 것이다.

눈앞에 참호가 보인다. 총구만 아슬아슬하게 내밀고 조준도 하지 않고 마구잡이로 쏴대고 있는 적군의 철모도 확인했다.

스팅커터는 주저없이 몸을 웅크리고 공중으로 뛰어올랐다.

"소대장님!"

뒤따라 돌진하던 2소대의 기병들이 경악했다. 저렇게 높이 점프해서 집중사격을 받으면 기병이고 뭐고 할 것 없이 단숨에 사망이다.

하지만 스팅커터는 단 한 발의 총탄도 허용하지 않고 그대로 적의 참호 안으로 착지했다. 사기가 떨어진 티엔 제국군은 그저 전방을 향해 조준이고 뭐고 없이 마구잡이로 총알을 퍼부을 뿐이었다.

참호 안엔 다섯 명의 소총병이 있었다.

경악에 꽉 찬 열 개의 눈동자가 집중된 순간, 스팅커터의 검은 어느새 허공을 가르며 아름다운 포물선을 그렸다. 다급히 총구를 돌리던 병사의 목에서 피분수가 쏟아졌다. 개머리

판을 휘두르던 병사는 먼저 손목이 잘리고, 그다음엔 배가 갈라지며 앞으로 고꾸라졌다.

"으아아아아아아악!"

"안 돼애애!"

스무 살도 안 돼 보이는 어린 병사 둘이 비명을 지르며 참호 밖으로 도망치려 했다. 하지만 기병이 참호 안으로 돌입한 순간 그들의 운명은 이미 정해진 것이나 다름없었다. 스팅커터의 검은 순식간에 등 근육과 함께 척추를 반으로 갈랐다. 그들에겐 고통의 늪에서 허우적거릴 시간조차 얼마 주어지지 않았다.

"죽어~!"

구석에 등을 붙이고 있던 하사 계급장을 단 병사가 스팅커터를 향해 총탄을 난사했다. 비좁은 참호 안에서 스팅커터는 적의 총구가 향하는 각도를 최대한 피했다. 두 발이 스치고 한 발이 어깨에 맞아 푸른 불꽃이 터지는 순간, 적의 심장에 칼끝을 후벼 넣었다.

"커흑……."

제국군 하사는 입에 피거품을 물며 고개를 푹 숙였다. 참호에 난입해서 다섯 명의 적을 제거하는 데 걸린 시간은 총 7초였다. 스팅커터는 필드 발생기를 확인했다. 3만으로 시작했던 중화 필드는 어느새 22,550이라는 숫자로 변해 있었다.

“나쁘지 않군.”

스팅커터는 만족하며 다시 참호 밖의 상황을 관찰했다. 좌측에 있는 두 개의 참호에서 비명이 터지고 있었다. 부하들이 난입한 모양이다. 스팅커터는 오래 생각하지 않고 곧바로 참호를 빠져나와 15미터쯤 우측에 있던 새로운 참호에 미끄러지듯 침투했다.

이번 참호엔 적군이 네 명 있었다. 그중 한 명은 머리에 총알을 맞은 듯 피를 흘리며 쓰러져 있었고, 다른 세 명은 전방을 향해 아무렇게나 사격을 퍼붓고 있었다.

“기병이다!”

참호에 있던 제국군 병사 하나가 눈을 부릅뜨며 소리쳤다. 동시에 스팅커터의 검이 병사의 몸을 대각선으로 훑으며 푸른 불꽃을 뿌렸다. 중화 필드가 가까스로 첫 일격의 충격을 막아낸 것이다.

하지만 그것은 병사의 생명을 고작 1초 더 지탱해 준 것에 불과했다. 스팅커터는 검을 당겨 몸에 바싹 붙인 후 이번엔 찌르기로 병사의 가슴 한복판을 꿰뚫었다.

“뭐야!”

“젠장!”

기관총을 쏘고 있던 병사 둘이 기겁을 하며 허리에서 대검을 뽑아 들었다. 육탄전에서 적의 중화 필드를 효과적으로 무력화시킬 수 있는 안티 필드가 장착된 무기였다.

하지만 안티 필드가 장착된 건 스팅커터의 애검 '실버 문' 역시 마찬가지였다. 그것도 적보다 훨씬 강력한 것이었다.

"크아아아악!"

팔꿈치 째로 오른팔이 날아간 병사가 비명을 지르는 순간, 다른 병사의 허리가 반으로 갈라지며 중력이 이끄는 대로 내장을 쏟아냈다.

보병들이 차고 있던 필드 장치의 숫자가 8천에서 0으로 떨어지는 데 걸린 시간은 눈 한 번 깜빡하기에도 충분하지 않았다. 기병의 힘과 속도, 그리고 무기에 장착된 안티 필드가 동시에 작용하면 보병의 중화 필드 따위는 한 방에 바닥으로 곤두박질치는 것이다.

그때 뒤쪽 참호에 대기하고 있던 제국군의 기병 둘이 동료의 비명 소리를 듣고 달려와 스팅커터가 있던 참호로 난입했다. 스팅커터는 몸을 빙글 돌리며 원심력을 더해 뛰어들어 온 기병의 목덜미를 단숨에 검으로 내려쳤다.

순간 파직 하는 소리와 함께 적 기병의 목에서 푸른색의 불꽃이 사방으로 튀었다.

"우왁! 뭐야, 이 자식!"

적 기병은 깜짝 놀라며 필드 장치를 확인했다. 31,000으로 가득 차 있던 잔량은 어느새 절반 이하인 14,000대로 떨어져 있었다.

"사관 급인가?"

또 다른 기병이 주춤하며 철퇴를 앞으로 내밀어 스팅커터를 경계했다. 2:1이면 이쪽이 유리하다. 하지만 그들은 부사관이었다. 사관 급 기병과 부사관 급 기병은 가진 기량이 다르다. 일단 방어적으로 싸우며 적의 필드를 소모시키는 게 좋을 것이다.

스팅커터는 그런 적들의 수세적인 심리를 정확히 파악했다. 그는 레비넌트 공화국 심풀 지방의 유서 깊은 검술 유파인 '은월검류' 도장 사범의 아들이었다. 다섯 살 때 처음 검을 쥐었고, 그 뒤로 15년이 지난 지금까지 단 하루도 수련에 정진하지 않은 날이 없었다.

스팅커터는 자신의 유파와 같은 이름을 가진 검을 주저없이 휘둘렀다. 적은 다급히 방패를 들어 검을 막고, 곧장 반격으로 스팅커터의 머리를 향해 철퇴를 휘둘렀다. 사관학교에서 배우는 전형적인 군대식 기병 전투법이었다.

하지만 철퇴가 휘둘러진 곳에 스팅커터의 머리는 이미 없었다.

공격과 동시에 측면으로 돌아간 스팅커터는 검 끝을 이용해 연속으로 세 번의 찌르기를 날렸다. 적의 옆구리에서 파란 불꽃이 연속으로 튕기며 중화 필드의 잔량을 순식간에 소진시켰다.

“우, 우왁! 뭐야, 이 자식!”

단순히 무기를 휘두르고, 막고, 다시 반격하는 전투에 익숙해져 있던 기병들은 스팅커터의 예술적인 움직임에 정신을 차리지 못했다. 3만이 넘는 중화 필드가 세세한 수비에 신경을 쓰지 못하도록 기병들의 감각을 퇴화시킨 것이다.

‘스스로에 대한 단련을 잊어버린 무인의 최후는 반드시 비참하다.’

스팅커터는 가문의 가훈을 머릿속에 되새겼다. 어느새 통장의 잔고가 바닥나 버린 두 명의 기병은 흡사 껍질이 벗겨진 달팽이처럼 지독히 무력해 보일 뿐이었다.

“2소대가 잘해주고 있나…….”

랑스는 적의 공세가 조금 주춤해진 것을 느끼며 나지막한 목소리로 중얼거렸다.

랜들 평야를 점령한 남부군 9사단과 제7독립연대는 4일간의 재정비 시간을 가지고 곧바로 적이 후퇴한 오르가스 지방에 대한 공격을 단행했다.

그중 제7독립연대 1대대 3중대인 판도라 중대는 길게 늘어진 전선의 최하단에 자리 잡고 있었다. 랑스가 대대장에게 받은 명령은 전방에 대치 중인 적 중대 규모 전력을 완전히 분

쇄하고 측면 공격의 거점을 확보하는 것이었다.

쉽지 않은 임무였다. 하지만 성공하기만 하면 마찬가지로 적과 대치 중인 1중대, 2중대와 함께 남은 적을 정면과 측면에서 반포위를 할 수 있을 것이다.

랑스는 우선 적의 화력이 한계에 달하는 지점에 부대를 배치한 후, 엄폐물이 많은 지역으로 1소대를 전진시켜 적의 공격을 유도했다.

그리고 2소대의 소대장인 스팅커터에게 기병을 이끌고 적의 오른쪽 측면에 대한 돌진 공격을 명령했다. 중화력 소대인 4소대의 마포병과 야포병들이 2소대 기병들의 돌격 지점에 대한 집중적인 포격을 감행했고, 결국 중대 규모 전투의 꽃이라 할 수 있는 기병에 의한 돌격이 시작된 것이다.

중화 필드라는 장치로 인해 군대의 방어력이 극대화된 현대전에서 기병에 의한 접근전은 적의 모든 종류의 필드를 무력화시키는 가장 유용한 전술이었다. 다만 돌격하는 과정에서 적의 집중사격을 받고 필드가 완전히 벗겨지게 되면, 아무리 기병이라 해도 총탄 한두 발에 목숨을 잃게 된다는 게 문제였다.

하지만 어떻게든 기병이 적진에 침투한다면 그다음부터는 일방적인 학살이 시작되는 것이다.

일단 육탄전이 벌어지면, 다섯 명의 기병이 소총병 50명을 죽이는 건 단지 시간문제일 뿐이었다. 물론 적 기병과의 전투가 벌어질 수도 있지만, 그 점에 대해서 랑스는 2소대의 임시 소대장을 맡고 있는 스팅커터를 전적으로 신뢰하고 있었다.

스팅커터는 랑스와 같은 심플 지방 출신이었다.

거기에 랑스가 다녔던 검술 도장이 바로 스팅커터의 부친이 이어받은 '은월검류' 의 도장이었다. 그와 마지막으로 겨뤘을 때가 랑스가 18세, 스팅커터가 16세이던 시절이었다.

랑스는 이후 사관학교에 들어갔다. 하지만 사관학교에서도, 전쟁터에서도 16세 시절의 스팅커터에 필적할 만한 기병을 찾는 건 결코 쉬운 일이 아니었다.

'그 녀석은 여전히 날 원망하고 있을까?'

랑스는 먼지가 자욱한 적진을 바라보며 마치 한 자루 검을 연상시키는 스팅커터의 모습을 머릿속에 떠올렸다. 스팅커터는 치유병과를 선택한 랑스가 사관학교에 입학하기 전 마지막으로 그를 불러 원망 가득한 눈으로 대련을 요청했다.

"왜 기병과를 선택하지 않았습니까, 선배님?"

"아버지가 선배님에게 얼마나 큰 기대를 걸고 계신지 모르십니까?"

"이렇게 그냥 검의 길을 버리는 겁니까? 제게서 선배님을 이길 권리를 영원히 박탈하시는 겁니까?"

랑스는 마지막 대련에서 스팅커터를 쓰러뜨리고 곧바로 사관학교에 입학했다.

그런데 대체 어떤 운명의 저주인지 랑스가 판도라 중대를 맡은 3개월 후, 사관학교를 졸업하고 갓 소위 계급장을 단 스팅커터가 2소대의 부소대장으로 들어오게 된 것이다.

―운명은 피한다고 피해지는 게 아니야.

운명주의자인 폰테라의 목소리가 머릿속에 울리는 듯했다. 랑스는 직할 소대인 3소대의 소대장 브렛에게 소대 전원 돌격을 준비시켰다. 한눈에 보아도 2소대 기병들이 난입한 적진의 화력은 이미 절반 수준으로 떨어져 있었다. 랑스는 무전으로 남은 2소대의 병사들에게도 신호탄에 맞춰 돌격할 것을 명령했다.

그때 1소대의 소대장인 크라이의 무전이 들어왔다.

[중대장님! 저희도 곧 돌격하겠습니다!]

"기다려, 크라이! 돌격은 2소대와 3소대가 한다!"

랑스는 다급히 크라이를 막으며 무전으로 재차 소리쳤다.

"1소대는 지금 그 위치를 사수해!"

[뭐요? 어째섭니까!]

“말했잖아! 10시 방향에 있는 적의 다른 중대가 공격을 우리 쪽으로 돌릴 수도 있어! 그렇게 되면 지금 1소대가 그 위치를 지키면서 적의 공격을 최대한 저지해야 한다고!”

[하지만 오지 않을 수도 있지 않습니까! 우리 관측병은 딱히 그런 낌새를 느끼지 못했다고 하는데요!]

크라이의 혈기 넘치는 음성이 무전을 타고 울려 퍼졌다. 랑스는 이를 악물고 소리쳤다.

“세상에 어느 군대가 움직일 낌새를 보이면서 움직이냐!”

[하지만 이대로 가면 2소대의 그 애송이 녀석만 재밌는 일 시켜주는 거 아닙니까!]

“중위! 너 재밌으라고 전쟁하는 거 아니야! 제발 참아!”

[대위님!]

“오른팔도 붙여줬는데 말 좀 들어, 크라이!”

그러자 겨우 크라이가 잠잠해졌다. 랑스는 일단 한숨 돌리며 무전으로 말했다.

“알았나, 중위! 그 위치야! 움직이지 말고 그 위치를 사수해! 그리고 시간이 남아돌면 가만히 있지 말고 엄폐물을 이용해 최대한 바닥에 참호라도 파놔! 알았나!”

[…참호라면 이미 파서 우리 애들 몽땅 들어가 있습니다.]

“잘했어! 계속 그렇게만 해!”

랑스는 무전을 끊고 3소대장 브렛에게 신호를 보냈다. 브

렛은 고개를 끄덕이고는 미리 준비하고 있던 신호탄 전용 권
총을 머리 위로 치켜들었다.

"쏴!"

랑스의 명령에 맞춰 신호탄이 공중으로 솟구쳤다. 강한 격
발음과 함께 주황색 불꽃과 연기가 하늘을 수놓았다. 동시에
대기하고 있던 4소대가 파이어 볼과 박격포 등 남은 모든 화
력을 적진에 퍼붓기 시작했다.

"돌격! 전원 돌격!"

3소대장 브렛은 들고 있던 신호탄용 권총 대신 3킬로그램
의 무게를 자랑하는 육중한 철퇴를 치켜들며 소리쳤다. 그러
자 총원 32명의 3소대 전원이 함성을 지르며 참호에서 나와
적진으로 돌격했다.

기병을 먼저 보내고 남아 있던 2소대의 29명 병사들도 소
총에 대검을 끼우고 적진으로 달렸다. 랑스는 2소대가 움직
이는 걸 확인하고는 함께 있던 의무병 레마에게 손을 내밀었
다. 레마는 마지못한 얼굴로 들고 있던 투박한 형태의 기병용
장검인 '케빈 12호'를 랑스의 손 위에 올려놓았다.

"진짜 가실 겁니까, 대위님?"

"그래."

"치유사는 어떤 상황에서도 결코 전투 돌격을 하는 게 아
닙니다!"

"나도 알아. 하지만 난 중대장이잖나. 중대장이 언제나 후방에서 대기만 하고 있으면 병사들의 사기가 죽어."

"하지만 대위님!"

"걱정 마, 레마. 이래 봬도 싸우는 건 꽤 익숙하니까."

자조 섞인 웃음을 지으며 랑스는 참호를 빠져나와 돌진하는 3소대의 뒤를 따랐다.

치유병과에 들어간 후 육체에 대한 단련이나 검에 대한 수련을 전보다 소홀히 한 건 사실이다. 지금이라면 스팅커터와 대련을 해도 결코 이길 수 없을 것이다.

'그래도 한때는 은월검류의 촉망받는 후계자 후보였는데 추한 모습을 보일 수는 없지.'

랑스는 전력으로 질주해 앞서 달리는 3소대를 금방 따라잡았다. 갑자기 나타난 중대장이 검은 머리카락을 휘날리며 자신들을 추월하자, 병사들은 반쯤 광란 상태가 되어 함성을 지르며 돌진에 박차를 가했다.

"우와아아! 중대장님이다!"

"달려! 달려서 다 죽어 버려!"

"이 자식들아, 뭐 해! 중대장님 혼자 적진에 뛰어들게 할 셈이냐! 달려!"

사기 백배란 이럴 때 쓰는 말이었다. 그러나 아무리 3소대의 보병들이 전력을 다해도, 심지어는 소대장을 포함한 세 명의 기병조차 자신들을 추월한 랑스의 속도를 따라잡을 수 없었다. 랑스는 스팅커터와 마찬가지로 중장비를 전혀 장비하지 않았고, 주력만 따지면 아직도 기병 중에서 최고의 속도를 가지고 있었다.

'50미터쯤 남았나?'

랑스는 갑자기 빗발치는 적의 총탄을 확인하고는 달리는 몸을 더욱 숙였다. 전력으로 질주해 앞으로 나선 건 단순한 객기가 아니었다. 그가 허리에 찬 필드 발생기 CXP9호는 치유사에게만 지급되는 최고의 명품으로, 최대 필드 충전량이 6만에 달했다.

이는 기병의 필드 발생기인 CP6의 두 배, 보병의 필드 발생기인 LC5의 여덟 배에 달하는 것이다. 랑스는 본인의 필드기를 이용해 최대한 아군의 피해를 줄이고 돌진을 성공시킬 생각이었다.

벌써 열 발 이상의 총알이 랑스의 몸에 적중했다. 필드기의 숫자는 3만까지 줄어 있었다. 그러나 이제 적진은 바로 코앞이다. 랑스는 검을 들어 몸을 가리며 그대로 총구가 번쩍이는 적의 참호 속으로 뛰어들었다.

"뭐야! 여, 여자냐?"

처음 맞닥뜨린 적군의 무신경한 발언이 랑스의 관자놀이에 핏줄을 세우게 만들었다. 랑스는 두꺼운 장검으로 단숨에 병사의 허리를 반으로 쳐 날리며 소리쳤다.

"누가 여자야!"

"우와아악!"

참호에 남아 있던 다른 병사가 비명을 지르며 대검을 휘둘렀다. 랑스는 코앞에 육박한 적의 대검을 피한 후 손목을 낚아채 잡아당겼다. 허리가 죽 빠지며 균형을 잃은 병사는 그대로 앞으로 고꾸라졌고, 랑스는 검을 들어 병사의 등을 단숨에 내리찍었다.

그러나 파직 하는 소리와 함께 푸른 불꽃이 터지며 첫 일격이 막혀 버렸다.

처음 베어버린 녀석과는 달리, 이 병사는 필드의 잔고가 꽤 많이 남아 있었던 모양이다. 랑스는 살짝 짜증나는 표정을 지으며 꼬챙이로 땅을 파듯 검을 내리찍었다. 세 번째에 겨우 푹, 하는 소리와 함께 병사의 몸이 수직으로 관통되었다.

"우와아아아!"

"돌진! 돌진! 참호 속으로 뛰어들어!"

"한 놈도 살려두지 마! 기병이 보이면 바로 신호를 보내!"

그때 3소대가 적진에 도착해 눈에 보이는 참호마다 총탄을 퍼붓고 뛰어들어 적을 도륙하는 육박전이 시작되었다.

판도라 중대와 대치하고 있던 티엔 제국의 중대는 이미 사기가 땅에 떨어진 상태였다. 처음 스팅커터의 기병 돌격을 얻

어맞은 제국 중대의 1소대는 이미 전멸에 가까운 피해를 입었고, 2소대에서 빠르게 지원 나온 네 명의 기병마저 스팅커터와 다른 기병들의 손에 목숨을 잃고 말았다.

즉, 판도라 중대의 3소대가 돌격한 곳에 있던 적군 2소대는 이미 대부분의 기병이 빠진 상태였던 것이다. 랑스는 참호 밖으로 고개를 내밀고 잠시 주위를 살폈다. 일반적인 혼합 전투 중대라면 1, 2, 3소대가 소수의 기병을 포함한 보병으로 구성되어 있고, 4소대는 마포병과 박격포병이 포함된 중화기 부대로 짜여 있다.

그렇다면 좀 더 후방에 적의 중화기 부대가 자리 잡고 있을 것이다. 랑스가 제국군이었다면 적군의 돌진이 확인된 바로 그 순간부터 중화기 부대를 전투 지역에서 이탈시켰을 테지만, 어쩌면 중대장의 명령에 의해 위치를 사수하고 있을 수도 있다. 티엔 제국의 사관들은 병적일 정도로 퇴각에 대한 혐오감을 보이는 경향이 있었다.

'그렇다면 전과를 더 올릴 수도 있겠지.'

백병전이 벌어지면 마포병이나 포병들은 일반 보병 이상으로 무력했다. 효율적인 전투를 위해 파이어 볼만 끊임없이 연습한 마법사들은 적이 착검한 총을 들고 달려와도 시전 시간이 최대 30초에 달하는 파이어 볼을 외고 앉아 있을 수밖에 없는 것이다.

백병전이 시작된 지 3분 정도가 경과했고, 참호 속에 살아남은 제국군이란 더 이상 존재하지 않게 되었다. 랑스는 3소대의 피해 상황을 확인했다. 하필이면 적 중대장인 기병이 버티고 있던 참호에 뛰어든 덕분에 보병 두 명이 전사했고, 그게 전사자의 전부였다.

그때 귓속에서 알람 소리가 들렸다. 랑스는 귀에 차고 있던 커널형 무전기의 버튼을 누르고 손목시계에 부착된 마이크를 입에 가까이 댔다.

"중대장 랑스다! 무슨 일이지?"

[2소대 임시 소대장 스팅커터입니다.]

감정이 삭제된 것만 같은 기계적인 목소리가 귓속에 울렸다. 랑스는 자신도 모르게 긴장하며 말했다.

"작전대로 B지역의 적군은 3소대와 2소대 잔여 병력이 소탕했다. A지역은 어떻게 됐나?"

[A지역의 모든 적을 제거했습니다. 그리고 적의 후방에 있던 중화기 부대도 제거했습니다.]

"뭐?"

랑스가 깜짝 놀라며 소리쳤다.

"중화기 부대도 제거했다고? 정말인가?"

[마포병 다섯 명, 박격포 포병 여덟 명, 그리고 지원 보병 21명을 제거했습니다. 적의 중화기 부대는 전멸이라고 확신

합니다.]

　"…그렇군. 수고했어. 피해 상황은?"

　[링켈과 호이스가 경상입니다. 전원의 필드가 거의 바닥이라 더 이상 전투를 수행하기 힘듭니다.]

　"괘, 괜찮아. 더 이상 전투를 수행할 필요는 없어."

　랑스가 당황하며 대답했다. 어차피 중화기 부대를 전멸시켰다면 당장 주위에 싸울 상대조차 남아 있지 않았다.

　"아무튼 수고했어. 집결 지역으로 합류하도록 하지. 필드는 폰테라를 부를 테니까 약간이라도 충전하도록 하고."

　[알겠습니다. 집결 지역으로 이동하겠습니다.]

　무뚝뚝한 목소리와 함께 무전이 끊겼다. 랑스는 자신도 모르게 길게 한숨을 내쉬며 이마에 흐르는 땀을 닦았다.

　역시 스팅커터의 실력은 최고였다.

　다만 이렇게 그와 무전을 하거나, 혹은 직접 얼굴을 대고 명령을 내리거나 면담을 해야 할 때의 불편함은 이루 말로 다 할 수가 없었다.

　스팅커터가 판도라 중대에 부임한 이후로 랑스는 그와 단 한 번도 사적인 대화를 나누지 못했다. 중대원들 중에 스팅커터와 랑스가 같은 도장에서 검을 배우며 함께 자랐다는 사실을 아는 사람은 오직 폰테라 한 사람뿐이었다.

　랑스는 무전을 켠 김에 1소대의 크라이에게 무전을 넣었

다. 크라이는 제멋대로에 무례한 남자였지만, 적어도 스팅커
터에 비하면 훨씬 마음이 편한 상대였다.

[크라이입니다! 전투는 끝났습니까?]

곧바로 무전이 연결되었다. 랑스는 크라이의 볼멘 목소리
에 살짝 미소를 지으며 대답했다.

"상황 종료야. 중화기 부대까지 전부 전멸시켰다."

[쳇, 내가 그럴 줄 알았다니까. 거봐요, 중대장님. 우리 쪽
은 개미 새끼 한 마리 얼씬거리지 않습니다.]

"다음에 기회가 되면 1소대만 적진에 던져 놓을 테니까 너
무 섭섭해하지 마라, 중위."

[기대하겠습니다. 근데 목소리가 거친데… 직접 싸우신 겁
니까, 대위님?]

의외로 눈치가 빠른 녀석이다. 랑스는 그렇게 생각하며 대
답했다.

"치유사라고 언제까지 꽁무니를 빼고 있을 수는 없으니
까."

[저런, 루시아가 대위님 싸우는 걸 꼭 보고 싶다 그랬는데
안됐군요. 다음엔 부디 우리 애들 눈도 호강시켜 주시기 바랍
니다.]

"…그래. 부상자는 없나?"

[없습니다. 처음에 미끼 역할을 할 때 말고는 공격 자체가

오질 않았습니다.]

"그래, 아무튼 수고했어. 합류 지점으로 갈 테니까 계속 위치를 지키고 있어."

[애들 총알도 아직 넉넉한데, 계속 싸울 거죠?]

"어차피 총알이 부족해도 싸워야 한다. 아마도 1중대와 2중대가 함께 협공을 할 거야."

[그거 반가운 소리군요. 그러고 보니 대위님…….]

"아, 잠깐. 기다려 봐, 크라이."

그때 상급 부대의 무전을 알리는 빠른 박자의 알람이 귓속에 울렸다. 랑스는 크라이의 무전을 대기 상태로 전환하고 상급 부대의 무전을 연결했다.

"제7독립연대 1대대 3중대 중대장인 피엘 랑스 대위입니다!"

[잠시 기다려 주십시오, 대위님. 곧 대령님과 연결하겠습니다.]

"랑스 대위인가? 연대장 할리스다!"

통신병의 보고에 이어 연결된 것은 컬컬한 중년 남자의 목소리였다. 랑스는 순간적으로 경직되었다. 대대장도 아니고 제7독립연대의 연대장이 직접 무전을 걸어온 것이다.

"네, 연대장님!"

[일단 상황을 보고하라, 대위. 그쪽은 현재 전황이 어떤가?]

“3중대는 대치 중이던 적 중대를 섬멸하고 현재 대기 중입니다. 다른 중대와 연합해서 전투를 속개할 예정입니다!”

[작전은 변경됐다, 대위!]

“네?”

[지금 당장 중대 병력을 이끌고 지도상의 루에망 지역까지 퇴각하라! 이건 명령이다! 신속하게 퇴각하라!]

날벼락 같은 명령이었다. 랑스는 머릿속이 혼란스러워졌다. 레비넌트 군의 9사단과 제7독립연대 연합군은 분명 전력상 오르가스 지방을 수비하는 제국군을 압도했다. 얼마나 시간이 걸리는가의 문제일 뿐, 결국 오르가스 지방을 탈환하는 건 기정사실이었던 것이다.

하지만 퇴각이라니? 그것도 어째서 연대장이 직접 명령을 내린단 말인가?

“무슨 일입니까, 연대장님! 적의 지원 병력이 도착한 겁니까?”

[바로 그거야, 대위! 적의 지원군이 도착했네!]

“하지만 지원군 규모가 대체 어느 정도기에… 주제 넘는 의견입니다만, 연대장님! 사단 규모의 병력이 추가로 오지 않은 이상, 저희가 현재의 위치를 사수하면 충분히 방어가 가능할 거라고 생각합니다!”

[지원군 규모는 1개 중대다!]

"1개 중대! 그런데 어째섭니까! 설마 나이트 포스(Knight Force)입니까?"

[그래, 나이트 포스야! 정면으로 치고 들어왔어!]

랑스는 경악했다.

나이트 포스란 기사를 호위하는 직속 부대를 말한다. 즉, 나이트 포스가 왔다는 건 전장에 기사가 동원되었다는 것을 의미한다. 연대장 할리스는 숨도 쉬지 않고 다급히 소리쳤다.

[알았나, 대위? 빨리 퇴각하게! 1중대는 대대장 바이올렛과 함께 전멸했어! 그래서 내가 직접 명령하는 거네! 지금 2중대 쪽으로 가고 있어! 3중대만이라면 어쩌면 무사히 피할 수 있을 거야!]

"잠깐만요, 연대장님! 기사라면 누굽니까!"

[27번이야! 루에망에서 무사히 만나길 기원하겠네!]

그리고 무전이 끊겼다. 랑스는 등줄기에 식은땀이 흐르는 걸 느꼈다.

레비넌트 군의 사관이라면 모두 티엔 제국에 등록된 기사의 이름과 실적을 줄줄이 외고 있다. 사관학교의 군사 상식 시험에 잘 나오는 문제이기도 하고, 또한 실제로 전쟁에서 만나게 될 경우를 대비하기 위해서였다.

보통 제국의 기사는 등록된 순서대로 번호를 정해 외우는데, 뒤로 갈수록 최근에 태어난 기사를 의미한다. 그리고 작

년에 개정된 티엔 제국 기사 등록에 의하면 27번은 알 로소였
다.

알 로소.

랑스는 3소대장 브렛이 걱정스런 얼굴로 자신을 보고 있다
는 사실조차 눈치채지 못하고 상념에 빠졌다. 알 로소는 티엔
제국의 3대왕가 중 하나인 로소 가문의 유일한 적자였다. 나
이는 18세. 그러나 로소 가문에 태어난 기사라는 것만으로도
그가 기사 중에서도 강력한 힘을 가지고 있다는 사실을 의심
할 필요가 없었다.

기사.

그것은 그 이름만으로도 랑스의 가슴속 상처를 후벼 파는
존재였다.

지극히 낮은 확률로 태어나며, 평범한 기병이라면 열 명이
동시에 덤벼도 당해낼 수 없는 무시무시한 힘을 가지고 있는
지고의 존재.

붙기만 하면 검 한 자루로 전차를 박살 내며, 보병 중대 같
은 건 혼자서 20분 안에 전멸시킬 수도 있다. 기사 열 명과 약
간의 호위 부대만 있다면, 작은 나라 같은 건 '그들만으로도'
멸망시킬 수 있는 것이다.

하지만 그런 기사들이 쉽사리 전장에 모습을 드러내지 않
는 이유는, 아무리 기사라도 운 나쁘게 필드가 벗겨진 채로

집중사격이나 포격을 당하면 결국 죽을 수밖에 없기 때문이다. 더욱이 기사들은 대부분 국가의 주요 요직을 차지하고 있으며, 한 명, 한 명이 너무도 소중한 존재였다. 그렇기에 죽을 경우 국가적으로 입는 손실이 너무도 크다.

그런데 제국군이 기사를, 그것도 왕족으로 태어난 최고의 기사를 이런 변방의 전장에 투입시킨 것이다.

"중대장님, 어서 집결 지역으로 이동해야……."

브렛의 목소리에 랑스는 겨우 상념에서 빠져나왔다. 랑스는 브렛을 보며 '퇴각' 이라고 입을 열었다.

"네? 방금 뭐라고 하셨습니까, 대위님?"

"퇴각… 퇴각이야, 브렛. 지금 빨리 전 소대원들에게 퇴각을……."

순간 지직거리는 잡음과 함께 무전이 들어왔다. 랑스는 반사적으로 무전을 연결했다.

"3중대장 랑스 대위입니다!"

[랑스! 나 문키토야.]

"문키토 대위님!"

문키토는 7연대 1대대 2중대의 중대장이다. 거기에 랑스와 같은 기숙사를 쓴 사관학교 1년 선배이기도 했다.

[방금 전에 연대본부에서 무전이 왔는데 상태가 안 좋아서 끊겼어! 다른 부대와 연락도 안 돼!]

"대위님, 지금 당장 빨리 그곳을……."

[우린 지금 포위됐어! 젠장! 앞에 있던 1소대가 교전 중이야! 망토를 두른 이상한 놈이 혼자 접근하고 있대! 랑스! 아무래도 기사 같아!]

무전은 잡음이 심해 알아듣기가 무척 힘들었다. 하지만 적어도 문키토가 무슨 말을 하고 있는지는 이해할 수 있었다.

랑스는 온몸의 털이 거꾸로 곤두서는 분노를 느꼈다.

지금 제국 기사 알 로소는 속칭 '목 베기'를 하고 있는 것이다.

목 베기란 전도유망한 젊은 기사에게 충분한 전공을 쌓아주기 위해 선행 부대가 적을 포위한 후 기사 혼자 적진에 뛰어들어 싸우는 행위를 말한다.

물론 당하는 측에선 적군에 포위를 당했기 때문에 사방의 적을 경계하는 가운데 기사 한 명에게 일방적으로 학살당할 수밖에 없었다. 그때 2중대의 통신이 끊겼고, 랑스는 눈을 질끈 감았다. 전쟁이라는 이름의 잔혹한 살육 게임 중에서도 가장 비참하고 가장 처절한 게임이 지금 막 시작되고 있는 것이다.

"이런 빌어먹을……."

"대위님, 퇴각이라니 무슨 말씀입니까? 퇴각 명령이 떨어졌습니까?"

"…브렛 중위?"

"네, 대위님!"

"지금부터 귀관이 판도라 중대의 임시 중대장을 맡는다."

"네?"

"지금 당장 2소대와 함께 퇴각해. 1소대와 4소대에겐 내가 명령을 내리겠다. 전 중대본부 지점에서 집결한 다음에 중위가 통솔해서 루에망까지 퇴각해 줘."

"루에망 말입니까?"

"그래."

"그런데 어째서 제가 중대장을… 대위님은 어쩌시려고요?"

랑스는 아랫입술을 질끈 깨물며 북쪽 하늘을 노려보았다.

더 이상 참을 수가 없다.

단지 2중대가 비참하게 학살당하기 때문이 아니었다. 절망을 견디지 못해 덮어두었던 가슴의 상처가 아직도 아물지 않고 자신을 고통스럽게 한다는 사실을 깨달았기 때문이다.

'앞으로 난 영원히 이 고통을 짊어지고 살아야 하나?'

랑스는 고개를 저으며 말했다.

"난 나중에 합류한다. 할 일이 있어."

브렛은 도무지 알 수 없다는 표정으로, 그러나 어쩔 수 없이 경례를 붙이며 명령에 따랐다. 랑스는 3소대에서 떨어져 1중대가 있는 본래의 합류 지점으로 걸음을 옮겼다. 그리고 무전으로 판도라 중대의 필드사인 폰테라와 연결했다.

[무슨 일이야 랑스! 지금 마도부 직통 회선으로 퇴각 명령이 떨어졌어!]

"나도 들었어! 이미 2중대와 3중대엔 퇴각 명령을 내렸어! 너 지금 중대본부에 있는 거지?"

[나야 당연히 이 구질구질한 막사에 있지! 그런데 대체 무슨 일이냐고?]

"지금 당장 테이블 아래 있는 내 가방을 가지고 이쪽으로 와줘! 원래 모이기로 했던 합류 지점으로!"

[뭐? 가방이라니… 이 검은 가방 말이야?]

"그래!"

[가라면 가겠지만 대체 무슨 일이냐니까? 퇴각 명령이 떨어졌다며!]

"오면 설명해 줄게! 빨리 그거 들고 이쪽으로 와!"

랑스는 명령하듯 소리치며 무전을 끊었다. 그리고 4소대의 소대장인 마이리크 중위에게 연락해 마찬가지로 퇴각 명령을 내렸다.

그리고 랑스는 짧은 한숨과 함께 1소대장 크라이에게 무전을 연결했다.

[뭔 일입니까, 중대장님! 왜 아무도 합류 지점으로 안 오는

겁니까?]

　"크라이! 너 지금 싸우고 싶지?"

　[엥? 뭐요? 갑자기 그게 무슨……?]

　"싸우고 싶어, 아니면 싸우기 싫어?"

　[그야 물론 싸우고 싶죠!]

　"그럼 당장 1소대 기병 전원 전투 준비시켜 놓고 대기해! 그리고 나머지는 모두 중대본부 있는 데까지 퇴각시키고!"

　[나머지라니, 보병 애들 전부 퇴각시키란 말입니까?]

　"그래."

　[기병은 전투준비한 채 여기 그대로 남아 있구요?]

　"그래."

　그러자 크라이의 실실거리는 웃음소리가 무전으로 들렸다.

　[헤헤헤… 이거 뭔가 있구만. 알겠습니다. 여신님이 내린 명령을 감히 제가 어찌 거역하겠습니까?]

　순간 랑스는 크라이를 이 일에 끌어들인 것에 대한 죄책감을 말끔히 털어버릴 수 있었다. 랑스는 단숨에 무전을 끊어버리고 전진했다. 지금 그가 할 수 있는 일이란 자신이 도착할 때까지 2중대가 전멸하지 않고 버텨주길 마음속으로 기도하는 것뿐이었다.

4

랑스가 예상한 대로 제국 왕가의 일원인 알 로소가 이번 전장에 끼어든 이유는 다름 아닌 부족한 자신의 전공을 쌓기 위해서였다.

티엔 제국의 3대왕가인 로소 가문은 과거 수많은 뛰어난 기사를 배출한 명문 중의 명문이었다.

본래 기사는 극히 낮은 확률로, 그것도 우연에 의해 태어난다. 하지만 제국의 로소 가문과 다이크 가문, 그리고 가이렌 가문은 일반적으로 상상할 수 없을 만큼 높은 확률로 기사를 배출했다. 태어나는 자식이 모두 기사인 것은 물론 아니었지만, 적어도 한 대에 평균적으로 한 명 이상의 기사가 태어나는 것으로 유명했다.

그런데 알 로소보다 9년 먼저 태어난 장녀 이비사 로소 역시 기사였다.

남매가 둘 다 기사로 태어난 것이다. 거기에 이비사 로소는 티엔 제국에 등록된 서른 명의 기사 중에서 한 손에 꼽힐 만큼 강력한 힘을 가지고 있었다. 그녀의 스승이자 제국 최강의 기사로 이름 높았던 제국 기사단장 다이니소스는 그녀가 17세일 때 이미 자신의 실력을 뛰어넘었다고 기사단에 공언할 정도였다.

하지만 그에 비해 알 로소의 기사로서의 역량은 비교적 평범한 편이었다.

그 역시 다이니소스에게서 검을 배웠다. 하지만 이미 이비사라는 역사에 이름 남을 최강의 기사를 길러낸 그로선 알 로소의 평범한 재능이 성에 찰 리가 없었다.

그래서 알은 태어났을 때부터 누나와 비교당했다.

스승은 물론 제국의 모든 사람이 자신과 누나를 비교하며 저울질했다. 덕분에 알 로소는 왕족에 기사로 태어났으면서도 항상 열등감에 사로잡혀야 했다.

아홉 살 연상의 누나 이비사는 늦게 태어난 동생을 지극정성으로 아끼며 귀여워했다. 알 역시 강하고 아름다운 자신의 누나를 사랑하고 또 자랑스러워했다.

하지만 그렇다고 뼛속 깊이 새겨진 열등감이 사라지는 건 아니었다.

자신이 아무리 노력해도 결국 무인으로서의 역량은 누나를 넘어설 수 없었다. 그녀는 세르기오 왕국과의 전쟁에서 이미 로소 군 1사단을 직접 지휘하며 지휘관으로서, 또한 기사로서 명망을 떨쳤다.

세르기오 왕국이 항복하기 직전, 남아 있던 세 명의 기사가 왕국 수도의 존속을 걸고 제국에 기사전(騎士戰)을 신청했다. 이비사 로소는 이를 받아들였고, 직접 기사전에 나서 세르기오 왕국의 기사 세 명을 연달아 격파해 버렸다.

제국에서 그녀의 인기는 이미 전설적인 것이 되었다. 알 로소는 최소한 그녀에게 부끄럽지 않은 동생이 되고 싶었다. 그래서 레비넌트 왕국과의 전쟁이 시작되자 끈질기게 이비사를 설득해서 결국 남부 전선에 객원 기사로 참전을 허락받은 것이다.

"레비넌트 공화국의 기병들이 수준이 높다고 하더니 딱히 그런 것도 못 느끼겠군."

알 로소는 망토를 차기 위해 낀 견장에 피가 튄 것을 발견하고는 옆으로 손을 내밀었다. 뒤에서 대기 중이던 검은 갑옷의 기병이 급히 달려와 고급스런 실크 손수건을 그에게 건네주었다.

"아무래도 혼합 전투 중대의 기병은 최고 수준이라고 보긴 어렵습니다. 그건 저희 제국도 마찬가지입니다."

손수건을 건네준 기병이 고개를 숙이며 말했다. 알 로소는 견장에 묻은 피를 닦고 손수건을 바닥에 버리며 대답했다.

"그럼 어떤 기병이 강한 건가, 브리스?"

"기병 중대에 속한 기병이 평균적으로 높은 실력을 가지고 있습니다. 대전이 벌어지면 항상 그들이 중심으로 활약하니까요."

알 로소는 금색의 눈썹을 옆으로 쓰다듬으며 고개를 끄덕였다. 반 곱슬머리의 금발에 섬세하면서도 강인한 표정을 가진 왕자는 아직 18세의 나이였지만 제국 왕가의 일원답게 충분한 기품과 실력을 겸비하고 있었다.

"그렇군. 역시 이번 전투가 끝나면 누님께 연락해서 중앙군으로 보내달라고 해야겠어. '목 베기'를 하는 것만으로도 부끄러울 지경인데, 상대가 이렇게 약해서야 흥마저 나지 않아."

"외람된 말씀이오나 처음엔 다 이렇게 실적을 쌓는 것입니다. 누님이신 로소 왕녀님께서도 처음엔 황제 친위사단의 객원 기사로 지방의 분쟁에서 활약하셨습니다."

알 로소의 부관으로 바로 옆에서 그를 모시고 있는 브리스는 제국 정규군이 아니었다. 그는 로소 가문에 속한 사병이었다. 10년 전에는 처음 전쟁에 참전했던 이비사 로소를 보좌했고, 지금은 18세의 젊은 왕자를 섬기고 있었다.

"그래? 누님도 그랬단 말이지?"

왕자는 납득한 듯 고개를 끄덕였다. 지금 진행 중인 속칭 '목 베기'를 제안한 것도 다름 아닌 브리스였다. 브리스는 왕자가 아직 실전 경험이 적다는 것을 생각해 되도록 안전하게 전공을 쌓을 수 있는 방식을 권했던 것이다.

"지금쯤 근방의 다른 적들은 후방으로 퇴각했을 겁니다. 기사가 전장에 나왔으니 전략을 수정해야 할 테니까요."

"그럼 언제쯤 기사와 싸울 수 있을까, 브리스?"

"정보에 따르면, 이 지역에 주둔 중인 공화국 남부군 9사단엔 기사가 없습니다. 9사단과 연합한 제7독립연대의 연대장도 기사는 아닙니다. 결국 반격을 한다면 기갑 전력을 동원할 것입니다."

알 로소는 얼굴을 찌푸리며 고개를 저었다.

"전차 말인가? 참으로 기품이 없는 자들이군. 전차 따위는 접근만 하면 기병도 때려 부술 수 있지 않나?"

"물론 그렇습니다만, 전차 부대의 화력이 효율적으로 집중되면 상상 이상의 파괴력을 발휘합니다. 기동력도 기병과 동급 이상이고, 더욱이 기병처럼 체력이 소진되는 일도 없으니까요."

"그런가? 하긴 누님의 1사단도 기갑사단이니까. 유용한 전력이란 건 인정해야겠지."

알 로소는 그렇게 말하며 전방을 바라보았다. 그가 방금 전 몰살시킨 소대는 레비넌트 군 제7독립연대 1대대 2중대 소속의 1소대였다. 41명의 적병 중에 38명을 검으로 베어 죽이는 데 걸린 시간은 불과 5분 정도였다.

남은 세 명은 후방으로 도망쳤다. 하지만 후방이라 해도 이미 2중대는 대치 중이던 제국의 두 개 중대 병력과 알 로소의 나이트 포스에 의해 3면에서 포위된 상황이었다.

결국 1중대와 마찬가지로 2중대 역시 단 한 명도 빠짐없이 알의 손에 의해 죽임을 당할 운명인 것이다.

'아무려면 어때. 천민들이 지배하는 적국의 1개 중대 따위, 어떻게 죽더라도 나완 상관없는 문제다.'

본인이 직접 죽이는 것임에도 알 로소는 그렇게 생각하며 2중대의 본대가 있는 방향을 노려보았다. 그러나 아무리 전능한 힘을 가진 기사라 해도 지금 이 순간 포위망의 한쪽 면이 뚫리며 여섯 명의 남자가 포위망 안쪽으로 난입해 왔다는 사실까지 알 수는 없는 노릇이었다.

"후우……."

크라이의 등에 업힌 채 적의 포위망을 뚫고 온 폰테라는 지친 듯 어이없다는 표정으로 길게 한숨을 내쉬었다.

"내가 남자 등에 업혀서 적진을 돌파할 거라고 감히 상상이나 할 수 있었을까? 그만 내려주지 않겠나, 중위?"

"그야 분부대로 하지요, 마법사님."

크라이는 실실 웃으며 폰테라를 바닥에 내려놓았다. 포위당해 있던 2중대는 랑스가 기병을 이끌고 적진을 돌파해 오자 모두들 환호성을 질렀다. 하지만 그렇다고 해서 그들의 운명에 특별히 변화가 생긴 건 아니었다. 2중대는 여전히 포위되어 있었고, 랑스의 난입에 의해 오히려 포위망이 더욱 견고해졌을 뿐이었다.

"랑스, 이렇게 와주니 정말 고맙네만……."

2중대의 중대장인 문키토는 하루 만에 10년은 늙어버린 듯한 초췌한 얼굴로 랑스에게 말했다.

"어쩌자고 이런 짓을 했나. 자네라도 퇴각해서 목숨을 건졌어야지. 지금 우리 중대는 목 베기를 당하는 중……."

"저도 압니다, 선배님. 아니, 문키토 대위님."

랑스는 문키토의 말을 끊으며 말했다.

"저도 그냥 죽으려고 여기 온 건 아닙니다. 현재 상황은 어떻습니까?"

"…좀 전에 1소대의 생존자가 이쪽으로 도망쳐 왔어. 1소대는 세 명 빼고 그놈 한 명에게 다 죽었네. 결국 그 세 명도 여기서 다 같이 죽게 되겠지만."

"그럼 알 로소가 곧 이쪽으로 오겠군요."

"알 로소? 그놈이 27번 알 로소란 말인가?"

"네."

문키토는 바닥에 침을 뱉으며 분노를 토했다.

"이런 젠장! 왕족이 이런 변두리 전장엔 뭐 하러 온 거야! 전쟁터가 어디 왕자님들 놀이터인 줄 아나!"

랑스 역시 같은 심정이었다. 빗발치는 파이어 볼과 총탄을 견디며 기적처럼 견뎌온 목숨이다. 그런데 이렇게 죽는다는 건 너무도 비참하다.

그때 크라이가 랑스에게 다가오며 말했다.

"아무튼 중대장님 명령대로 이렇게 돌파해서 오긴 했습니다만, 적이 기사라면서요?"

"그래, 기사다."

"그럼 어떻게 합니까? 우리 다섯 명이랑 2중대에 남은 기병들이랑 모두 모여서 그 기사 놈이랑 한판 뜨는 겁니까?"

물론 그게 그나마 현실적으로 가능성있는 방법일 것이다. 하지만 랑스는 고개를 저었다. 이쪽이 기병만 모아서 알 로소를 포위 공격한다면, 분명 적들은 목 베기를 포기하고 나이트 포스를 움직일 것이다. 기사의 직속 중대인 나이트 포스엔 보통 일반 중대의 두 배 이상인 40여 명의 기병이 포함되어 있다. 어떻게 싸우더라도 이길 수 있는 방법은 없었다.

"싸우는 건 나 혼자다."

랑스가 말했다. 크라이가 눈살을 찌푸리며 코웃음을 쳤다.

"대위님 혼자 말입니까?"

"그래."

"미친 겁니까?"

"내가 미친 걸로 보이나?"

크라이는 당연하다는 듯 고개를 끄덕였다. 랑스는 쓴웃음을 지으며 뒤에 잠자코 서 있는 폰테라에게 손을 내밀었다.

"여기 대체 뭐가 들었기에……"

폰테라는 의아한 얼굴로 들고 온 검은 가방을 랑스에게 건
넸다. 안에 뭐가 들어 있는지 궁금했지만 비밀번호로 열리는
자물쇠로 잠겨 있어 확인할 수는 없었다.

랑스가 네 자리 비밀번호인 0203을 맞추자 딸깍, 하는 소리
와 함께 자물쇠가 열렸다. 지켜보던 폰테라가 랑스에게 물었
다.

"0203. 무슨 뜻이라도 있어?"

"809년 2월 3일."

"5년 전이군."

"내가 치유병과를 선택해 사관학교에 들어간 날이야."

랑스는 가방을 열고 그 안에 있던 금속 재질의 상자를 꺼냈
다. 상자 속에 있는 것은 사용하지 않은 새 주사기 여섯 벌,
그리고 밀봉되어 있는 유리 약병 여섯 개였다. 폰테라는 여전
히 알 수 없다는 표정으로 랑스를 보며 물었다.

"이게 뭐지? 약? 진통제인가?"

"빨간 약은 에디크린, 투명한 건 디시옥스라고 해."

"둘 다 한 번도 들어본 적 없는 이름이군."

"에디크린은 국방부 치유병과 의학개발팀에서 개발한 약
이야. 정확히는 개발하다 포기한 거지만."

"왜?"

"부작용이 심해서."

랑스는 빨간 액체가 들어 있는 유리 약병에 주사기를 찔러 빨아들였다.

"에디크린은 국방부가 20년 전부터 진행해 오던 강화 병사 프로젝트의 부산물이야. 투약한 병사의 근육 산소 활성도를 높여 일시적으로 강한 근력을 얻게 하는, 말하자면 일반인을 30분 동안 기병으로 바꾸는 약이지."

"정말?"

"근데 프로젝트는 폐지됐어."

"왜?"

"임상 실험 결과 약효가 퍼지는 동안에 근육을 과도하게 사용하면 근육이 부하를 견디지 못하고 파열돼 버렸거든."

랑스는 그렇게 말하며 자신의 왼팔 혈관에 에디크린을 주사했다. 폰테라가 기겁하며 소리쳤다.

"랑스!"

"그리고 디시옥스는 반사 신경과 반응속도를 극단적으로 높이는 약물이야. 신대륙에서 발견된 마약 물질에서 추출한 건데, 문제는 투약하면 정신이 이상해지고 환각이나 환청이 들리기 때문에 사용이 금지되어 있지."

"랑스! 자네 지금 대체 뭐 하는 건가!"

멍하니 있던 문키토 마저 랑스의 행동에 황급히 소리쳤다. 랑스는 디시옥스마저 주사기에 담아 자신의 목에 찔렀다. 순간적으로 과민 반응을 보인 목의 혈관이 크게 부풀었다가 다시 잠잠해졌다.

랑스는 눈을 감고 아랫입술을 질끈 깨물었다. 순간적으로 머릿속이 환하게 밝아지며 상쾌한 기분과 함께 전신의 감각이 마치 몸 밖으로 확장된 것 같은 착각이 느껴졌다.

갑자기 눈앞에 16세의 어린 스팅커터의 얼굴이 보였다. 그는 원망하는 표정으로 자신을 노려보고 있었다.

랑스는 나지막하게 중얼거렸다.

"그래, 알고 있어. 난 도망친 거야. 아무리 노력해도 이길 수 없는 존재가 세상에 있었으니까. 하지만… 하지만 그래도 포기할 순 없었어."

갑자기 혼잣말을 하는 랑스의 모습은 누가 봐도 정신이 나간 것처럼 보였다. 랑스는 눈을 뜨고 허리에 찬 CXP9호 필드 발생기를 확인했다. 잔량은 21,000 정도 남아 있었다.

하지만 상관없다. 설사 한계치인 6만까지 필드가 꽉 차 있다 해도 기사의 공격을 한 번이나 막아낼 수 있을지는 의문이었다. 랑스는 짧게 여러 번 심호흡을 하며 각오를 굳혔다. 어차피 기사의 싸움에서 안티 필드는 무의미한 존재였다.

랑스는 폰테라와 크라이를 보며 말했다.

"지금부터 난 약 30분 동안 기사에 준하는 힘을 낼 수 있어. 이기고 돌아올 테니 여기서 기다려 줘."

"잠깐, 랑스. 부작용이 있다며? 그건 어쩔 건데?"

폰테라가 핏발 선 랑스의 눈을 보며 불안한 목소리로 물었다. 랑스는 가방에 들어 있던 고글을 꺼내 얼굴에 착용하며 대답했다.

"난 치유사잖아."

"너 설마… 치유 마법으로 부작용을 억제하면서 싸울 생각이야?"

랑스는 고개를 끄덕였다. 그리고 곧장 1소대가 전멸한 전방을 향해 걸음을 옮겼다. 영문을 모르는 2중대의 병사들이 마치 유령이라도 보는 것 같은 눈으로 적진을 향해 가는 랑스를 바라보았다.

폰테라는 차마 떠나는 랑스를 붙잡지 못하고 소리쳤다.

"말도 안 돼, 랑스! 마법을 사용할 때 얼마나 집중을 해야 하는지 알잖아! 근데 싸우면서 어떻게 마법을 쓰려고 그래! 이봐, 랑스! 피엘 랑스!"

랑스는 대답하지 않았다. 그게 힘들다는 사실은 치유사인 랑스 스스로가 누구보다 잘 알고 있었다.

하지만 지금은 그걸 해내야 할 시간이다.

목베기에 희생양이 되고 있는 병사들을 위해서라도, 그리고 평생 기사에 대한 열등감과 자괴감으로 고통받아야 할 자신을 위해서라도 지금은 이 불가능에 가까운 묘기를 성공시켜야 하는 것이다.

저 멀리 포위망을 좁혀오는 제국군의 총구에 반사되는 빛이 보인다. 평소의 시력으로는 절대 보일 리 없는 것들이다. 검을 쥔 오른팔의 근육이 어서 빨리 날뛰고 싶다고 꿈틀거리기 시작했다.

진정 이게 내 몸인가?

기사들은 항상 이런 눈으로 세상을 보고, 이런 힘으로 전장에서 병사들을 학살해 왔던 건가?

"비겁한 놈들이야……."

랑스는 흙먼지가 올라오는 전방을 보며 중얼거렸다. 그러고 보니 마침 흙먼지 사이로 그 비겁한 놈들 중에 하나가 랑스를 향해 걸어오고 있었다.

'뭐지, 이놈은?'

남은 적을 베어버리기 위해 적진을 향하던 알 로소의 눈에 이상한 광경이 보였다.

적군 병사 하나가 긴 장검을 손에 들고 자신 쪽으로 걸어오고 있었다. 하지만 기병인지 아닌지, 심지어는 남자인지 여자인지도 잘 알 수 없는 외모를 가지고 있었다.

키는 170㎝ 정도, 어깨도 좁고 체격도 작은 편이었다. 물론 그 정도 체격을 가진 남자는 세상에 얼마든지 있지만, 새하얀 피부와 선이 가느다란 얼굴, 그리고 검고 긴 머리카락을 보면 반대로 키가 큰 여자처럼 보이기도 했다.

다만 짙은 선글라스를 끼고 있어 눈이 보이지 않았다. 물론 알 로소가 알 리 없지만, 그것은 레비넌트 군이 개발한 최신 전투 장비인 고글이었다.

"항복을 하러 온 거라면 실수한 거다, 대위!"

알은 랑스의 군복 깃에 달려 있는 계급장을 보며 소리쳤다. 랑스는 감탄했다. 20미터나 떨어져 있는데 이 조그만 계급장을 눈으로 보고 확인하다니.

하지만 지금의 랑스 역시 알의 화려한 전투복에 수놓아진 금실의 주름 개수조차 셀 수 있을 정도로 시력이 예민해져 있었다.

"내가 지금 항복하러 온 것처럼 보이나?"

랑스는 검을 들어 보였다. 알은 코웃음을 치며 고개를 저었다.

"그럼 어쩌려고? 싸울 생각인가?"

"당연하지."

"재밌군. 설마 내가 기사란 걸 모르고 있는 건 아니겠지?"

"물론 알고 있지. 로소 가문의 왕자님. 그런데……."

랑스는 순간 눈앞이 아찔하는 걸 느꼈다. 세상이 마치 파도 속에 잠긴 듯 일렁인다. 동시에 머리가 어지럽고 속이 울렁거리기 시작했다.

'젠장, 벌써 부작용인가?'

랑스는 급히 왼손을 머리에 대고 '오토나'를 시전했다. 그러자 곧바로 시력이 안정되며 세상이 본래의 모습으로 돌아왔다. 알은 이상하다는 듯 랑스를 보며 말했다.

"싸우러 온 것치곤 몸도 안 좋아 보이는군. 부상이라도 입은 건가?"

"신경 끄시지."

"예의가 없군. 하지만 여기까지 온 용기를 봐서 고통없는 죽음을 선사하도록 하지."

알은 단 한 번의 도약으로 거리를 제로로 만들며 랑스의 목을 향해 검을 휘둘렀다. 이 정도 속도로 베이면 고통을 채 만끽할 새도 없이 목이 날아간다.

하지만 랑스는 반사적으로 검을 들어 알의 공격을 받아냈다. 총성이 멎어 정적이 흐르던 전장에 순간적으로 엄청난 소음이 폭발했다. 그것은 엄청난 운동에너지가 담긴 금속성의 두 물체가 서로 충돌하면서 발생하는 진동음이었다.

"어?"

깜짝 놀란 알이 반사적으로 몸을 뒤로 뺀 순간, 랑스는 몸을 앞으로 숙이며 주저없이 적을 향해 검을 휘둘렀다. 또 한 번 검이 부딪치고 강렬한 충격이 어깨를 타고 알의 몸을 강타

했다.

　'기사다!'

　알의 푸른 눈동자가 순간적으로 수축되었다. 적의 힘은 분명 기사의 그것이었다. 하지만 기사들만이 서로 알 수 있는 힘의 파동은 여전히 느껴지지 않았다.

　기사들은 그 '파동' 을 통해 서로의 실력을 예측할 수 있다. 그런데 눈앞에 있는 적에게선 그 파동이 전혀 느껴지지 않았다. 알이 스승에게서 배운 기사 간의 전투법이 제1장부터 어긋나기 시작한 것이다.

　하지만 랑스 역시 기사가 아니었기 때문에 알의 기사로서의 파동을 느낄 수 없기는 마찬가지였다. 하지만 랑스가 조금이라도 유리한 점이 있다면, 그것은 바로 그가 수련한 은월검류의 가르침이었다.

　은월검류의 기본은 바로 상대의 기색을 살피는 것이었다.

　상대의 마음이 공세로 가득 차 전력으로 공격해 온다면 유연하게 수비함으로써 그 기세를 넘긴다. 반대로 상대의 기세가 수그러들고 수세적으로 변한다면 그 빈틈을 노려 열광적으로 공격한다.

　랑스는 알의 어깨를 노리며 대각선으로 크게 검을 내리그었다. 동작은 크지만 전에 비할 수 없는 거대한 근력에 의해 엄청난 속도로 검끝이 움직였다. 알이 그것을 받아낸 순간,

랑스는 반동을 막지 않고 그대로 튕겨나는 검의 방향을 회전
시키며 몸을 숙여 이번엔 적의 발목을 향해 검을 휘둘렀다.
　'뭐지, 이건?'
　알은 기묘한 적의 움직임에 당황하며 급히 몸을 뒤로 뺐다.
발목 근처에 랑스의 검이 스칠 듯 비껴가며 푸른 불꽃이 튀었
다. 랑스의 공격 방향은 미리 예측하기가 까다로웠다. 지금까
지 한 번도 본 적 없는 정체불명의 검술이었다.
　물론 그것은 랑스가 수련한 은월검류의 비기였다. 빈틈이
커 보이지만 함부로 그 빈틈을 찌를 수 없는 건 은월검이 자
신의 힘에 상대의 힘을 더해 공세를 지속하기 때문이었다.
　하지만 랑스는 적의 수세를 노려 계속 공격을 퍼부을 수가
없었다.
　오른 팔목과 어깨에 지금껏 한 번도 경험한 적 없는 엄청난
부하가 걸리고 있다. 강화된 근육이 가까스로 그 충격을 받아
내고는 있지만, 어느 순간 움찔하며 마치 쥐가 난 듯 엄청난
통증을 호소했다.
　그것은 에디크린의 부작용이었다.
　'오른팔이 안 움직인다!'
　랑스는 급히 몸을 뒤로 뺀 후 왼손으로 '라스티타' 를 시전
해 오른팔에 가져다 대었다. 근육이 찢어지는 통증을 얼굴에
드러내지 않는 것만으로도 엄청난 고역이었다.

알은 랑스가 갑자기 몸을 뒤로 빼자 자세를 정비하며 적의
움직임을 주시했다. 적은 갑자기 창백해진 얼굴로 오른팔을
주무르고 있었다.

'왜 저러는 거지?

알 수가 없다. 뭔가 몸에 문제가 있는 걸까, 아니면 일부러
뭔가 문제가 있는 것처럼 빈틈을 보이며 이쪽의 공격을 유도
하는 걸까?

알은 신중하게 접근한 후, 순간적으로 전력을 다해 검을 휘
둘렀다. 랑스는 급히 다리를 움직여 알의 공격을 피했다. 반
격을 하고 싶었지만 아직 오른팔이 정상이 아니었다. 알은 즉
각 연속으로 공격을 퍼부었고, 가까스로 다리를 움직여 피하
던 랑스는 더 이상 피할 수 없음을 알고 불안정한 오른팔을
움직여 검을 치켜들었다.

"으윽!"

강한 통증이 소름처럼 온몸에 퍼졌다. 알은 적이 비틀거리
자 기세를 살려 다이니소스에게 배운 검술을 마음껏 발휘했
다. 찌르기 공격을 페인트 삼아 랑스의 측면으로 미끄러지듯
파고든 후 아래서부터 위로 검을 쳐올렸다. 랑스가 가까스로
그것을 막자 이번엔 정면으로 검을 들어 상단으로 내려치듯
검을 휘둘렀다.

랑스는 그저 뒷걸음치며 적의 공격을 막을 수밖에 없었다.

평범한 기병이라면 막다가 몸이 무너져 땅속에 처박힐 것 같은 엄청난 힘이었다.

'안 돼. 어떻게든 기회를 만들어야……'

순간 랑스의 눈에 알의 모습이 희미해지며 뭔가 정체를 알 수 없는 형체로 변하기 시작했다. 그것은 황금의 털을 가진, 마치 칼처럼 날카롭고 긴 손톱을 가진 사자의 모습이었다.

사자는 앞발을 들어 미친 듯이 랑스를 향해 손톱을 휘둘렀다. 랑스는 자신이 환상을 보고 있다는 것을 깨달았다. 환상은 환상이지만 실재하는 환상이었다. 적에 대한 공포가 이런 환상을 만드는 건가, 아니면 단순한 디시옥스의 부작용인가?

하지만 당장은 적의 공격을 막는 데 급급할 뿐이었다. 오토나를 다시 한 번 사용하려면 적어도 5초 이상의 여유가 있어야 했다.

"으아아아악!"

랑스는 비명 같은 함성을 내지르며 전력을 다해 적의 공격을 맞받아쳤다. 알은 갑자기 적이 힘을 쓰자 살짝 긴장하며 전진을 멈췄다. 그러자 랑스 역시 한 발 물러서 왼손을 머리에 짚으며 비웃듯이 알에게 소리쳤다.

"티엔 제국의 왕족이라면서 고작 이 정도냐? 어비스 6세가 통탄할 노릇이군!"

"뭐? 어디서 감히 황제 폐하의 존함을 입에 담는 거냐! 이름도 없는 하급 기사 놈이!"

"흥! 내가 하급 기사면 넌 전장에서 목 베기나 하고 다니는 잔악한 쓰레기 기사가 아니냐, 알 로소!"

"뭐라고?"

알이 발끈하며 소리쳤다. 그때까지 가까스로 오토나를 완성해 사용한 랑스는 겨우 알의 모습이 본래의 인간의 모습으로 보이는 걸 확인하고, 이번엔 라스티타를 시전해 파열된 온몸의 근육을 치료하기 시작했다.

"기사라면 기사답게 병사를 지휘하거나, 아니면 정정당당하게 기사전이나 신청할 것이지 고작 적 중대 한두 개를 격파하는 무훈을 세우기 위해 직접 전장에 뛰어드는 것이냐? 이비사 로소는 완전히 이긴 전쟁에서도 적 기사의 기사전 신청을 받아들인 공명정대한 기사인데, 그에 비해 동생은 이렇게도 형편없는 겁쟁이였구나!"

"너! 너, 이 자식! 누님과 날 비교하지 마라! 비틀거리고 있는 주제에 어디서 큰소리냐!"

"큰소린지 아닌지는 직접 확인하시지?"

랑스는 가까스로 움직일 만큼 몸을 회복시키는 데 성공했다. 하지만 너무 급박하게 광범위한 부위를 치료하느라 효율적으로 마력을 쓸 수가 없었다. 남은 마력은 거의 제로였고,

다시 한 번 환각이 심해지거나 근육이 파열되면 꼼짝없이 죽는 수밖에 없었다. 물론 기병의 힘을 가지고 태어나 이만큼 기사와 싸운 것만 해도 기적 같은 일이었다.

하지만 랑스가 원하는 건 기적 같은 일이 아니라 기적, 그 자체였다.

약물을 좀 더 개량할 수 있다면? 회복 마법을 더 빠르고 효율적으로 사용할 수 있다면? 다음번엔 좀 더 정상적으로 기사와 싸울 수 있을지도 모른다. 하지만 '다음번' 이라는 기회가 주어지기 위해서라면 일단 여기서 이겨야 한다.

그 어떤 비겁한 수단을 쓰더라도 일단 이겨야 하는 것이다.

알은 약이 오른 듯 붉게 달아오른 얼굴로 검을 고쳐 쥐었다. 랑스의 입장에선 조금이라도 시간을 벌기 위해 아무렇게나 지껄인 말들이 알의 자존심과 열등감을 너무나 강렬하게 자극해 버렸다.

"이 계집애 같은 자식이! 그 목을 베어 소금에 절여주마! 그리고 나서 성문에 걸어놓은 후 백성들에게 침을 뱉게……."

순간 랑스가 주머니에서 둥근 공 모양의 물건을 꺼내 알에게 집어 던졌다. 알은 코웃음 치며 검으로 후려쳤다.

"폭탄 따윈 안 통해!"

그러나 그것은 폭탄이 아니라 연막탄이었다. 알의 검에 박살난 연막탄은 삽시간에 사방으로 회색 연기를 뿜어내기 시작했다. 알은 망토로 얼굴을 가리며 기침을 했다.

"콜록! 크윽! 이 자식! 어디서 비겁한 수를!"

하지만 서로가 아무것도 보이지 않는 상황에서 목소리를 내는 건 자폭과 같은 일이었다. 알은 곧 기침을 멈추고 입을 다문 후 뒤로 조용히 움직이기 시작했다. 연막이 주위를 빠르게 덮고 있었지만, 일단 연막 지역을 빠져나가기만 하면 아무 문제 없었다.

하지만 순간 허리에서 푸른 불꽃이 튀며 강한 진동이 느껴졌다. 알은 깜짝 놀라며 공격이 온 방향으로 검을 휘둘렀다. 하지만 검은 허공을 갈랐고, 이번엔 반대 방향에서 알의 목덜미를 향해 공격이 날아왔다.

"큭!"

두 번의 공격을 허용한 알은 발소리를 죽이며 빠르게 반대 방향으로 움직였다. 하지만 알이 잠시 걸음을 멈춘 순간, 이번엔 아래쪽에서 무언가 정강이를 스치며 지나갔다.

'어떻게 알고 공격하는 거지?

기사의 위력이 담긴 공격은 아니었다. 하지만 중요한 건 알이 착용하고 있던 필드 발생기의 잔량이 바닥을 향해 질주하고 있다는 사실이었다.

아무리 기사라도 살이 강철로 만들어진 것은 아니기 때문에 필드가 바닥난 상태에서 기병의 검에 맞으면 치명상을 입을 수밖에 없다.

하지만 어떻게?

어떻게 이 연막으로 가득 찬 암흑의 세상에서 적은 자신의 위치를 정확히 노리고 공격을 할 수 있단 말인가?

해답은 랑스가 눈에 차고 있는 고글이었다. 레비넌트 군이 마법부와 함께 개발한 이 고글은 근처에 있는 금속에 반응해 위치를 알려주는 기능을 가지고 있었다.

본래 개발 목적은 땅속에 묻힌 금속 지뢰를 발견하기 위해서였지만, 랑스는 알이 들고 있는 검을 통해 짙은 연막 속에서 알의 위치를 정확히 파악할 수 있었다. 물론 에디크린의 효과로 기사와 같은 스피드를 낼 수 있기 때문에 가능한 일이었다. 작정하고 도망치는 기사를 따라잡을 수 있는 것은 오직 같은 기사뿐이었다.

"으으……."

알은 자신도 모르게 신음 소리를 내며 사방을 둘러보았다. 이미 자신이 어디에 서 있는지 방향감각을 상실한 상태였다.

필드기의 잔량은 2천대로 떨어져 있었다. 이대로라면 죽는다. 알은 설마 이런 변두리 전장에서 자신이 죽음을 예감하게 될 거라곤 꿈에도 생각하지 못했다. 그저 적 부대 몇 개를 제물 삼아 전공을 쌓은 후 좀 더 중요한 임무를 맡을 계획이었던 것이다.

그런데 일이 이렇게 돼버리다니.

"으아아아아아악!"

순간 알은 비명을 지르며 무작정 정면을 향해 미친 듯이 질주했다.

어떻게든 연막에서 빠져나가는 게 우선이었다. 그러면 살 수 있을 것이고, 살아서 나이트 포스에 돌아가 필드사에게 필드기를 충전하고 다시 싸우면 된다고 생각했다.

전장에서 도망치는 건 기사로서 용납할 수 없는 비겁한 짓이지만, 어차피 적도 이런 비겁한 수단을 동원하며 싸우고 있는 것이다.

'그래, 일단 도망치는 거야! 도망치고 후일을 기약하면 돼!'

연막 속을 달리는 알의 머릿속에 순간 누이인 이비사 로소의 얼굴이 떠올랐다.

'누님?'

어째서일까? 어째서 누님의 모습이 자꾸 눈앞에 떠오르는 걸까?

그것이 알 로소의 인생에 있어 마지막으로 느낀 의문이었다.

랑스는 질주하던 알을 가까스로 따라잡아 그가 연막의 범위에서 거의 빠져나가려는 순간 그의 목을 베어 날렸다.

그곳은 회색의 연막이 거의 걷힌, 사물의 윤곽이 뚜렷하게 보이기 시작한 장소였다. 알이 10미터만 더 달릴 수 있었다면 그는 추격해 오는 랑스의 모습을 발견하고 공격을 막아낼 수도 있었을 것이다.

"헉… 헉… 헉……!"

랑스는 거친 숨을 몰아쉬며 바닥에 무릎을 꿇었다. 인간이 이렇게 빨리 달릴 수 있을 거라고 감히 상상조차 하지 못한 속도로 달린 대가였다. 아무리 거친 숨을 몰아쉬어도 육체가 원하는 산소의 요구량을 충족시킬 수가 없었다.

하지만 랑스는 웃고 있었다.

웃지 않고는 견딜 수가 없었다. 그것은 너무도 거대한 쾌감이었다.

기사와 싸웠다. 그리고 이겼다.

이젠 평생 동안 밥을 먹지 않아도 배가 부를 것 같았다.

영원히 거지가 되어 시궁창을 뒹굴어도 행복할 것 같았다.

지금 이 순간 하늘에서 벼락이 떨어져 죽는다 해도 납득할 수 있었다.

하지만 랑스는 아직 죽을 수가 없었다. 그는 검을 지팡이 삼아 다시 몸을 일으킨 후 흙바닥을 뒹굴고 있는 알 로소의 머리를 집어 들었다. 끔찍했지만, 지금은 이것이 자신은 물론 남아 있는 2중대와 부하들을 살릴 수 있는 유일한 도구였다.

CHAPTER 02
푸른 마녀

1

레비넌트 공화국 수도 아리겐의 중심부에 위치한 정부종합청사 건물 지하 8층 회의실.

마도사의 전술 마법에 직격을 맞아도 견딜 수 있는 깊은 지하 회의실에 모인 것은 공화국에서 가장 중요한 비중을 가진 세 사람이었다.

한 사람은 레비넌트 군 3군 총사령관인 디벨 메이쿤 원수, 또 한 사람은 레비넌트 공화국 마도부의 종신 재직 장관인 리소스 라브라인, 마지막은 공화국 집권당인 국민당의 총수인 전 공화국 수상 케인 마리노였다.

이들은 이곳에서 티엔 제국과의 전쟁에 관한 여러 가지 중대한 사항을 논의하고 있었다. 하지만 단연 최고의 화제는 사흘 전 남부 전선의 오르가스 지방에서 벌어진 기적과도 같은 전과에 관한 일이었다.

"처음 보고를 들었을 땐 부관이 장난이라도 치는 줄 알았지. 기병이 기사를 죽이다니, 무슨 중세 시절 소설도 아니고 말이오."

머리가 하얗게 센 60대의 메이쿤 원수가 손사래를 치며 말했다. 외모만 보아선 정확한 연령을 알기 힘들 정도로 젊어 보이는 마리노가 고개를 끄덕이며 대꾸했다.

"저도 그랬습니다. 하지만 덕분에 제국군이 오르가스 지방을 포기하고 완전 후방으로 후퇴했으니 생각지도 못한 결과가 아닙니까?"

"그러게요. 제국도 분명 '그 동굴'에 대한 걸 알고 있을 거라고 생각했는데 말이지요."

"제국도 중요 인물들은 분명 알고 있을 겁니다. 하지만 공공연하게 밝힐 수는 없는 노릇이니 명령에 차질이 빚어진 거겠지요."

"전 수상 각하의 생각은 어떠하십니까? 역시 지금이 D계획을 실행할 시기라고 생각하십니까?"

마리노는 턱수염을 손으로 쓰다듬으며 신중한 표정으로

고개를 저었다.

"글쎄요……. 저로선 아직 판단하기 힘든 문제가 아닐까 합니다. 원래는 2년, 최소한 1년 후에 중부 전선을 완전히 장악해 후방의 위협을 없애고 안전을 확보한 후에 오르가스 지방을 완전 점령할 생각이었으니까요."

"역시 아직 이른 감이……?"

"그렇긴 합니다만……."

그때 침묵을 지키고 있던 마도부 장관 라브라인이 입을 열었다.

"두 분 다 너무 신중하시군요. 1년, 2년이라고 잘도 말씀하십니다만, 어르신의 몸이 정확히 얼마나 버틸 수 있을지는 확신할 수 없는 문제입니다."

검은 로브로 전신을 가린 마도사는 완전히 쉬어버린, 듣기 힘든 목소리로 질책하듯 다른 두 사람에 말했다.

"기회가 생겼다면 가차없이 이를 진행해야 하는 게 우리의 의무입니다. 두 분 다 세상의 영욕을 누리고 이런 안전한 장소에서 편하게 명령만 내리다 보니 어르신의 은혜 같은 건 어느새 머릿속에서 망각해 버리신 것 같군요."

"그런 심한 말씀을! 전 결코 그분의 은혜를 한시도 잊어버린 적이 없소이다!"

메이쿤 원수가 테이블을 손바닥으로 내려치며 발끈했다.

마리노는 팔짱을 끼고 불쾌한 표정으로 눈을 감으며 대꾸했다.

"말씀이 좀 심하신 것 같군요. 하지만 괘념치는 않겠습니다. 그렇다면 장관께선 역시 이번 기회에 D계획을 시작해야 한다고 생각하십니까?"

"당연하지요. 어르신께서도 그걸 바라고 계십니다."

라브라인은 고개를 주억거리며 대답했다. 깊이 눌러쓴 로브 아래로 어렴풋이 늙은 노인의 얼굴이 메이쿤의 눈에 비쳤다. 하지만 이 노인은 메이쿤이 처음 소위로 군에 입대했을 때부터도 노인이었고, 마법부의 장관이었다. 대체 지금 나이가 몇이나 되었을지 짐작하기도 힘들었다.

"흐음, 어르신의 생각이 그러시다면야……."

메이쿤은 헛기침을 하며 미리 준비해 온 계획서를 테이블 위에 놓았다.

"후방에 대기 중인 부대를 당장에라도 오르가스 지방에 투입할 수 있소이다. D계획을 위해 준비시켜 놓은 특전대지요."

"구성은 어떻게 되어 있습니까?"

라브라인은 계획서를 읽어볼 생각도 하지 않고 메이쿤에게 물었다. 메이쿤은 짐짓 불쾌한 듯 고개를 돌리며 대답했다.

"음, 기본은 두 개 기병 중대요. 거기에 장관께서 전에 보내준 마법사들이 포함된 중화력 중대 한 개가 포함되어 있소이다."

"일 개 대대 병력이군요. 지휘관은 누구입니까?"

"라이폴츠 준장입니다. 아무래도 기사가 한 명 정도는 있어야 할 테니."

라브라인과 마리노가 동시에 고개를 끄덕였다. D계획의 중요성으로 볼 때, 기사 한두 명을 현장에 투입하는 건 당연한 일이었다.

잠시 생각을 하던 마리노가 메이쿤에게 말했다.

"기사라고 하니 생각이 났습니다만, 오르가스에서 제국 기사 알 로소를 쓰러뜨렸다는 그 기병은 대체 누굽니까? 제 귀엔 제7독립연대의 어느 중대장이라는 소문밖에 안 들어오는군요."

"제7독립연대 1대대 3중대의 중대장인 피엘 랑스 대위입니다."

"오, 대위인가요?"

"기록을 보면 사관학교는 치유병과를 나왔습니다."

"그럼 기병이 아니라 치유사인가요?"

"하지만 기병이기도 합니다. 단지 기병과와 치유과 중에 후자를 선택했을 뿐이지요."

그러자 라브라인도 흥미가 생긴 듯 물었다.

"훌륭한 인재군요. 그런데 대체 어떻게 기사를 쓰러뜨렸다고 합니까?"

"흠, 그게 아직은 정확하지 않소이다. 랑스 대위는 전투 이후 의식을 잃고 후방 야전병원으로 후송되었고, 오늘 아침에서야 겨우 의식이 회복되었다고 하는군요. 물론 조사단을 파견했으니 자세한 경위를 곧 알게 될 거라고 생각하오만……."

"치유사라면, 어쩌면 C계획과 관련이 있을 수도 있겠군요."

라브라인이 말하자 메이쿤과 마리노가 동시에 깜짝 놀라며 서로를 바라보았다. 메이쿤은 심각한 표정을 잠시 생각하다 입을 열었다.

"과연… 그럴 수도 있겠군. 조사단에 C계획에 참여했던 치유과의 간부를 포함시키도록 하겠소이다."

"그렇게 하십시오. 혹시 C계획과 관련이 있다면 그냥 넘어갈 수 없는 문제니까요."

마리노도 고개를 끄덕이며 대답했다. C계획은 이미 반쯤 폐기된 기획이지만, 혹시 거기에 참여했던 누군가가 예상 밖의 성과를 올렸다면 다른 모든 계획에 대한 수정까지도 고려할 만한 문제였다.

2

"야전병원인데 독실이라니! 군인은 역시 공을 세우고 볼 일이군요!"

병문안을 온 크라이가 널찍한 방에 혼자 누워 있는 랑스를 보며 엄지손가락을 치켜세웠다. 이곳은 랜들 평야의 중심에 있는 힐페인이란 마을의 마을회관으로 레비넌트 군이 랜들 평야의 전 지역을 점령한 이후 부상병들을 치료하는 야전병원으로 사용되고 있었다.

"분하면 자네도 기사를 쓰러뜨려 보게, 중위. 병원 독실은 물론이고, 예쁜 개인 간호사까지 붙여줄지도 모르니까."

함께 온 폰테라의 말에 크라이는 고개를 저었다.

"에이, 제가 무슨 기사를 쓰러뜨립니까. 하지만 예쁜 간호사라면 한번 보고 싶긴 하군요. 정말 있습니까, 중대장님?"

랑스는 쓴웃음을 지으며 고개를 저었다.

"아쉽지만 남자야. 그런데 크라이."

"네, 중대장님."

"잘 기억이 안 나는데… 내가 쓰러진 다음에 정확히 어떻게 된 거지?"

알 로소를 쓰러뜨린 후, 랑스는 알의 목을 집어 들고 가까스로 2중대가 있는 곳까지 돌아와 의식을 잃었다. 그리고 눈을 떠보니 이곳 힐페인의 야전병원이었던 것이다.

이후의 일은 크라이 대신 폰테라가 설명했다. 폰테라는 랑스가 들고 온 알의 목을 확인한 후 곧장 사람을 뽑아 나이트 포스에 전령으로 보냈다. 현재 사망한 알 로소의 '목'을 이쪽이 가지고 있으며, 만약 포위를 풀지 않고 공격을 감행할 경우, 알 로소의 머리는 형태를 알아볼 수 없게 뭉개져 있을 거라는 협박을 하기 위해서였다.

협박은 효과적이었다.

알의 나이트 포스는 물론 근방의 제국 부대는 알의 죽음에 충격을 받아 복수전이고 뭐고 전의 자체를 상실한 상태였다. 더욱이 나이트를 잃은 나이트 포스에게 중요한 건 전투가 아니라 기사의 유해를 수습해 본국으로 돌아가는 것이다. 그들이 모시던 기사는 제국 3대왕가 중 하나인 로소 가문의 왕자였으며, 제국 왕족의 육체라는 건 생사를 떠나서 지극히 신성한 것이었다.

제국군은 알 로소의 머리와의 교환 조건으로 포위를 풀었다. 그리고 기사의 죽음이라는 사태의 수습과 병력의 재정비를 위해 오르가스 지방을 완전히 포기하고 제국 본토와 인접한 시엠 지방까지 후퇴한 상태였다.

설명을 들은 랑스는 고개를 끄덕이며 폰테라의 신속한 행

동에 감탄했다. 그는 말하지 않아도 랑스가 알 로소의 머리를
들고 돌아온 목적을 정확히 파악해서 행동한 것이다.

"아무튼 무사한 거 확인했으니 전 이만 중대로 복귀하도록
하겠습니다. 걱정하고 있는 우리 애들부터 빨리 안심시켜 줘
야죠."

크라이는 경례를 붙이고 랑스의 병실을 빠져나갔다. 둘만
남게 된 폰테라는 길게 한숨을 내쉬며 랑스에게 말했다.

"아무튼 말이지, 네가 그렇게 무모한 유형의 인간일 줄은
꿈에도 생각하지 못했어. 대체 그런 방식으로 기사와 싸울 생
각은 언제부터 하고 있던 거지?"

"그렇게 오래된 건 아냐."

랑스는 잠시 생각하다 말했다.

"치유병과에서 약학을 배우면서… 이론적으로 가능하지
않을까 생각만 하고 있었어."

"이론적이라면, 그 약물들을 쓴 건 이번이 처음이란 말이
야?"

"처음이지."

"미쳤군."

"당연하지. 미치지 않고서 기사한테 덤빌 수 있을 것 같
아?"

랑스는 웃었다. 물론 에디크린이나 디시옥스 같은 약물을

몸에 직접 투약한 건 이번이 처음이었지만, 그래도 스스로의 몸에 회복 마법을 빠르게 사용하는 건 기회가 날 때마다 틈틈이 연습을 해오고 있었다.

폰테라는 랑스의 퀭한 눈가와 창백한 얼굴을 보며 물었다.

"몸은 좀 어때?"

"머리가 어지럽긴 하지만, 큰 문제는 없어."

"약물의 부작용은?"

"중화제도 잔뜩 맞았으니 자체적인 부작용은 없을 거야. 하지만 몸을 너무 혹사시켜서 근육이나 관절이 쑤셔. 며칠 지나면 회복되겠지."

"그 정도라니 다행이군. 그럼 기사를 이긴 기분은 어때? 레비넌트 전군은 물론 모든 시민들의 영웅이 된 소감은?"

"기분은 좋아."

"저런, 인터뷰의 기본이 안 돼 있군. 좀 더 상세하게 이야기할 수 없어?"

"상세고 뭐고, 이건 말로 설명이 안 돼."

"뭐?"

"이게 말로 온전히 설명할 수 있는 감정이었다면 애초에 시도조차 하지 않았을 거야."

랑스는 허공을 바라보는 멍한 눈으로 말했다.

"영웅 같은 건 아무래도 상관없어. 난 내가 정말 하고 싶었지만 절대 할 수 없던 일을 한 거니까.”

랑스는 그때의 기분을 머릿속에 떠올렸다. 회색 연막 속에서 알 로소의 목을 검으로 쳐 날려 버린 바로 그 순간의 기분을, 마치 온몸의 세포 하나하나가 쾌감에 부풀어 자신의 몸 바깥쪽으로 확장되는 것 같던 그 기분을.

폰테라는 미소를 지으며 고개를 끄덕였다.

“자아성찰, 뭐 그런 종류의 기쁨인가? 아무튼 네겐 경의를 표하지. 역시 내 눈은 틀리지 않았어. 너란 인간이 가지고 있는 운명의 무게는 주위에 있는 모든 존재를 빨아들일 정도로 강력하다는 걸.”

“빨아들이다니… 내가 무슨 자석이야?”

“자석보다는 소용돌이가 의미상 정확하겠지. 아무튼 넌 정말 큰일을 해낸 거야. 그 때문에 앞으로 네가 겪어야 할 운명의 파장은 더욱 요동치게 되었을…….”

그때 누군가 병실 문을 두드리며 말했다.

“랑스 대위? 랑스 대위? 안에 있는가?”

“어라, 이거 또 높은 분들이 오셨나 본데?”

폰테라는 문밖의 소리를 듣더니 재빨리 랑스의 침대 밑으로 숨어들었다. 랑스가 앗! 하고 놀라며 뭔가 제지하기도 전에 방문이 열리며 야전복이 아닌, 군대 관리복을 입은 세 남자가 병실 안으로 들어왔다.

그중 키가 큰 남자가 들고 있던 서류를 침대 옆 테이블에 내려놓으며 말했다.

"피엘 랑스 대위 맞는가? 난 레비넌트 남부군 사령부에서 나온 타밀 중령이라고 한다. 만나서 반갑다. 귀관이 보여준 영웅적 행위에 진심을 담아 경의를 표하는 바다."

타밀 중령은 누워 있는 랑스에게 깍듯이 경례를 붙이며 말했다. 랑스도 얼떨결에 경례를 붙이며 대답했다.

"병사로서 해야 할 일을 했을 뿐입니다."

"음, 그건 너무 겸손한 말 같군, 대위. 레비넌트 군은 그 어떤 병사에게도 기사와 싸워 이기라는 무리한 명령은 내리지 않는다네. 하하하!"

타밀은 호탕하게 웃으며 주머니 속에서 작은 녹음기를 꺼내 들었다.

"아무튼 자네의 전공은 열 개의 훈장으로도 모자랄 정도로 거대한 거라네. 하지만 일단 난 귀관이 벌인 이 놀라운 사건의 경위를 조사하러 나온 거니 되도록 성실하고 정직하게 질문에 답해주길 원하는 바네."

"물론입니다, 중령님. 그럼 저도……."

랑스는 침대에서 일어나 몸을 고쳐 앉으려고 했다. 타밀은 그런 랑스를 제지하며 고개를 저었다.

"아냐. 그냥 편히 누워 있게, 대위. 환자를 괴롭히려고 온 건 아니니까.”

“감사합니다, 중령님.”

랑스는 타밀의 뒤에 서 있는 다른 두 명의 남자를 힐끔 보며 대답했다. 아무래도 뒤의 두 남자는 타밀과는 뭔가 다른 목적으로 이 자리에 와 있는 느낌이었다.

타밀은 녹음기의 버튼을 누르며 사무적인 말투로 입을 열었다.

“대륙력 814년 5월 25일. 레비넌트 군 남부군 사령부 정보부 소속 루펜스 타밀 중령, 기록 시작합니다. 랑스 대위?”

“네, 중령님.”

“우선 대위의 신상명세를 정확히 말해주십시오.”

“레비넌트 군 남부군 소속 제7독립연대 1대대 3중대 중대장 피엘 랑스 대위입니다. 나이는 23세이고 병과는 치유병과의 치유사입니다.”

“귀관은 814년 5월 22일 오후 3시경, 제국의 기사인 알 로소와 싸워 그를 전사시켰습니다. 사실이 맞습니까?”

“맞습니다.”

“간략하게 당시 상황을 설명해 주십시오.”

“…당시 제가 이끄는 3중대는 대치 중인 적 중대를 섬멸하고 2중대를 도와 전투를 계속할 계획이었습니다. 그때 제7독립연대 연대장이신 할리스 대령님의 무전이 연결되었습니다.”

“무전의 내용은 정확히 어떤 것이었습니까?”

“제국의 나이트 포스가 전장에 난입했기 때문에 신속히 병력을 수습해 전장에서 이탈하라는 명령이었습니다.”

“그렇다면 대위는 명령을 위반한 것입니까?”

타밀 중령의 목소리 톤이 조금 올라간 것처럼 느껴졌다. 랑스는 입안에 고인 침을 삼키며 잠시 뜸을 들이다 대답했다.

“명령대로 3중대의 병력은 대부분 퇴각시켰습니다. 다만 3중대 1소대 소속 기병만 퇴각시키지 않았습니다.”

“1소대의 기병을 남긴 이유는 무엇입니까?”

“당시 2중대의 중대장인 문키토 대위의 무전이 들어왔기 때문입니다.”

“무전의 내용은 무엇이었습니까?”

“2중대가 적에게 포위를 당했다는 내용이었습니다. 무전은 곧 끊겼지만, 전 소수의 기병과 함께 적의 포위망 일부를 뚫어 2중대의 활로를 뚫을 생각이었습니다.”

“계속 말하십시오.”

랑스는 이후에 있던 전투의 경위와 결과를 간략하게 설명했다. 기사를 이길 수 있었던 건 약물에 의한 일시적인 효과였다고 말했지만, 의외로 타밀은 그에 대한 추가적 질문이나 무단으로 약물을 반출, 혹은 제조한 것에 대한 질책을 하진 않았다.

　“…알겠습니다. 그럼 이걸로 사건의 경위에 대한 구두 조사를 마치겠습니다. 협력해 준 랑스 대위에게 감사드립니다.”

　타밀은 거기까지 말하고 녹음기의 녹음 버튼을 풀었다. 랑스는 왠지 긴장이 풀리는 걸 느끼며 나지막하게 한숨을 내쉬었다.

　“이건 일종의 형식 같은 것이니 별로 마음에 둘 필요는 없네, 랑스 대위. 아무튼 수고했네. 하지만 한 가지, 귀관이 이해해 줘야 할 문제가 있다는 걸 알아두었으면 하네.”

　“뭔가 문제가 있습니까?”

　“아니, 문제라기보단 귀관이 세운 거대한 무공에 대한 포상, 즉 특진이나 훈장의 수여 같은 포상을 바로 줄 수 없다는 걸 이해해 줬으면 한다는 거지.”

　“아, 그런 거라면…….”

　“사실 귀관이 일으킨 사건, 그러니까 기병이 기사를 쓰러뜨린 이 말도 안 되는 무공에 대한 전례가 전혀 없기 때문에, 물론 앞으로도 이런 일이 벌어질 거라는 예상도 전혀 하지 않았기 때문에 포상에 대한 규정이 전혀 마련되어 있지 않네. 그래서 그건 좀 뒤로 기다려 주었으면 하네.”

　“아니오. 포상을 바라고 한 일은 결코 아닙니다. 그런 문제라면 아무 걱정 하지 않으셔도 됩니다."

랑스는 고개를 저었다. 타밀은 훌륭하다는 듯 대견한 표정으로 고개를 끄덕이며 말했다.

"과연 공화국 군인의 귀감이군. 그럼 몸조리 잘하게. 남부군의 최종 목표 중 하나였던 오르가스 지방에 대한 점령이 끝났기 때문에 당분간 군사작전은 없을 거네. 그동안 푹 쉬도록 하게나."

"감사합니다, 중령님."

"그럼 수고하게. 아, 그런데 뒤에 계신 두 분은 나완 다른 문제로 대위를 찾아온 것 같으니 계속 수고해 주게나."

타밀 중령은 그렇게 말하곤 병실을 빠져나갔다. 랑스는 짐짓 긴장한 표정으로 병실에 남은 두 남자를 바라보았다. 처음부터 한마디도 입을 열지 않던 두 사람은 타밀이 나가자 그제야 앞으로 나서며 자신들을 소개했다.

"전 국방부 치유과 소속의 브라이언이라고 합니다. 국방부 소속이지만 군인은 아니기 때문에 계급은 없습니다. 이쪽은 치유과의 자문 역을 맡고 계시는 아리겐 대학 의학부 부장 홉스 박사님이십니다."

"만나서 반갑네, 랑스 군. 전에 잠깐 본 기억이 있지?"

랑스는 그제야 홉스 박사의 얼굴을 떠올리며 반갑게 고개를 끄덕였다.

　"물론이죠, 교수님. 사관학교에 강의를 하러 몇 번 오지 않으셨습니까? C계획으로 아리겐 대학에 갔을 때도 만나뵙고요."

　"기억해 주니 다행이군. 근데 사실은… 바로 그 C계획 때문에 위쪽의 부탁을 받고 여기까지 온 거라네."

　"C계획 때문이라니요? 그건 전에 이미 결론이 난… 아, 설마?"

　"저희가 여기 온 건 랑스 대위가 바로 C계획 때 함께 연구했던 '그 마법'을 응용해 기병의 몸으로 기사를 상대로 승리한 게 아닐까 판단했기 때문입니다."

　브라이언은 심각한 표정으로 랑스를 보며 말했다. 랑스는 짐짓 놀란 표정으로 고개를 저으며 말했다.

　"그럴 리가요! C계획의 마법은 치유사 한 명이 사용할 그런 종류의 마법이 아니라는 건 잘 아시지 않습니까?"

　"물론 그렇습니다만, 저희로선 어떤 연관이 있지 않을까 하는 의심을 지울 수가 없더군요. 그도 그렇지 않습니까? 기병의 힘을 가진 사람이 기사를 이긴 사건이니까요."

　"그건 그렇지만, 방금 전에도 말했듯이 제가 기사를 상대로 싸울 수 있었던 이유는 에디크린과 디시옥스를 사용했기 때문입니다. C계획과는 아무 상관도 없습니다."

　랑스는 고개를 저으며 완곡히 부정했다. 브라이언은 잠깐

실례라고 말하며 홉스 교수와 나지막한 소리로 의견을 교환
했다.

"음, 에디크린과 디시옥스 말이군요. 물론 그거라면 납득
할 수 없는 것도 아닙니다. 하지만 에디크린은 강화 병사 프
로젝트의 동물 실험에서 조금 빼돌렸다고 가정해도, 디시옥
스는 어떤 경위로 입수하게 되었습니까?"

"…제가 직접 만들었습니다."

"직접 말입니까?"

"네. 아는 루트를 통해 정제된 다이크를 구해서 직접 성분
을 추출해 디시옥스를 만들었습니다."

"저런, 그렇다면 마약 밀매를 했다는 말씀이시군요."

"부정하지 않겠습니다."

랑스는 순순히 인정했다. 이제 와서 마약 밀매로 감옥에 갇
힌다 해도 후회할 생각은 없었다. 덕분에 원하는 목표를 달성
했다. 지금껏 자신을 괴롭혔고, 또한 죽을 때까지 괴롭힐 문
제를 해결했으니 여한은 없었다.

"전 영창에 가게 되는 건가요?"

랑스가 조심스레 물었다. 하지만 브라이언은 천천히 고개
를 저었다.

"아닙니다. 적국의 기사와 1:1로 싸워 승리한 건데, 그 정
도 흠이야 아무것도 아니죠. 대신 앞으론 밀매를 통해 재료를

구하지 마십시오. 원하신다면 치유과에서 원하는 약품을 조
달해 드릴 테니 말입니다."

"감사합니다. 하지만 당분간 쓸 일은 없을 것 같습니다."

"어째서인가?"

홉스 교수가 물었다. 랑스는 잠시 생각하다 대답했다.

"아직은 제 생각일 뿐이지만, 두 약품 다 개량의 여지가 있
을 것 같습니다. 어쩌면 좀 더 적은 부작용으로 원하는 능력
을 얻을 수 있을지도 모르거든요."

"정말인가?"

"네, 교수님."

랑스가 어색하게 웃어 보이며 고개를 끄덕였다. 홉스는 놀
란 눈으로 랑스에게 다가와 그의 손을 붙잡으며 말했다.

"자네, 정말 대단하군. 랑스 군, 자네만 좋다면 전역 후에
우리 대학에서 꼭 함께 연구를 하고 싶네. 원한다면 전임 교
수 자리도 줄 수 있네. 그리고……."

"잠깐만요, 교수님. 그런 이야기라면 저희 국방부 치유과
과 우선입니다."

브라이언이 급히 홉스의 말을 막으며 랑스에게 말했다.

"랑스 대위, 그래도 아직은 국방부 소속의 군인이니 전쟁
이 끝나더라도 전역은 좀 생각해 주시길 바랍니다. 치유과는
언제나 대위 같은 유능한 인재를 위해 문을 활짝 열어놓고 있

습니다."

"저런, 국방부 소속이라고 너무 횡포를 부리는 거 아닌가?"

홉스가 불만스런 얼굴로 말했다. 랑스는 쓴웃음을 지으며 두 사람의 다툼을 말렸다.

"두 분 다 벌써부터 그렇게 싸우실 필요 없습니다. 아직 전쟁이 끝난 것도 아니니까요. 그리고 제가 생각하는 약물의 개량이란, 저처럼 치유 마법을 병행해서 사용한다는 조건이 붙기 때문에 일반적으로 적용되긴 힘들 겁니다."

"그래도 상관없네. 가능하면 우리 대학으로 오게나. 내가 학장에게 부탁해서 꼭 자넬 우대하도록 하겠네."

"연구라면 치유과가 훨씬 좋은 환경을 제공해 드릴 수 있습니다. 아니, 원하신다면 연구팀을 만들어 드리도록 하죠. 강화 프로젝트에 관련된 일이라면 국방부에서도 분명 충분한 연구 자금을 지원해 줄 겁니다."

두 사람은 랑스의 병실을 떠나면서도 계속 대학이 좋네 치유과가 좋네 하며 끊임없이 언쟁을 벌였다. 침대 밑에서 기어 나온 폰테라가 몸에 묻은 먼지를 털며 랑스를 향해 웃음을 터뜨렸다.

"하하하하하! 인기 폭발 아냐, 랑스! 전역 후에 취직 자리는 따놓은 셈이군!"

"놀리지 마, 폰테라. 벌써부터 저러는 건 민폐일 뿐이야."

랑스는 눈가를 찌푸리며 고개를 저었다. 폰테라는 랑스의 반응이 재밌다는 듯 큭큭 웃으며 말을 이었다.

"뭘 그렇게 질색하고 그래. 병원 개업하는 게 꿈이라며? 지방 병원에서 근무하다가 개업하는 것보다는 그래도 최고 명문인 아리겐 대학 병원에서 교수로 지내다가 개업하는 게 훨씬 인기도 좋지 않겠어?"

"그야 그렇지만… 아냐, 됐어. 그런 건 별로 생각하고 싶지 않아."

"혹시 기사를 꺾고 나니까 꿈이 바뀐 거야? 전역하지 않고 계속 군에 남아 별을 따고 싶다든가? 나야 그렇다면 절대 환영이지만."

"내가 장군이 되는데 왜 네가 환영이지?"

"장군이 되면 큰일을 벌일 수 있으니까. 가령 쿠데타를 일으킨다든가."

"뭔 소리야! 쿠데타라니?"

폰테라는 눈을 가늘게 뜨며 웃었다.

"가령이라니까. 아무튼 그렇게 되면 내가 옆에서 참모를 해주도록 하지. 우리 둘이 힘을 합치면 혁명 같은 건 식은 죽 먹기야."

"혁명 좋아하시네. 쓸데없는 소리나 하고 있을 거면 중대

에 돌아가서 병사들 필드나 채워주서. 환자 옆에서 골치 아프
게 하지 말고."

"저런, 매정하네. 오늘은 부상당한 친구를 위해 옆에서 자
고 가줄까 생각했는데 말이야."

"제발 참아줘."

"구국의 영웅께서 혼자 있을 시간이 필요하신가 보군. 뭐,
좋아. 근데 궁금한 게 있는데 말이야."

폰테라는 침대 옆 테이블에 걸터앉으며 물었다.

"C계획이란 게 대체 뭐야?"

랑스는 뜨끔한 표정으로 폰테라의 시선을 피하며 대답했
다.

"그건… 비밀이라서 말할 수 없어."

"에이, 그러지 말고 좀 털어놔 봐. 다른 사람도 아니고 바
로 나잖아?"

"네가 누군데 그래?"

"친구잖아."

"친구라도 안 돼."

"그럼 3중대 필드사로서 궁금한 게 머릿속에 지워지지 않
으면 정신 집중이 안 돼서 나중에 전투가 벌어졌을 때 중대
상공에 필드를 치지 못할 수도 있는데 말이야?"

랑스는 질린다는 얼굴로 폰테라를 보며 말했다.

"너도 진짜 대단한 인간이다."

"그래 봐야 기병의 몸으로 기사를 해치운 인간만큼 대단하겠어?"

"…절대 다른 사람에게 말하면 안 돼."

"물론이지. 자, 어서 털어놔 봐."

랑스는 잠시 고민하다 말했다.

"너라면 알고 있을지도 모르지만, 마법부에 나이가 300살이 넘은 엄청난 마도사가 한 명 있어."

순간 폰테라의 몸이 미세하게 경직되는 걸 컨디션 나쁜 랑스는 눈치채지 못했다.

"진짜 300살인지는 모르지만, 아무튼 엄청 오래 살았다는 것만은 틀림없나 봐. 그리고 마법부에서 꽤나 중요한 인물 같은데, 아무튼 너무 오래 살아서 육체가 거의 한계에 달해 있었어."

"직접 본 거야?"

폰테라가 물었다. 랑스는 고개를 끄덕였다.

"그 사람의 몸을 회복시키기 위해 치유과에서 C계획이란 걸 만들었어. C계획을 지원하기 위해 사관학교의 치유병과에서도 성적이 좋은 몇 명을 뽑았는데 그중에 나도 뽑혔었거든."

"그래서?"

“그래서 치유과 본청에까지 가서 C계획을 도왔지.”

“C계획이 정확히 어떤 걸 말하는데?”

폰테라의 목소리엔 단순한 호기심이 아닌, 어딘지 모르게 상대방을 추궁하는 기색이 담겨 있었다. 랑스는 약간 주눅이 들었지만, 크게 신경 쓰지 않고 말을 이었다.

“C계획은 모두 세 가지의 새로운 치유 마법을 연구하는 거야. 첫 번째는 ‘재생’, 이건 완전히 기능을 잃어버렸거나 손실된 신체 기관을 재생시키는 마법. 두 번째는 ‘신생’, 이건 인간의 몸에 존재하지 않는, 하지만 이론적으로 인간의 몸에 달려 있다면 생존에 크게 도움을 줄 가능성이 있는 기관을 새로 만들어내는 것. 그리고 세 번째는 ‘환생’인데…….”

“환생?”

랑스는 고개를 끄덕였다.

“환생, 정확히는 ‘새로 태어나는 것’. 특정 인간과 완벽히 동일한 구성을 가진 새로운 육체를 만들어 거기에 ‘의식’을 옮기는 거야. 뭐, 이건 이론적으로조차 거의 불가능에 가까운 거라서 마법식도 완성이 안됐어.”

“그렇군. 그런 어이없는 실험을 하고 있었단 말이지.”

폰테라는 싸늘한 눈으로 반대편 벽을 노려보며 중얼거렸다. 랑스는 폰테라의 말에 동의하며 말을 이었다.

“그러게 말이야. 아무튼 나도 신마법을 완성하는 걸 도왔

어. 그나마 '재생' 이나 '신생' 은 현실 가능성이 높아 집중적
으로 연구했거든. 그래서 마법식까지는 완성이 됐는데……"

"그런데?"

"결론은 사용이 불가능하다는 걸로 끝났어."

"어째서?"

"이론적으론 가능한데, 문제는 평균적인 치유사 스무 명분
의 마력이 동시에 필요했거든."

"그럼 치유사 스무 명을 동원하면 되는 거잖아?"

랑스는 고개를 저었다.

"단순히 스무 명의 마력이 아니라 스무 명분의 '동일한'
마력이 필요해. 같은 마력이라도 사람에 따라 흐름이나 구성
이 미묘하게 다르단 걸 알잖아?"

"알지."

"그래서 계획은 중지됐어."

"하지만 그런 거라면 중화 필드 발생기가 어떤 마력이라도
동일한 힘으로 변환시켜 충전하는 걸 응용하면 되지 않을
까?"

"물론 그것도 연구하긴 했는데, 치유 마법과 관련된 마력
과 힘의 변환을 담당하는 마도구를 새로 개발하기 위해선 약
15년에서 20년의 시간이 필요하대. 중화 필드도 초기버전이
개발될 때까지 30년은 걸렸잖아?"

"그럼 15년이든 20년이든 시간을 투자해서 개발하면 되잖아?"

"그렇긴 한데, 그 300살 먹은 마법사가 앞으로 10년 이상 견딜 수가 없었나 봐. 그래서 C계획은 취소됐어."

랑스는 그렇게 말하며 폰테라의 표정을 유심히 살폈다. 시선을 돌려 벽을 바라보고 있는 폰테라의 눈은 왠지 공허하면서도 어딘지 모르게 안심한 표정을 짓고 있었다. 폰테라는 건조한 음성으로 고개를 끄덕이며 말했다.

"그렇군. 10년이라 이거지."

"그때 10년 정도라고 했으니까, 지금은 7년 정도 남은 거겠지. 하지만 인간의 남은 수명을 그렇게 정확히 수치로 계산하긴 힘들 텐데, 무슨 생각인지 모르겠어."

"그건 아마 그 영감의 마력이 버틸 수 있는 시간을 말하는 걸 거야."

"영감?"

"통칭 '미티어', 본명은 쇼웰 디그리브. 아는 사람들은 주로 '어르신'이라고 부르는 영감이 있어. 네가 함께 연구한 C계획은 아마 그 영감을 살리기 위한 계획일 거야."

랑스가 당황한 얼굴로 대답했다.

"미티어라니… 그 전설의 마도사 미티어 말이야? 루비날 시대 때 티엔 제국의 대륙 정복을 혼자 막았다는 그 미티어?"

"그래."

"뭐야, 그건! 그럼 300년이 아니라 700년 전 사람이잖아!"

폰테라는 고개를 끄덕였다.

"영감의 나이는 이미 800살이 넘었어."

"세상에……."

"그 영감은 평생 동안 열세 명의 자식을 두었는데, 지금은 다섯 명만 남고 모두 죽었어."

"갑자기 자식 이야기는 왜 꺼내? 설마……."

랑스가 불안한 눈으로 폰테라를 보았다. 폰테라는 싸늘한 미소를 지으며 대답했다.

"맞아. 그 영감이 25년 전에 얻은 막내아들이 바로 나야. 본명은 리빙 디그리브, 폰테라는 어머니의 성이지."

폰테라가 부대로 돌아가고, 병실에 혼자 남은 랑스는 침대 머리맡에 놓아둔 가십 잡지를 펼쳐 읽기 시작했다.

하지만 눈으로 보면서도 잡지의 내용은 머리에 들어오지 않았다. 디그리브에 관한 역사는 대륙력이 시작되기 전, 그러니까 지금으로부터 800년 전부터 기록되어 있다.

어떻게 인간이 800년 이상 살 수 있을까?

물론 강한 마력을 가진 인간이나 뛰어난 신체 능력을 가진 기사가 200살 이상 살았다는 기록은 드물게 남아 있다. 하지만 그걸 감안하더라도 800년은 상식을 초월한 수명이다.

게다가 800년을 산 것도 모자라, 그 나이에 자식을 만들 수 있다니…….

모든 게 사실이라면 기병인 자신이 편법을 사용해 기사를 상대로 싸워 이긴 것 이상으로 센세이션한 일이다. 랑스는 잡지를 테이블 위에 던져 놓고 침대에 누운 채 창밖을 바라보았다.

그때 창밖의 거리를 돌아다니던 군인들의 모습이 갑자기 경직되며 누군가에게 경례를 붙이기 시작했다.

'무슨 일이지?'

랑스가 좀 더 자세히 보려 해도 정작 그 누군가는 이미 야전병원 안으로 들어가 버린 후였다. 동시에 병원 안이 급격히 소란스러워졌다. 랑스의 병실은 2층이었는데도 1층의 소란을 직접 들을 수 있었다.

그것은 감탄과 존경과 경의가 한데 모인 열광의 탄식 같은 것이었다.

그리고 잠시 후 노크와 함께 랑스의 병실 문이 열렸다. 분명 어딘가의 높으신 분이 자기를 만나러 왔겠지. 랑스는 그렇게 생각하며 미리 침대에서 허리를 일으켰다.

방 안으로 들어온 건 남자였다. 30대 중반의 훤칠한 키의 남자는 레비넌트 공화국의 정식 기사 복장을 갖춰 입고 있었다.

"이오시스 룬베리아!"

랑스는 자신도 모르게 남자의 이름을 말해 버렸다.

그는 바로 현재 37명이 등록되어 있는 레비넌트 공화국의 기사 중에서도 오직 다섯 명만이 들어갈 수 있는 최고의 자리인 '넘버 나이트'의 일원이었다.

룬베리아는 느긋한 얼굴에 부드러운 미소를 지으며 말했다.

"날 알고 있다면 굳이 소개할 필요는 없겠군. 만나서 반갑네, 피엘 랑스 대위."

"시, 실례했습니다, 각하!"

랑스는 심장이 급격하게 요동치는 걸 느끼며 급히 경례를 붙였다. 룬베리아는 고개를 저으며 유유히 랑스에게 다가왔다.

"너무 격실 차릴 필요 없네. 오늘 난 사적으로 이 자리에 온 거니까."

"써드 나이트(Third Knight)를 직접 만나게 되어 영광입니다!"

개인적으로 말하자면, 랑스는 룬베리아의 팬이었다. 룬베리아는 랑스가 알고 있는 한 공화국에서 가장 강력한 기사였다.

넘버 나이트.

모두 다섯 명만 뽑기 때문에 파이브 나이트라 불리는 이들은 레비넌트 공화국에서도 가장 기름진 곡창지대인 티벨 지방과 루키아 지방의 통치자인 '대영주' 이기도 했다.

선거로 의원을 뽑고, 의원들이 모여 수상을 뽑는 이 나라에 '영주' 라는 오래된 체제가 남아 있는 건 납득하기 힘든 일이다. 하지만 티벨과 루키아 지방은 예로부터 '기사' 를 뽑아 자신들의 군주로 섬겨왔다.

이들에 의해 레비넌트 공화국의 전신이라 할 수 있는 아리겐트 왕국이 세워졌고, 아리겐트 왕국이 '조용한 혁명' 에 의해 레비넌트 공화국으로 바뀌었을 때도 여전히 티벨과 루키아 지방은 다섯 명의 기사를 섬기는 데 주저하지 않았다.

그러나 이들은 단순히 강압적인 봉건제나 전제군주 시절의 잔재가 아니었다.

이 두 지역에선 10년마다 한 번씩 '넘버 나이트에 의한 통치' 의 찬반을 결정하는 투표가 벌어진다. 이는 넘버 나이트 스스로가 정한 법이었다. 만약 시민들이 자신들의 존재를 거부하는 날이 온다면, 스스로 군주의 권리를 포기하고 같은 시민으로 돌아갈 것을 약속한 것이다.

이것이 바로 랑스가 넘버 나이트를 존경하는 가장 큰 이유였다. 아리겐트 왕국 시절부터 지금까지 모두 40번의 투표가 있었는데, 넘버 나이트의 지지율은 단 한 번도 70퍼센트 이하로 떨어진 적이 없었다.

티엔 신성 제국에 황제가 직접 임명하는 컬러 나이트(Color Knight)가 있다면, 레비넌트 공화국엔 국민에게 인정을 받는 넘버 나이트가 있는 것이다.

"뭘 영광까지야. 아무튼 좋아해 주는 것 같아 다행이군."

갈색 머리카락에 골이 깊고 단단한 얼굴을 가진 룬베리아는 침대 옆 테이블에 앉아 랑스를 보며 미소 지었다. 품격있는 중후한 미소였다.

랑스는 뭔가 말을 하고 싶었지만 입이 떨어지지 않았다.

랑스가 아홉 살 때 처음 은월검류 도장의 문을 두드렸을 때부터 룬베리아는 이미 레비넌트 공화국 최고의 기사였고, 동시에 랑스의 우상이기도 했다.

병실 문밖으로 수십 명의 사람들이 모여 웅성거리고 있다. 부상으로 한쪽 다리가 날아가 버린 병사들까지 목발을 짚고 올라와 어떻게든 한 번이라도 룬베리아의 모습을 보기 위해 그곳에서 기다리고 있었다.

야전병원 식당에선 연락도 없이 불쑥 찾아온 최고의 기사를 대접하기 위해 있는 재료 없는 재료를 모두 긁어모으고 있었다. 이런 난리통을 아는지 모르는지, 룬베리아는 품속에서 유유히 담뱃갑을 꺼내 한 개비 뽑으며 말했다.

“남부군이 벌써 오르가스 지방을 점령하다니, 군부의 ‘요청’으로 이번 전쟁에 참여하진 못했지만, 그래도 이렇게까지 유리하게 전황이 흐를 거라곤 생각하지 못했네. 아, 혹시 담배 피우나, 대위?”

“아, 아닙니다!”

“그래? 그러고 보니 미안하게 됐군. 환자 앞에서 담배를 피우려 하다니… 나도 참 정신이 없다니까?”

룬베리아는 고개를 저으며 다시 담배를 품속에 집어넣었다. 랑스는 담배 연기로 질식해도 좋으니 부디 그냥 피우시라고 말하고 싶은 심정이었다.

“그런, 그런데 각하께서 어찌 이런 곳에…….”

랑스는 겨우 입을 열어 룬베리아에게 질문했다. 룬베리아는 테이블의 바구니에 담겨 있던 사과를 한 개 꺼내 껍질째 베어 물며 대답했다.

“물론 놀랄 만한 이야기를 들어서 염치 불구하고 달려왔지. 아, 이 사과 먹어도 되겠나? 벌써 한입 먹긴 했지만.”

“네? 아, 네. 얼마든지 드십시오.”

“고맙군. 사실 남부군에 잘 아는 장교가 좀 있어서 말이야. 대위가 제국군의 알 로소를 쓰러뜨렸다는 보고를 받자마자 달려와 봤네.”

“그래도 넘버 나이트께서 이런 곳에 직접 오시다니…….”

"사실 군부가 날 좀 따돌리는 것 같아서 말이야. 혹시 '기사전'이라도 벌어지면 재빨리 도와주려고 몰래 후방에 대기 중이었네. 덕분에 이렇게 빨리 '영웅'의 얼굴을 보게 되었군."

"영웅이라니, 당치도 않습니다. 그저 부끄러울 뿐입니다."

랑스는 정색하며 고개를 저었다. 공화국의 '진짜 영웅'에게 영웅이라는 소리를 들으니 그야말론 쥐구멍에라도 숨고 싶은 기분이었다.

룬베리아는 껄껄 웃으며 손사래를 쳤다.

"겸손하긴. 자네 정도라면 충분히 영웅 대접을 받을 가치가 있네. 기병이 기사와 단독으로 싸워 이긴 건 아마도 '인류 역사상 최초'의 일이 아닐까? 지금은 보도관제가 되고 있어 잘 알려지지 않았지만, 아마도 소문이 퍼지기 시작하면 본국에서도 난리가 날 걸세."

"그, 그저… 해야 할 일을 했을 뿐입니다."

"그래그래. 뭐, 아무튼 장한 일을 했네. 들리는 이야기로는 '강화 약물'을 자체 투여해서 싸웠다는데, 부작용이 심하지 않던가?"

"물론 부작용이 있었습니다만, 운이 좋아 치유 마법으로 아슬아슬하게 억제할 수 있었습니다."

"…그런가? 역시 치유 마법이군. 과연 기발한 발상이야. 물론 자네처럼 기병의 힘과 치유사의 재능을 동시에 가지고 있어야 가능한 방법이겠지만, 난 그런 시도를 했다는 것 자체에 큰 의미를 두고 싶네.”

“영광입니다, 각하.”

“뭐, 네가 자네 상관도 아닌데 너무 각하, 각하 할 필요는 없어. 듣기 좋게 서로 이름으로 부르는 게 어떨까?”

“가, 감히 제가 어찌…….”

랑스는 깜짝 놀라며 고개를 저었다. 룬베리아는 안타깝다는 얼굴로 양손을 각지 끼며 말했다.

“어떻게 안 되겠나?”

“안 됩니다!”

“흠, 그렇단 말이지. 그래도 명색이 넘버 나이트의 부탁인데 들어주지 않겠다, 이 말이지?”

룬베리아는 눈을 가늘게 뜨고 고개를 까딱거리기 시작했다. 랑스는 순간 멍해졌다. 이 위대한 기사가 지금 자신에게 장난을 치고 있는 것이다.

랑스는 어처구니가 없어 자신도 모르게 큭, 하고 웃으며 고개를 저었다.

“아… 죄송합니다. 뭔가 제 환상, 아니, 상상과는 조금 다른 분이셨군요.”

“환상을 깨서 미안하군. 뭐, 아무렴 어떤가. 그런데 랑스.”

“네, 룬베리아님.”

“난 딱히 자네 상관도 아니고, 오늘 여기 온 것도 특별히 어떤 볼일이 있어서 온 건 아닐세. 그냥 혼자서 위대한 일을 해낸 어떤 치유사 겸 기병의 얼굴이나 볼 겸 온 거지. 자네도 피곤할 텐데 오래 붙잡고 있지 않겠네.”

룬베리아는 깍지를 끼고 있던 손을 풀어 무릎 위에 올려놓으며 말을 이었다.

“다만, 이걸 명심해 주길 바라네. 이번 전쟁은 말 그대로 ‘쓸데없는 이유’로 인해 벌어진 전쟁이야.”

“네? 그게 무슨 말씀이십니까?”

“자넨 아직 잘 모르겠지만, 이번 전쟁은 항상 ‘어둠’ 속에 살고 있는 몇몇 곰팡내 나는 인간들에 의해 계획된 전쟁이야. 이런 시시한 전쟁에서 자네 같은 인재가 죽으면 안 되네.”

룬베리아는 랑스의 어깨에 손을 얹으며 말했다.

“명심하게. 전쟁은 곧 끝날 거야. 하지만 그때까지 ‘절대’ 죽으면 안 돼. 알겠네?”

“아… 네, 감사합니다.”

“감사는 전쟁이 끝나고 받도록 하지. 전쟁이 끝나고, 뭔가 힘든 일이 생기면 내게 찾아오도록 하게. 아니, 무슨 일이 있더라도 반드시 찾아오게. 알겠나?”

물론 알 리가 없지만 랑스는 일단 고개를 끄덕였다.

룬베리아는 마치 자신에게 '뭔가 힘든 일'이 반드시 벌어지리란 사실을 알고 있는 듯한 말투였다. 랑스로선 그저 불길할 따름이었다. 다만 지금은 자신의 우상이었던 룬베리아와 이렇게 직접 만났다는 사실 하나만으로도 충분히 만족할 수 있었다.

룬베리아는 작은 쪽지 한 장을 랑스의 손에 쥐여 주고 병실을 떠났다. 쪽지엔 수도 아리겐의 외곽 지역 어딘가를 나타내는 주소가 적혀 있었다.

랑스는 조심스럽게 쪽지를 접어 주머니 속에 집어넣었다.

물론 이 주소가 무엇을 뜻하는지는 모른다. 다만 그가 알게 된 건 자신의 운명이 정말로 비탈길을 내려가는 수레처럼 멈추기 힘들게 되었다는 사실이었다.

3

야전병원에서 닷새 만에 퇴원한 랑스는 이미 오르가스 지방에 주둔 중인 판도라 중대로 돌아갔다.

판도라 중대가 속한 제7독립연대의 1대대인 스콜대대는 1중대와 4중대가 전멸했고, 2중대는 중대원의 절반이 사망한 상태였다. 그나마 전력을 무사히 보존하고 있는 것은 3중대인 판도라 중대 하나뿐이었다.

랑스는 어쩌면 1대대가 해체되고, 잔여 병력을 모두 재편성해 2대대에 편입되지 않을까 생각했다. 하지만 랑스에게 온 연대장의 명령서는 약간 의외의 내용을 담고 있었다. 예상대로 1대대는 해체되지만, 판도라 중대만은 그대로 남아 연대장의 직속 부대로 독립한다는 이야기였다.

"독립 중대라……."

랑스는 야전 지프차를 타고 목적지인 오르가스 지방의 '쿠이온'을 향하고 있었다. 쿠이온은 오르가스 지방의 최남단에 위치한 곳으로, 세르기오 왕국의 남부를 가르는 티멜 산맥과 인접한 산악 지대였다.

전략적인 관점에서 보면 거의 제로에 가까운 변방이라 할 수 있다.

판도라 중대는 더 이상 전쟁의 한복판에 투입되지 못할지도 모르는 상태였다. 전면전에 내세우기엔 중대장인 자신이 세운 공적, 아니, 자신이 벌인 사건이 너무나 거대한 것이기 때문이었다.

하지만 아무리 그래도 쿠이온이라니. 랑스는 가슴 포켓에 접어둔 지도를 펼치며 나지막한 한숨을 내쉬었다. 대체 이 산간벽지에 전투 중대가 파견되어 무슨 일을 할 수 있단 말인가? 산에 올라 지역 특산품인 버섯이라도 따란 말인가?

그러나 랑스의 나른한 상상과는 달리, 쿠이온엔 1개 대대 수준의 병력이 이미 집결되어 있었다.

"중대장님 오셨습니까! 기다리고 있었습니다!"

집결지 입구에 기다리고 있던 크라이와 몇 중대원들이 손을 흔들며 랑스를 맞이했다. 랑스는 지프차에서 뛰어내리며 믿을 수 없다는 눈으로 시장처럼 바글거리는 레비넌트의 군대를 바라보았다.

"뭐야, 중위? 여기 왜 이렇게 병력이 많이 있는 거야?"

"어라? 중대장님도 왜 그런지 모르십니까?"

"당연히 모르지."

"저희도 모릅니다. 그냥 오라고 해서 왔는데 이미 군대가 주둔해 있더라고요."

"중대… 아니, 대대 병력은 되겠군."

랑스는 티멜 산맥 아래 펼쳐진 수십 개의 군용 막사와 간이 건물을 보며 감탄했다. 크라이는 판도라 중대가 자리 잡고 있는 곳으로 랑스를 이끌며 나지막한 목소리로 말했다.

"그런데 저놈들, 그냥 대대가 아닙니다. 기병 중대가 두 개나 포함되어 있습니다."

"기병 중대? 정말이야?"

"중앙군에서 차출되어 온 거 같은데, 뭔 일인지 물어봐도 어째 반응이 차가워서 말입니다. 그냥 대위님 올 때까지 입 다물고 기다리고 있었습니다."

"나도 명령서엔 별 내용 없었어."

"그거, 이상한 일이군요."

크라이는 도착한 막사 안으로 앞장서 들어갔다. 막사 안에는 판도라 중대의 필드사인 마법사 폰테라와 2소대 소대장인 스팅커터, 3소대 소대장인 브렛, 4소대 소대장인 마이리크가 테이블에 둘러앉아 카드 게임을 하고 있었다.

"이게 누구신가! 우리의 영웅 중대장님이 겨우 도착하셨군!"

폰테라가 자리에서 일어나 랑스와 악수를 하며 어깨를 두드렸다. 다른 소대장들도 급히 자리에서 일어나 랑스에게 경례했다. 랑스도 가볍게 경례를 한 뒤 들고 온 짐을 테이블 밑으로 집어넣으며 말했다.

"모두 오랜만이다. 내가 없는 동안 중대를 통솔하느라 수고했어."

"이제 몸은 괜찮으신 겁니까, 중대장님?"

3소대장 브렛이 감격스런 얼굴로 랑스를 바라보며 말했다. 랑스는 미소를 지으며 고개를 끄덕였다.

"입맛이 떨어진 것만 빼면 거의 회복됐지."

"저런, 입맛이 없으시다면 저희 애들이 산에서 따온 '닭버섯' 으로 복귀 기념 만찬이라도 벌일까요?"

랑스는 크라이를 보며 고개를 저었다.

"소란 떨 필요는 없어. 근데 닭버섯이라니, 이 동네는 그런 버섯도 나는 건가?"

"나고 말구요. 아리겐에 가면 아마 킬로당 200씰은 줘야 할 겁니다."

"설마 그 정도는 아니겠지. 아무튼 소대장들이 다 모여 있으니 잘됐군. 그럼 먼저 내가 받은 임무를 설명하자면……."

랑스는 거의 자신을 뚫어버릴 듯 노려보고 있는 스팅커터의 시선을 애써 피하며 말을 이었다.

"…사실 연대장님이 내린 명령은 이곳 주둔지에서 대기하란 것뿐이다. 판도라 중대가 연대장 직속 독립 중대가 된 건 다들 알고 있지? 그래서 난 연대장님이 직접 한가한 임무를 내려준 거라고 생각했는데."

"그건 아닌 것 같아."

폰테라가 끼어들며 말했다.

"오면서 봤겠지만, 여기 먼저 도착한 부대는 당장 전쟁이라도 벌일 것처럼 만반의 준비를 갖추고 있어. 기병 중대 두 개에 전투 보병 중대 한 개, 그리고 중화력 중대 한 개로 구성된 최강의 전투 대대야."

"중화력 중대라고?"

랑스가 놀라며 물었다. 중대원의 절반 이상이 기병으로 이뤄진 기병 중대만 해도 엄청난 전력인데, 중대 전체가 마포병과 포병으로 이뤄진 중화력 중대는 기병 중대 이상으로 가공할 화력과 희귀성을 가지고 있는 것이다.

폰테라는 고개를 끄덕이며 말했다.

"마도부 장관 직속인 3번 마도전대야. 원래 중앙군 소속인데… 사실 아는 마법사가 몇 명 있어서 몰래 이야기를 해봤어."

"뭐래?"

"아무래도 총사령부에서 직접 명령이 떨어진 것 같아."

"총사령부라면… 3군 통합 총사령부 말이야?"

"그래."

"대체 뭔 일이지? 이런 산간벽촌에 무슨 볼일이 있다고?"

폰테라는 고개를 저었다. 하지만 랑스는 그의 표정에서 뭔가 다른 정보를 가지고 있음을 파악했다. 아무래도 다른 소대장들이 없을 때 이야기를 꺼낼 생각인 듯했다.

랑스는 소대장들에게 소대로 돌아가 개인 정비를 철저히 하고 대기하고 있으라고 명령했다. 왠지 뜨거운 차를 한잔 마시고 길게 한숨을 내쉬고 싶은 기분이었다. 폰테라는 그런 랑스의 마음을 읽었는지 휴대용 버너에 물이 담긴 냄비를 올려놓으며 말했다.

"사실 이 지역은 그냥 아무것도 없는 산간벽촌이 아니야."

"그래?"

랑스는 테이블 위에 어지럽게 널려 있는 카드를 하나로 모으며 대답했다.

"역시 뭔가 있나?"

"뭐가 있을 것 같아?"

"맞혀보라는 거야?"

"예상해 보라는 거지."

랑스는 잠시 생각하다 대답했다.

"그렇다면 역시 티멜 산맥에 제국이 비밀 주둔 기지를 세워놓았을지도."

"군인다운 상상이군. 물론 어쩌면 그럴 수도 있겠지만."

"아니라는 거야?"

"여기선 좀 더 동화 같은 상상력이 필요해."

"동화? 그건 또 무슨 소리야?"

뜬금없는 소리에 랑스가 눈가를 찌푸렸다. 폰테라는 웃으며 대답했다.

"어렸을 때 '다섯 용 이야기' 라는 동화책 안 읽어봤어?"

"아… 물론 읽어보긴 했지."

"거기서 용들이 사는 산맥 이름이 뭐였지?"

"타이푼 산맥."

"그게 바로 여기 티멜 산맥의 옛 이름이야."

랑스의 어이없다는 표정에 폰테라는 어깨를 으쓱하며 말

을 이었다.

"그렇게 웃긴 표정만 짓지 말고 조금은 진지하게 생각해 봐."

"진지하고 싶어도 진지할 수 없는 이야기잖아."

"…내가 전에 아버지 이야기 했었지?"

"대마도사 미티어?"

"그래. 하지만 미티어도 지금에 와선 거의 동화나 전설 같은 이야기일 뿐이야. 그렇다고 해서 미티어가 만들어낸 허구의 인물인 건 아니지. 용도 비슷한 경우라고 생각해 봐."

"그럼 용이 실존한다는 거야?"

"당연하지. 용은 역사책에도 나오잖아?"

"지금 아리겐트 왕국 건국 신화를 말하는 거야?"

폰테라가 고개를 끄덕였다. 아리겐트 왕국은 레비넌트 공화국의 전신이다. 랑스는 말도 안 된다는 표정으로 폰테라에게 말했다.

"거기 나오는 용은 일종의 비유법 아니었어? 마치 용처럼 강한 힘을 가진 세력이 아리겐 왕을 도와 '악마' 같은 적군을 쓸어버렸다고?"

폰테라는 약하게 끓기 시작한 냄비에 붉게 삭은 찻잎을 넣으며 고개를 저었다.

"마도부에 남아 있는, 정확히 말하자면 아버지의 서재에 남아 있는 기록은 조금 달라. 그건 비유가 아니라 실화야. 용은 정말 용이고, 대륙을 지배하고 있던 '악마' 나 '마족' 은 진짜 쓰여 있는 그대로의 마족이야."

"말도 안 돼."

"말이 되든 말든 마족 중에 '오우거' 는 지금도 티엔 제국 북쪽 지방에 남아 있잖아? 그거야말로 용과 마족의 전쟁이 실화라는 증거지."

확실히 '오우거' 라 불리는, 거대한 몸집에 돌 같은 피부를 가진 마족이 이 세상에 남아 있다. 레비넌트 공화국의 학계에선 오우거가 전설에 나오는 마족이 아니라, 고립된 환경에서 다른 식으로 진화한 인간의 분파로 여기고 있었다.

하지만 오우거를 실제로 한 번이라도 본 사람이라면 절대 인간과 오우거를 하나의 종으로 생각할 수 없다. 랑스는 길게 내려온 앞머리를 쓸어 넘기며 한숨을 내쉬었다.

"그래서 어쩌라는 거야. 신화가 사실이고, 여기 티멜 산맥 어딘가에 진짜 용이 있다고 치면? 여기 모인 막강한 대대 병력은 그 용과 싸우기 위해 온 거라도 된다는 거야?"

"그럴지도 모르지."

폰테라는 순순히 고개를 끄덕였다.

"이건 분명 아버지의 입김이 닿는 사람들이 꾸민 작전이야. 마도전대를 움직일 수 있는 건 전권을 위임받은 3군 총사령관 메이쿤 원수, 혹은 마도부 장관 라브라인뿐이야."

"쟁쟁한 이름이군."

"쟁쟁하지. 그리고 두 사람 다 아버지의 밑에 있는 사람들이고."

랑스가 멈칫하며 말했다.

"잠깐, 그럼 레비넌트 공화국 최대의 군사 집단 두 개가 모두 한 사람의 손에 의해 조종당하고 있단 말이야?"

"맞아. 이 나라는 말이 공화국이지 사실 마도사 미티어의 손짓에 따라 움직이는 꼭두각시일 뿐이야."

랑스는 혀를 내두르며 말했다.

"…강한 아버지를 둬서 좋겠군."

"그럴 리가."

폰테라는 고개를 저었다.

"난 아버지의 뜻에 따라 움직이는 이 나라가 싫어. 레비넌트의 정치계는 완전히 썩었어. 심지어는 개혁을 떠드는 야당들조차 아버지의 입김이 닿아 있다는 거야."

"무서운 이야긴데. 그래서 전에 쿠데타 어쩌고 했던 거야?"

"그렇지. 뭐, '아직까진' 성공 가능성이 거의 없지만 말이지."

폰테라는 어깨를 으쓱이며 끓은 차를 컵에 따라 랑스에게 건네주었다.

랑스는 마치 독이라도 마시는 듯 꺼림칙한 얼굴로 차를 마시며 생각했다. 폰테라의 말이 모두 사실이라면 이곳에 모인 군대의 목적도 어느 정도 짐작이 간다. C계획이 실패로 돌아갔기 때문에 마도사 미티어는 자신의 생명을 연장하기 위해 새로운 계획을 실행하고 있었던 것이다.

'큐어(Cure) 계획이 C계획이었으니, 다음은 드래곤(Dragon)의 D계획인가? 그런데 용을 가지고 어떻게 생명 연장을 노리는 거지?'

그날 저녁, 판도라 중대가 있는 쿠이온 주둔지에 검은 망토로 온몸을 가린 정체불명의 집단이 찾아왔다.

주둔지에 집결한 특전대의 총지휘를 맡고 있던 라이폴츠 준장이 직접 나서 검은 망토의 집단을 맞이했다. 서른한 살의 젊은 기사이자 레비넌트 공화국의 기사 중에서도 촉망받는 재능을 가진 라이폴츠는 당당한 표정으로 먼저 악수를 권하며 말했다.

"레비넌트 공화국의 기사인 크림 라이폴츠 준장이오. 레비넌트 공화국의 가장 충실한 친구이자 동맹인 케이먼스 연맹에서 오신 분들인가?"

그러나 앞으로 나선 검은 망토의 인물은 라이폴츠의 악수를 거절했다.

"케이먼스 연맹이 레비넌트와 친구가 된 기억은 없습니다. 서로의 영토가 겹치는 바람에 인구가 적은 연맹이 공화국의 요구를 받아들인 것뿐입니다."

차가운 여성의 목소리였다. 우호라곤 손톱만큼도 느낄 수 없는 말투에 라이폴츠는 불쾌한 표정을 지으며 내민 손을 거두었다.

"그렇다면 유감이군. 나로선 최대한 배려를 하려고 한 거였는데."

"배려 따윈 필요없습니다."

"아무튼 지원군으로 와준 거라면 환영이네. 작전은 내일 바로 시작되니."

여자는 머리에 뒤집어쓴 망토를 벗으며 고개를 저었다.

"당신의 지원군으로 온 게 아닙니다."

"뭐?"

"이곳에 판도라 중대가 주둔하고 있다는 이야기를 듣고 찾아왔습니다."

여자의 피부는 마치 달빛이 깃든 듯 투명한 흰색이었다. 그래서 검은 머리카락과 검은 눈동자가 더욱 도드라져 보였다. 라이폴츠는 자신도 모르게 침을 꿀꺽 삼키며 말했다.

"판도라… 판도라 중대? 그 부대가 어쨌다고 말인가?"

"전 레비넌트 군에 제국 기사와 싸워 이긴 랑스라는 분의 소문을 듣고 직접 참전을 결정했습니다. 제 이름은 레이 미리암. 케이먼스 연맹의 맹주 블랙 미리암의 장녀입니다."

"뭐? 하지만 아무리 맹주의 딸이라도 레비넌트 군에 참전하려면 총사령부의, 적어도 이곳 남부군 사령부의 허가를 받아야……."

미리암은 품속에서 남부군 군단장의 직인이 찍힌 허가서를 내밀며 말했다.

"이 전쟁에서 제게 명령을 내릴 수 있는 사람은 오직 현 판도라 중대의 중대장인 피엘 랑스 대위 한 사람뿐이며, 이는 케이먼스 연맹 맹주의 뜻이자 블랙 어쌔신의 부대장인 저 레이 미리암의 뜻이기도 합니다. 레비넌트 군 남부군 군단장 테라 대장의 허가도 받았습니다."

라이폴츠는 부들거리는 손으로 허가서를 읽고는 피가 날 정도로 입술을 깨물었다.

"칫, 무슨 생각인진 모르지만 뜻대로 하시오! 그래 봤자 기병 나부랭이일 뿐! 알 수 없는 더러운 술수로 기사를 쓰러뜨렸다고 하나……."

"더러운지 깨끗한지는 제가 판단합니다. 자, 가능하면 절 랑스 대위가 있는 곳으로 안내해 주시지 않겠습니까?"

라이폴츠는 붉어진 얼굴로 미리암을 노려보다 고개를 돌

려 침을 뱉으며 자신의 막사로 돌아가 버렸다. 결국 남아 있던 병사들이 내키지 않은 얼굴로 그녀와 그녀의 일행을 데리고 판도라 중대가 있는 곳으로 안내할 수밖에 없었다.

“체크 메이트. 병원에 누워 있는 동안 실력이 많이 줄었는데?”

“시끄러. 아직 진 게 아냐.”

한편 저녁 식사를 마친 랑스는 막사에서 폰테라와 함께 체스를 두고 있었다. 랑스의 체스 실력은 전문 기사로 나선다 해도 초단은 딸 수 있는 수준이었지만, 폰테라는 그런 랑스를 승률 면에서 앞설 만큼 뛰어난 실력을 가지고 있었다.

랑스는 한참 동안 생각하다 궁지에 몰린 왕을 스스로 쓰러뜨리며 고개를 저었다.

“아, 진짜, 인간이 어떻게 이렇게 체스를 사악하게 둘 수 있냐? 함정 파는 솜씨가 그야말로 악마적이야.”

“칭찬이라고 생각하지. 자, 이로써 전적은 79승 20패인가? 한 번만 더 이기면 80퍼센트의 승률을 달성할 수 있겠군.”

“그건 너무 비참한데……. 다음 판은 내 전력을 보여주지.”

“얼마든지. 바로 한판 더 둘까?”

랑스가 고개를 끄덕이며 죽은 말들을 체스판 위에 올려놓은 순간, 막사 문을 가리고 있던 가죽 천이 활짝 열리며 중대 본부 소속 치유병인 레마 하사가 뛰어들어 왔다.

"대위님, 큰일입니다!"

랑스는 자리에서 벌떡 일어나며 소리쳤다.

"뭔 일이야! 적습인가?"

"아, 아뇨. 그건 아닌데… 어쌔신이 왔습니다!"

"어쌔신? 암살 부대 말이야?"

레마는 불안한 표정으로 고개를 끄덕였다. 어쌔신은 레비넌트 공화국과 동맹을 맺고 있는 케이먼스 연맹의 독특한 병과였다. 기병 중에서 적합한 인물을 선발해 특수한 훈련을 거치면 어쌔신이 되는데, 이름처럼 주로 야간을 틈타 적진에 잠입해 암살을 시도하는 비밀스런 임무를 맡게 된다.

랑스는 눈살을 찌푸리며 폰테라를 돌아보았다.

"어쌔신이 여긴 무슨 일이지?"

"낸들 아나? 특전대를 지원하기 위해 온 거 아냐?"

"그, 그게 특전대가 아니라 우리 중대에 파견되었다고 합니다!"

"우리 중대? 어째서?"

그때 레마를 따라 검은 망토를 뒤집어쓴 자들이 막사 안으로 우르르 들어왔다. 랑스는 본능적으로 허리에 찬 검에 손을 가져가며 긴장된 눈으로 그들을 노려보았다.

“무슨… 무슨 일로…….”

“갑자기 들어와 당황하셨나 보군요. 실례했습니다.”

그중 유일하게 얼굴을 드러내고 있던 여자가 랑스에게 다가오며 고개를 숙였다.

“제 이름은 레이 미리암. 케이먼스 연맹의 맹주 블랙 미리암의 장녀입니다.”

“레비넌트 남부군 제7독립연대 1대대… 아니, 연대장 직속 중대인 판도라 중대의 중대장 피엘 랑스입니다.”

“만나서 반갑습니다, 랑스 대위님. 대위님과 만나게 되어 정말 영광입니다.”

미리암은 방금 전 라이폴츠 준장과 대면했던 인간과 같은 인간인지 의심스러울 정도로 만면에 미소를 지으며 랑스에게 손을 내밀었다. 랑스는 얼떨결에 미리암과 악수를 하며 그녀에게 물었다.

“블랙 미리암 의장 각하의 따님이시라면, 아마도 어쌔신 부대의 대장…….”

“어머, 저희 쪽의 사정을 잘 알고 계시는군요. 부끄럽지만 ‘블랙 어쌔신’의 부대장을 맡고 있습니다.”

“야, 방금 들었어? ‘어머’ 래. 저 여자가.”

막사 박에 서 있던, 미리암을 안내해 온 특전대의 병사들이 소름 끼친다는 얼굴로 중얼거렸다. 미리암이 순간 뒤를 돌아

그들을 노려보며 말했다.

"여기까지 안내해 주셔서 감사합니다만, 이제 그만 돌아가 주시면 감사하겠습니다."

순간 특전대의 병사들은 마치 귀신이라도 본 것 같은 얼굴로 냅다 자신의 부대로 도망쳤다. 미리암은 환한 미소가 가득 담긴 얼굴로 다시 랑스를 향해 고개를 돌렸다.

"생각한 것보다 훨씬 아름다운 분이시군요, 랑스 대위님. 손가락도 길고… 아, 물론 손바닥의 굳은살만 봐도 투사로서 얼마나 오래 단련을 해오신지 충분히 알 수 있겠네요."

"…과찬이십니다. 그런데 블랙 어쌔신의 부대장님이 어째서 저희 중대에?"

"부디 말씀을 놓아주세요, 대위님. 전 케이먼스 연맹의 대표 자격으로, 또한 제 스스로의 의지로 대위님의 휘하에 들어가 이번 전쟁에서 싸우기로 결정했습니다."

어쌔신 부대의 대장이라면, 계급 체계가 다르긴 하지만 최소한 중령 계급이다. 랑스는 그야말로 부담감에 짓눌리는 기분을 느끼며 미리암에게 해명을 요구했다.

"아무래도 그럴 수는 없습니다. 케이먼스 연맹은 공화국의 동맹국이고, 아무리 지원군으로 오셨다 해도 이렇게 군 체계를 무시하는 인사가 가능하리라곤……."

"아니에요. 물론 랑스님은 레비넌트 공화국에서는 대위일 뿐이지만, 저희 연맹에 있어선 잠정적인 '지도자' 이십니다."

날벼락 같은 이야기였다. 랑스가 뭐라 할 말을 잃자 뒤에 있던 폰테라가 재빨리 앞으로 나서서 미리암에게 인사를 하며 말했다.

"이거 실례. 전 여기 있는 랑스 군의 '참모' 를 맡고 있는 마법사인 리빙 폰테라라고 합니다. 미리암님의 말씀은 제 호기심을 무척이나 자극하는군요. 어찌 된 영문인지 설명해 주실 수 있으시겠습니까?"

미리암은 폰테라에게도 미소를 지으며 고개를 끄덕였다.

"만나서 반갑습니다, 폰테라님. 역시 랑스님은 대단하시군요. 대위시면서도 옆에 참모를 둘 정도라니."

"아, 아니, 이 사람은 참모가 아니라 그냥 우리 중대 필드사……."

"물론 랑스 군은 대단한 인물이죠. 기병의 몸으로 기사를 쓰러뜨린 것만 보아도 충분히 납득할 수 있지 않습니까?"

"네, 물론이죠. 갑작스럽게 찾아와 여러 가지로 혼란스러우실 테지만, 저 미리암이 차근차근 설명해 드리도록 하겠습니다."

케이먼스 연맹은 천 년 전의 고대 부족국가 형식을 아직까지 유지하고 있는 로하나 지방의 부족국가 연합체였다.

다만 로하나 지방 전체가 현재 대륙의 서쪽을 차지하고 있는 레비넌트 공화국의 영토 안에 들어 있다는 게 문제였다. 레비넌트 공화국이 전면전을 벌여오면 국력이 떨어지는 케이먼스 연맹은 멸망을 피할 수 없었다.

연맹은 스스로의 독립을 유지하기 위해 레비넌트 공화국의 '제안'에 따라 그들과 동맹을 맺게 되었고, 외부와 싸우는 공화국을 위해 항상 일정한 병력을 지원해 주고 있었다. 그게 바로 레비넌트 군 안의 또 다른 군대인 '어쌔신' 부대인 것이다.

케이먼스 연맹은 '샤먼'이라 불리는 특수한 존재의 예언에 따라 국가의 정책을 이어오고 있었다. 그런데 벌써 500년 동안 끊이지 않고 반복되는 예언이 하나 있었다.

그것은 같은 피를 가진 외부의 동족 중에 '투사'의 몸으로 '초월자'를 이기는 인물이 나올 것이며, 그에 의해 모든 부족이 봉인된 암울한 역사에서 해방되리란 내용이었다.

미리암은 확신에 가득 찬 목소리로 말했다.

"여기서 외부의 동족이란 과거에 케이먼스 연맹의 영토였던 심풀 지방의 동족을 말합니다. 심풀은 400년 전 레비넌트가 아직 왕국이었을 때 케이먼스 연맹으로부터 전쟁을 통해 강탈해 간 영토죠. 이 지방 사람들은 여전히 케이먼스 연맹과 강한 민족적 동질성을 간직하고 있습니다."

랑스는 고개를 끄덕였다. 자신이 바로 심풀 지방 출신이었고, 이런 고향의 역사에 대해선 충분히 인식하고 있었다.

"물론 '투사' 는 현재의 기병을 말합니다. '초월자' 는 기사를 말하고요. 즉, 기병의 몸으로 기사를 꺾은, 심풀 지방 출신의 인물이란 바로 랑스 대위님을 의미한다고 할 수 있습니다."

"케이먼스에 그런… 예언이 있었습니까?"

랑스가 가까스로 입을 열자 미리암은 고개를 끄덕였다. 랑스는 머리가 지끈거리는 걸 느끼며 힘없이 의자에 걸터앉았다.

"하지만 그건… 전 그렇게 멋진 방법으로 기사를 이긴 게 아닙니다. 제가 쓴 방법은 그저……."

"알고 있습니다. 신체를 강화하는 약물을 사용하셨겠죠."

랑스는 깜짝 놀라며 미리암을 보았다.

"그걸 어떻게?"

"보조적인 약물을 사용해 전투에 부가적인 힘을 얻는 것은 저희 케이먼스 연맹의 투사들이 천 년 전부터 이용해 오던 방법입니다. 랑스님이 기사를 꺾기 위해 약물의 힘을 사용하겠다고 생각하신 것부터가 랑스님의 몸속에 저희 케이먼스 연맹의 피가 강하게 섞여 있음을 의미하는 게 아닐까요?"

랑스는 뭐라 반박할 수가 없었다. 미리암은 말문이 막힌 랑스를 보며 부드럽게 미소 지었다.

"너무 부담스럽게 생각하지 마세요, 랑스님. 저희가 여기에 온 건 이번 전쟁이 끝날 때까지 랑스님의 신변에 이상이 없도록 지원하기 위해서입니다. 아직 저희 연맹 내부에서도 랑스님이 진정 예언에 나온 '그' 인물인지 완벽하게 결론을 내린 것은 아니에요. 하지만 전 믿고 있습니다. 부디 부담 갖지 마시고 명령을 내려주세요. 비록 이곳에 온 건 여덟 명뿐이지만, 저희 '블랙 어쌔신' 총원 319명은 모두 랑스님의 명령에 따르기로 결정했습니다."

미리암이 한쪽 무릎을 꿇으며 고개를 숙이자, 뒤에 있던 다른 일곱 명의 어쌔신도 똑같이 무릎을 꿇으며 랑스에게 충성의 뜻을 전했다. 랑스는 부담이 백배로 가중되는 걸 느끼며 폰테라에게 말했다.

"어이, 뭐라고 말 좀 해봐. 내가 뭘 어떻게 해야 해?"

"어떻게 하긴, 그냥 있는 그대로 받아들여."

폰테라는 흥미진진한 표정으로 랑스를 보며 말했다.

"내가 전부터 말했잖아, 운명은 피한다고 피해지는 게 아니라고."

"어째 즐거워 보인다, 너."

랑스는 고개를 저으며 아직도 일어날 줄 모르는 검은 망토의 암살자들을 바라보았다. 철저한 운명론자인 폰테라에겐 이 이상 즐거운 일이 없을지 모르지만, 랑스로서는 이 모든 게 그저 부담스러울 뿐이었다.

4

다음날 아침, 라이폴츠 준장이 이끄는 1개 대대 병력의 특전대는 안개가 자욱하게 낀 티멜 산맥으로 이동을 시작했다.

출발하기 전 라이폴츠는 랑스를 불러 잠시 동안 이야기를 나눴다. 랑스로서는 너무도 적대적인 라이폴츠의 태도에 그야말로 몸 둘 바를 모를 지경이었다.

결국 라이폴츠는 자신이 받은 '극비'의 임무에 대해선 아무런 설명도 하지 않았고, 그저 자신의 부대가 임무를 마칠 때까지 판도라 중대가 이곳 주둔지를 지켜줄 것을 명령했다.

물론 라이폴츠가 랑스의 직속상관은 아니었지만, 랑스는 순순히 라이폴츠의 명령에 순종하는 태도를 취했다. 연대장인 할리스 대령의 명령 역시 다음 명령이 있을 때까지 이곳에 주둔하라는 것이었다. 쓸데없이 명령 체계를 운운하며 공화국의 전도유망한 기사를 자극하고 싶지 않았다.

"준장이 대령보다 높다네, 랑스 군."

뒤에서 구경하던 폰테라가 웃으며 말했다. 흙먼지가 이는 티멜 산맥을 바라보던 랑스를 어깨를 으쓱해 보였다.

"누가 뭐래? 하지만 산악 보급용 장비까지 챙겨오다니, 대체 얼마나 오랫동안 저 산속에 있을 생각일까?"

"용을 잡으려면 하루 이틀 가지곤 안 되겠지."

"용이 총알이나 박격포를 맞고 죽을까?"

"안 죽을 것 같은데."

"파이어 볼은?"

"콧방귀 같은 거겠지. 용은 입에서 불을 뿜는다고 하잖아."

"전멸이나 당하지 않으면 다행이겠네."

랑스는 쓴웃음을 지으며 몸을 돌려 막사로 돌아왔다. 대대 병력이 떠난 쿠이온 주둔지는 축제가 끝난 공원처럼 텅 빈 느낌이었다.

랑스는 소대장들을 모아 쿠이온 주둔지의 수비에 대한 간단한 브리핑을 했다. 사실상 이곳이 제국 군대에 공격받을 가능성은 제로에 가깝다. 하지만 본대에서 떨어졌거나 다른 특별함 임무를 받은 소수의 병력이 방심을 틈타 기습해 올 가능성은 언제나 존재했기 때문에, 랑스는 각 소대마다 3교대 체제로 돌아가며 주둔지 주위를 경계할 것을 명령했다.

소대장들이 위치로 돌아가자, 남아 있던 블랙 어쌔신 부대의 부대장 미리암이 랑스를 보며 물었다.

"저흰 무슨 일을 하면 좋을까요, 랑스님?"

"아… 어쌔신은 그냥 대기하고 계셔도 됩니다. 일을 찾아서 해야 할 정도로 급박한 상황이 아니니까요."

"알겠습니다. 하지만 부디 말씀을 놓아주세요, 랑스님. 제가 불편합니다."

"하지만……."

"계급이 거슬리신다면 그냥 민간인처럼 상대해 주서도 돼요. 전 열아홉 살이니 나이도 랑스님에 비해 어리니까요."

랑스는 한숨을 내쉬며 고개를 저었다.

"그럼, 그냥 지정해 준 막사에서 쉬고 있어, 미리암. 이러면 됐지?"

"네, 감사합니다. 뭔가 맡기실 일이 생기면 바로 불러주세요."

미리암은 빙긋 웃으며 자신의 막사로 돌아갔다. 폰테라가 웃으며 랑스에게 말했다.

"너무 부담 가지지 마. 그저 귀여운 아가씨일 뿐이잖아? 너랑 상당히 비슷하게 생겼어."

"시끄러. 그렇지 않아도 신경 쓰고 있는데 자꾸 긁어대지 좀 마."

판도라 중대 내에선 벌써 미리암을 보고 중대장님의 여동생이라든가, 혹은 중대장님이 고향에 숨겨둔 마누라를 데리고 왔다든가 하는 흉흉한 소문이 나돌고 있었다. 폰테라는 실실 웃으며 랑스에게 말했다.

"하지만 결혼이라도 하면 무서울 거야. 어쌔신 부인이라
니, 부부 싸움이라도 하고 나면 그날 밤에 목덜미에 칼자국이
나 있지 않을까?"

"쓸데없는 소리 할 시간이 있으면 주둔지 상공에 대공 필
드라도 쳐놔."

"진짜로 쳐? 그럴 필요가 있을까? 이렇게 안전한 곳인데?"

"안전할수록 더욱 경계를 늦추면 안 돼. 그리고 특전대가
진짜 용을 잡으러 갔다고 증명된 것도 아냐."

"제국군이 있을 수도 있다?"

랑스는 고개를 끄덕였다. 하지만 그 역시 당장 전투가 발생
할 거라고 생각하는 건 아니었다. 그저 중대장으로서 할 수
있는 만반의 준비를 갖춰놓자는 것뿐이다. 그래야 폰테라와
체스를 두더라도 좀 더 마음 편하게 둘 수 있을 것 같은 기분
이었다.

그날 저녁, 랑스가 일지를 적으며 쉬고 있는데 막사 밖에서
누군가의 목소리가 들렸다.

"스팅커터 소위입니다. 들어가도 되겠습니까, 중대장님?"

랑스는 퍼뜩 놀라며 자리에서 일어났다. 그리곤 잠시 고민
하다 대답했다.

"들어와."

막사로 들어온 스팅커터는 어째선지 완전무장을 하고 있었다. 전투가 시작돼도 거의 맨몸으로 적진에 돌격하는 그다. 랑스는 시작부터 불안해지는 걸 느끼며 스팅커터에게 말했다.

"어서 와. 왠지 복장이 좀 무거워 보이는데?"

"…한 시간 후에 교대라서 미리 장비를 착용하고 나왔습니다."

"그래? 하지만 원래 장갑복은 잘 안 입지 않았어?"

"그렇습니다만, 개인적으로 정신을 다잡기 위해 일부러 입어봤습니다."

랑스야말로 대체 무슨 말을 꺼내야 할지 혼란스러운 정신을 다잡고 싶은 심정이었다. 랑스가 잠시 말이 없자 스팅커터는 주위를 둘러보며 말을 이었다.

"필드사님과 같이 계시지 않았습니까?"

"폰테라라면 자기 막사로 돌아갔어. 4소대 마포병들과 할 일이 있다고 해서."

"그렇습니까? 그거 다행이군요."

스팅커터는 특유의 날카로운 눈매로 랑스를 노려보며 말했다.

"잠시 군 계급을 떠나 개인적으로 이야기를 했으면 좋겠습니다. 허락해 주시겠습니까, 대위님?"

"허락하기 싫은데…… 대체 무슨 소리를 하려고 그렇게 분위기를 잡는 거야. 무섭잖아, 스팅커터."

랑스는 쓴웃음을 지으며 스팅커터를 마주 보았다. 그리고 한숨을 내쉬며 테이블에 자리를 권했다.

"그렇게 정색하고 말할 필요 없어. 일단 좀 앉자."

"감사합니다, '선배님'."

스팅커터는 삐걱거리는 양철 의자에 앉으며 랑스에게 말했다.

"전 일단 선배님께 사과를 하러 왔습니다."

"사과? 어째서?"

"선배님이 치유병과로 사관학교에 들어가셨을 때, 제가 주제넘게 선배님을 너무 질책했던 것에 대해서 말입니다."

"그거라면… 괜찮아. 사실 그런 소리 들을 만했어, 그땐."

"아니오. 그렇지 않습니다."

스팅커터는 단호하게 고개를 저었다.

"선배님은 무인으로서 너무 고결했기 때문에 아무리 노력해도 넘을 수 없는 벽이 있다는 사실에 절망했던 겁니다."

"고결까지야, 난 그냥 속이 좁았을 뿐이야."

"예전엔 아직 어려서 그런 마음을 제가 이해할 수 없었습니다. 하지만 선배님이 며칠 전에 제국의 기사를 꺾었을 때, 저도 조금은 선배님의 눈에 무엇이 보였는지, 선배님이 어떤 생각을 하고 사셨는지 조금은 알 수 있을 것 같았습니다."

"그렇다면 나야 고마울 뿐이지."

랑스는 웃었다. 갑갑한 마음이 한 번에 풀어지는 것 같았다.

"하지만 제가 생각할 때, 선배님은 좀 더 자신을 단련하셔야 할 것 같습니다."

"아니, 그건 또 왜……?"

"특정 약물을 통해 신체 능력을 강화하고, 그 부작용을 치유 마법으로 억제하며 싸우는 건 아마도 세상에서 선배님밖에 사용할 수 없는 방법일 거라고 생각합니다. 하지만 아무리 그런 특별한 방식으로 기사와 싸운다 해도 결국 평상시 단련되어 있는 자신의 육체가 기본이라는 것에는 변함이 없을 것입니다."

정론이었다. 만약 랑스가 사관학교에 들어간 이후에도 한시도 빠짐없이 수련에 매진했다면 알 로소와의 대결에서 좀 더 안정적으로 싸울 수 있었을 것이다.

하지만 그랬다면 사관학교 재학 당시 치유사로서 각종 약물과 마법에 대한 깊은 지식을 쌓을 수 없었을 것이고, 또한 기사를 이길 수 있는 가능성 자체를 발견하지 못했을 수도 있다.

치유사로서 유능한 자질을 인정받았기 때문에 치유과의

극비 계획인 C계획이나 병사 강화 프로젝트 같은 것에 참여할 수 있었던 것이다.

하지만 랑스는 그런 걸 후배에게 말하고 싶지는 않았다.

"확실히 그런 쪽은 좀 소홀했어."

"은월검류는 시간과 장소, 상대에 구애받지 않고 수련을 할 수 있습니다. 물론 선배가 앞으로 대련을 한다든가 좀 더 본격적으로 수련을 시작하고 싶으시다면 제가 얼마든지 상대가 되어드리도록 하겠습니다. 그리고⋯⋯."

쿠궁!

순간 엄청난 굉음과 진동이 사방에 울려 퍼지며 두 사람의 대화를 끊었다.

그것은 너무도 익숙한, 하지만 결코 익숙해질 수 없는 소리였다. 중대 상공에 펼쳐 놓은 대공 중화 필드에 파이어 볼이 충돌하여 상쇄되는 소리. 랑스는 반사적으로 무전 장비를 귀에 꽂으며 스팅커터에게 말했다.

"2소대로 돌아가 소대원들 챙기고 상황 파악해! 참호를 파지 않았으니 최대한 엄폐물에 숨고!"

"네, 중대장님!"

스팅커터는 막사 밖으로 달려나갔다. 랑스는 급히 소총과 장검, 그리고 개인 소지품을 넣어둔 검은 가방을 집어 든 후 막사 밖으로 나와 하늘을 올려다보았다. 어두워진 하늘 저편으로 20여 발의 파이어 볼이 선홍빛의 광채를 뿌리며 이쪽으로 날아오고 있었다.

"맙소사……!"

폰테라가 아무리 연대 최고의 필드사라 해도 저 정도의 파이어 볼을 막아낼 정도로 강력한 필드를 전개할 수는 없다. 랑스는 급히 무전으로 전 소대의 소대장들에게 무전을 보냈다

"전 중대원 충격 대비! 적의 포격이다!"

그리고 또다시 끔찍한 굉음이 하늘을 진동했다. 랑스는 대공 필드가 무력화되는 것을 목격하며 나지막한 신음 소리를 냈다. 사방에 파이어 볼이 떨어지며 엄청난 폭발을 일으키기 시작했다. 바로 옆 막사에 묵고 있던 레마 하사가 헐레벌떡 밖으로 뛰어나오며 랑스를 향해 소리쳤다.

"중대장님!"

"레마! 응급 키트 들고 1소대에 합류해! 1소대나 2소대에 부상자가 있으면 봐주고 상태가 심각하면 나한테 무전 돌려!"

"네, 중대장님!"

레마는 곧장 1소대의 막사가 있는 쪽을 향해 달렸다. 랑스는 직속 소대인 3소대가 있는 곳으로 달렸다. 랑스가 있던 중대본부 막사를 중심으로 남쪽에 자리 잡고 있던 3소대는 이

미 전원이 전투 장비를 갖춘 채 인근 숲 지역의 나무 뒤로 피신한 상태였다.

랑스는 소나무 뒤에서 손짓을 하는 3소대의 소대장을 보며 소리쳤다.

"브렛! 부상자는 없나?"

"…소총병 두 명 즉사!'부상자는 없습니다!"

"젠장! 대체 무슨 일이야!"

랑스는 브렛의 옆에 있는 나무 뒤로 몸을 숨기며 미친 듯이 파이어 볼이 날아오는 북쪽 하늘을 노려보았다. 오르가스 지방의 전 지역을 장악한 상황에서 이런 식으로 공격을 받을 이유가 없는 것이다.

'제국이 기습 부대를 침투시킨 건가?

랑스는 고개를 저었다. 그건 말도 안 되는 생각이었다.

파이어 볼이 동시에 스무 발이 날아온다는 건, 즉 적의 마포병이 스무 명 이상 있다는 말이었다. 보통 중화력 소대에 마포병이 네 명 정도 포함되어 있다고 보면 적은 혼합 전투 중대 5개 중대, 혹은 1개 중화력 중대 이상의 병력을 가지고 있다는 의미였다.

그런 대규모 병력이 아군의 정찰에 발각되지 않고 이런 변경까지 침투한다는 것은 불가능하다. 랑스는 좀 더 상상력을 발휘했다. 혹시 명령이 혼선되어 아군이 오인 포격을 하는 게 아닐까?

랑스는 곧바로 근방에 있는 연대 직속 통신 부대나 다른 부대에 대한 통신을 연결했다. 그러나 직속으로 연결되는 중대 내부 무전을 제외하고는 아무것도 잡히는 게 없었다.

산이 가까워 전파가 약한 걸까? 하지만 불과 세 시간 전에 통신병과 중계해서 200㎞ 떨어진 곳에 위치한 연대본부와 정기 무전을 성공했다. 그렇다면 이건 아군을 공격하고 있는 '정체불명의 적'이 강한 방해 전파를 뿌리고 있다고밖에 달리 설명할 수 없었다.

'전파 방해가 가능한 장비를 보유한 부대라면……'

랑스는 이마에 흐르는 식은땀을 닦았다. 파이어 볼에 이어 무자비한 적의 박격포 포격이 시작되었다. 고막을 찢는 폭음과 함께 흙먼지와 박살난 나뭇조각이 사방에 날린다.

나이트 포스.

물론 다른 많은 부대가 방해 전파 발생 장비를 가지고 있다. 통신 부대, 사령부 직속 부대, 주력 기갑 부대, 마도전대……

하지만 지금 랑스의 머리를 붙잡고 있는 건 오직 나이트 포스였다. 알 로소를 잃은 나이트 포스가 복수전을 위해 여기까지 침투해 온 건가? 하지만 나이트 포스는 중대 규모다. 나이트 포스에 더불어 다수의 중화력 부대가 동행하고 있다는 것

일까?

"어떻게 적이 여기에 포격을 할 수 있는 겁니까, 대위님!"

브렛이 믿을 수 없다는 표정으로 랑스를 보며 소리쳤다. 랑스는 급히 챙겨온 MT08소총을 장전하며 고개를 저었다.

"나도 몰라! 다른 부대와 통신도 안 돼!"

"이렇게 당하고 있을 수만은 없습니다! 위치가 완벽히 파악되었습니다! 퇴각해야 합니다!"

하지만 이런 전투가 벌어질 걸 예상하지 못했기 때문에 미리 퇴각할 장소조차 정해두지 않은 상태였다. 랑스는 바로 코앞에 있는 소나무 한 그루가 박격포에 직격을 맞고 그대로 박살나 흩어지는 장면을 목격하고는 아랫입술을 질끈 깨물었다.

랑스는 곧장 1소대 소대장에게 무전을 연결했다.

"크라이! 들리나, 크라이 중위?"

[잘 안 들립니다, 대위님!]

폭음에 묻힌 크라이의 목소리가 귀에 꽂은 무전기에 울렸다. 랑스는 잠시 호흡을 가다듬고 소리쳤다.

"지금 당장 소대 전원 퇴각시켜! 장소는 아침에 특전대가 움직였던 남쪽의 산길이다! 두 시간 동안 남쪽으로 퇴각해! 그다음에 다시 중대 집결한다!"

[알겠습니다! 두 시간이요!]

랑스는 곧장 2소대와 4소대에 같은 내용의 무전을 전달했다. 브렛에게는 따로 퇴각하자고 말할 필요도 없었다. 랑스는 곧장 3소대와 함께 남쪽의 산길을 따라 퇴각했다.

이미 병사들이 모조리 주둔지를 빠져나갔음에도 불구하고, 적의 포격은 멈추지 않고 주둔지를 몰아쳤다. 특전대가 남기고 간 대대 규모의 보급품과 판도라 중대의 보급품이 모두 적의 포격에 박살나거나 불타올랐고, 화염은 마치 산불처럼 쿠이온 주둔지의 막사를 휘감아 오르기 시작했다.

멈추지 않는 포격 소리를 들으며 랑스는 명백한 적의 악의를 느낄 수 있었다. 그것은 마치 자식을 잃은 맹수의 울부짖음 같았다. 너를 죽이기 전까진 나도 멈추지 않는다는 무언의 맹세 같기도 했다.

그때 퇴각하는 3중대의 주변에 몇 개의 검은 그림자가 나타났다.

"랑스님! 무사하신가요!"

그림자는 미리암과 그녀의 블랙 어쌔신 부대였다. 랑스는 고개를 끄덕이며 말했다.

"너희도 모두 무사해?"

"저흰 무사합니다만, 주위의 병사들이 많이 죽는 걸 목격했어요!"

"…어쌔신은 무전이 없으니 일단 3소대를 따라 함께 퇴각해! 두 시간 동안 남쪽으로 도망칠 거야!"

"아침에 떠난 특전대와 합류하실 생각인가요?"

"특전대가 어디로 갔는지는 몰라! 무전이 연결되면 또 모를까."

랑스는 혹시나 싶어 특전대의 라이폴츠 준장 측에 무전 연결을 시도했다. 하지만 산속으로 들어가면 들어갈수록 무전 상태는 점점 더 나빠졌다. 랑스에게 남은 건 그저 입을 다물고 적의 추격을 피해 더 깊은 산속으로 도망치는 것뿐이었다.

5

"명심하십시오. 왕녀님의 나이트 포스를 텔레포트하는 데 제국 마도사 열다섯 명이 한 달간 마법을 쓸 수 없게 되었다는 사실을."

제국 재상 루가인의 뱀같이 쉭쉭대는 목소리가 이비사의 머릿속을 울렸다.

물론 이비사는 전혀 명심할 생각이 없었다.

뱀 같은 마도사 열 명이나 스무 명이 마법을 못 쓴다 해서 이비사의 마음에 죄책감이 생기긴 않았다. 제국 3대왕가인 로소 가문의 장녀이자, 제국의 군대 중에서도 최고의 정예를 자랑하는 로소 군의 사령관을 맡고 있는 그녀의 마음을 휘감고 있는 것은 오직 동생에 대한 복수뿐이었다.

동생인 알 로소의 죽음을 알게 된 직후, 이비사는 제국군 총사령관인 재상 루가인에게 로소 군이 남부 전선에 참전할 것을 요청했다. 물론 그녀가 직접 나이트 포스를 대동해 군대를 통솔할 생각이었다.

루가인은 예상 밖으로 순순히 이비사의 요구를 승낙했다.

그러나 거기엔 조건이 있었다.

로소 군이 남부 전선에 투입되어 오르가스 지방을 탈환하기에 앞서, 이비사의 나이트 포스만 특별한 임무를 맡아주길 원했던 것이다.

그 임무는 다름 아닌 오르가스 지방 남부에 위치한 티멜 산맥에 침입해, 그곳에 비밀리에 주둔 중인 재상 직속 부대의 지원을 해달라는 것이었다.

어째서 그런 곳에 군대를 주둔했냐는 질문에 루가인은 그곳에 세운 연구 시설을 보호하기 위해 파견한 군대라고 대답했다.

이비사는 거기서 더 질문하지 않았다. 어차피 재상이 하는 연구라면 뻔하다. 듣기만 해도 기분 나빠지는 '생체 조직 강화', '생체 기계화 연구', '이종 조직 합성' 등등일 것이다. 제국의 고위층만 알고 있는 사실이지만, 재상은 제국 북부의

산악 지방에 소수 남아 있는 오우거를 가지고 전투 병기를 제
작하고 있다는 소문이 있었다.

그런 소문 만으로도, 이비사는 죽을 때까지 루가인이란 인
간을 좋아할 수 없을 거라고 생각했다.

아무튼 이비사는 루가인의 제안을 받아들였고, 제국 전역
을 통틀어 22명밖에 없는 '마도사' 중에 열다섯 명의 힘을 빌
려 단숨에 티멜 산맥의 입구 부근에 도착했다.

'매스 텔레포트' 라 불리는 이 경이로운 마법은 제국 마도
사 연맹이 개발한 최신의 전술 마법이었다, 최대 200명의 인
간을 500㎞까지 떨어진 목표 마법진에 순간적으로 이동시킨
다.

목표 지점에 미리 마도사 한 명이 대기해 좌표를 확정해야
한다는 단점을 제외하면, 이 마법의 효과는 지금까지의 전쟁
의 양상을 완전히 뒤바꿀 만큼 혁신적인 것이었다.

목표 지점에 텔레포트를 마친 이비사는 곧바로 티멜 산맥
쪽으로 관측병을 투입했다. 관측병은 곧바로 레비넌트 군 주
둔지로 추정되는 곳에 1개 중대가량의 병력이 있다는 사실을
알아냈다.

1개 중대.

이비사의 나이트 포스 역시 숫자로만 보면 1개 중대의 병
력이었지만, 그 구성을 따져 보면 대대 병력과 전면전을 펼쳐

도 물리칠 수 있을 만큼 압도적이었다. 무엇보다도 소속된 마포병의 숫자가 달랐다.

이비사는 마포병의 사정거리 아슬아슬한 곳까지 부대를 전진시켰다. 이곳이 전투가 한참인 격전지라면 적이 아군의 움직임을 읽을 수도 있겠지만, 이곳은 전선과 수백 킬로 떨어진 한가한 후방이었다.

그리고 이비사는 어둠이 찾아오자 20명의 마포병에게 공격을 명령했다.

첫 포격이 절반도 나가기 전에 적의 대공 필드가 무력화되었고, 두 번째 포격이 떨어지자 적 주둔지는 완전히 불바다가 되었다.

물론 적들은 대부분 포격을 피해 산으로 도망칠 것이다. 그러나 이것은 이비사가 노린 것이었다. 이비사는 자신의 손으로 직접 레비넌트 군을 죽이고 싶었다. 비록 정보부가 알려온 그 '가짜 기사'를 자신의 손으로 처단하긴 힘들겠지만, 이렇게라도 마음속의 원한을 풀고 싶었다.

알 로소를 진심으로 사랑했느냐고 물으면, 쉽게 대답하기 힘들 수도 있다. 거기엔 다른 이유가 있었지만, 적어도 왕가의 일원으로 가문을 이어야 할 동생이 죽었다고 생각하니 결코 참을 수가 없었다.

포격이 끝나고 이비사는 스무 명의 기병을 먼저 적 주둔지로 보냈다. 예상대로 적들을 모두 산으로 도망쳤으나, 곳곳에 파이어 볼과 박격포에 맞아 죽은 시체가 나뒹굴고 있었다.

그런 중에 아직 죽지 않고 겨우 목숨을 부지하고 있던 적군 하나를 포로로 붙잡을 수 있었다. 포로는 판도라 중대 2소대 소속 소총병인 레온그린 상병이었다.

레온그린은 날아온 박격포에 맞아 부러진 나무에 깔려 꼼짝도 할 수 없는 상황이었다. 잠시 후 제국 기병들이 나무를 치워서 살 수 있었지만, 이번엔 양손이 꽁꽁 묶여 적 지휘관 앞으로 끌려가는 신세가 되었다.

레온그린은 자신도 모르게 벌벌 떨며 주위를 둘러보았다. 적의 규모는 1개 중대 정도였지만 그 구성이 심상치 않았다. 마포병과 포병, 그리고 기병의 숫자가 압도적으로 많았고, 모두들 군복에 푸른 독수리 문양의 엠블럼을 달고 있었다.

그중에 압권은 적의 지휘관이었다. 실제로 본 적은 한 번도 없지만, 흑백 TV로 가끔 보았던 제국 기사의 복장.

거기에 여자였다.

키가 크고 늘씬한 몸매였다. 거기에 진한 황금빛 머리카락을 가진 미인이었다. 하지만 레온그린은 여기사의 눈을 한 번 마주 본 후 곧바로 고개를 숙일 수밖에 없었다.

그것은 공포였다.

"긴말하지 않겠다. 쓸데없는 정보를 캐낼 생각도 없다. 하나만 대답해라.”

이비사 로소는 싸늘한 목소리로 포로가 된 레온그린에게 말했다.

“여기 있던 부대는 어디 소속의 어느 부대인가?”

“그… 그게…….”

“빨리 대답하지 않으면 팔다리를 하나씩 뽑을 거다.”

“으…….”

“내가 직접.”

기사의 힘이라면 정말로 그렇게 할 수 있을 것이다. 레온그린은 덜덜 떨리는 목소리로 대답했다.

“나, 남부군 소속 제7독립연대 소속 1대대…….”

“1대대? 제7독립연대의 1대대라면 피해가 커서 해체되었다고 들었는데?”

어째서 저 여자가 그런 것까지 알고 있는 걸까? 레온그린은 자신의 입에서 침이 흐르고 있다는 것도 느끼지 못하고 겨우 대답했다.

“그, 그게, 해제되었지만 저희 부대는 연대장 직속으로… 남았습니다.”

순간 이비사가 눈을 크게 떴다.

그녀는 제국 정보부와 제국 마도사 연맹에 요청해 자신의 동생을 죽인 자와 그자의 부대에 관한 정보를 거의 완벽하게 파악한 상태였다.

"그럼 여기 있던 부대가 과거 제7독립연대 1대대 소속 3중대인가?"

"네……."

"속칭 '판도라' 중대라는?"

"아… 네."

레온그린은 속절없이 고개를 끄덕였다. 순간 이비사가 검을 뽑았고, 은색의 번쩍이는 섬광이 레온그린의 목에 닿았다.

레온그린은 자신이 이미 죽었다고 생각했다.

그러나 이비사의 검은 레온그린의 목에 아슬아슬하게 닿아 있을 뿐, 더 이상 움직이진 않았다.

"…전장이라면 두말없이 베었을 거다."

이비사는 격양된 목소리로 말했다.

"하지만 포로는 베지 않는다. 그게 법이니까. 행운이라고 생각해라. 넌 아마 판도라 중대에서 유일하게 살아남는 생존자로 기록될 것이다."

이비사는 가까스로 복수에 대한 욕망을 참으며 검을 다시 집어넣었다. 눈앞의 포로는 다름 아닌 자신의 동생을 죽인 가증스런 가짜 기사가 이끄는 부대, 바로 판도라 중대의 병사였다.

'신께서 내 소원을 들어주시는구나.'

　이비사의 눈동자가 가볍게 떨렸다. 동생의 원수를 직접 갚을 기회가 찾아온 것이다.

　두 시간 동안 티멜 산맥의 깊은 곳으로 도망친 랑스는 일단 이동을 멈추고 아군의 피해 상황을 확인했다.

　함께 도망친 3소대는 확인된 사망자만 네 명이었고, 여덟 명이 실종되었다.

　실종자는 대부분 죽었을 것이다.

　랑스는 절망스런 표정으로 다른 소대와의 무전을 시도했다. 아무리 산간 지방에 적의 방해 전파가 심하다 해도 중대 내 통신은 무전기 안에 동일한 마력으로 고정된 고유 주파수가 존재하기 때문에 거리가 멀지 않은 이상 무조건 연결이 가능했다.

　잡음이 심하긴 했지만 무사히 무전이 연결되었다. 곧바로 숨소리가 거친 크라이의 목소리가 들려왔다.

　[1소대 소대장 크라이입니다!]

　"크라이! 어디야! 상황은 어때?"

　[상황이 별로 안 좋습니다! 무작정 산속으로 도망치긴 했는데 위치를 확인할 수 없습니다! 신호탄이라도 쏠까요?]

　"미쳤어! 절대로 쏘지 마!"

　[워워, 당연히 농담입니다. 저, 안 미쳤습니다, 중대장님.]

이런 와중에도 농담을 할 수 있다니. 랑스는 크라이의 신경 줄이 얼마나 굵은지 내심 감탄하며 말을 이었다.

"1소대 전파가 나오는 곳이 내가 있는 곳의 남동쪽이야! 그러니 북서쪽으로 이동해!"

[급하게 오느라 나침반을 못 챙겼습니다!]

"지금 하늘에 달 떠 있는 거 보이지?"

[달이요? 네, 보입니다.]

"그 달이 있는 방향으로 이동해! 암호는 빨강, 벽돌이야!"

[알겠습니다.]

순간 오른쪽 숲에서 뭔가 부스럭거리는 소리가 들렸다. 랑스는 물론 기진맥진해 있던 3소대원 전원이 총구를 돌린 순간, 2소대의 부소대장인 피케르 중사가 들고 있던 철퇴를 바닥에 내려놓으며 소리쳤다.

"쏘지 마! 아군이다!"

"피케르! 2소대는 어떻게 됐나!"

"뒤에 있습니다! 모두 이쪽으로!"

피케르가 신호를 보내자 조금 떨어진 곳에 숨어 있던 2소대가 모두 몰려왔다. 2소대의 피해도 심각해 소대원의 수가 절반 가까이 줄어 있었다. 랑스는 2소대의 소대원들을 하나씩 바라보며 소리쳤다.

"소대장! 스팅커터 소위는 어디 있나!"

"…여기 있습니다, 중대장님."

그때 가장 뒤에서 소대원의 부축을 받으며 스팅커터가 나타났다. 랑스는 곧바로 스팅커터에게 달려갔다. 스팅커터는 랑스의 얼굴을 힐끔 보더니 곧바로 고개를 푹 숙이며 기절했다.

"스팅커터! 어떻게 된 거야!"

"포격이 스쳤습니다! 다리에 파편이 박혔습니다!"

소대원이 스팅커터를 바닥에 엎드려 눕히며 말했다. 랑스는 들고 온 가방에서 손전등을 꺼내 엎드린 스팅커터의 몸을 비췄다. 오른쪽 허벅지에 손가락만 한 파편이 두 개 박혀 있었고, 등허리 부분에도 자잘한 파편 서너 개가 박혀 있었다.

다행히 등의 파편은 척추를 건드리지 않았고, 자체적으로 깊이 박혀 있지도 않았다. 하지만 부상을 입고 뛴 덕분에 출혈이 엄청났다. 랑스는 눈을 부릅뜨고 우선 출혈이 심한 허벅지의 상처에 치유 마법 3번식인 륭하를 사용하며 조심스럽게 파편을 뽑아냈다.

순간 울컥하고 피가 뿜어져 나왔지만 륭하가 잘 먹혀 출혈은 금방 멎어들었다. 랑스는 나머지 상처도 전부 치료한 후 이마에 흐르는 땀을 닦았다. 응급치료는 끝났지만 이미 잃어버린 피가 많아 상태가 악화될 가능성도 있었다.

아무리 치유 마법이라 해도 없는 피를 만들어낼 수는 없다.

지금은 그저 스팅커터의 체력을 믿는 수밖에 없었다.

한숨 돌린 랑스는 자잘한 부상을 입은 다른 중대원들을 치료한 후 곧장 4소대의 소대장인 마이리크 중위에게 연락을 취했다.

곧 마이리크의 반가운 목소리가 무전기에 울려 퍼졌다.

[무사하셨군요, 중대장님!]

"그래, 마이리크 중위. 4소대는 상황이 어때?"

[저휜 비교적 안전한 위치에서 도망친 덕분에 피해가 거의 없습니다. 경상자가 세 명 있지만 전부 파우더와 붕대로 치료했습니다!]

"잘했어! 현재 위치가 어디야?"

[저휜 길을 따라 곧장 산으로 올라왔습니다! 그런데 여기 선행 부대의 흔적이 있습니다!]

"선행 부대?"

[아침에 떠났던 특전대 말입니다.]

"흔적만 있어?"

[네. 아무래도 여기서부터 없는 길을 만들어 간 듯합니다. 숲으로 군대가 이동한 흔적이 있습니다!]

랑스는 재빨리 머릿속으로 생각했다. 이런 절체절명의 상황에서 그나마 사태를 호전시킬 방법이 있다면 그건 라이폴츠 준장이 이끄는 특전대와 합류하는 것이다.

랑스는 일단 그 자리에서 1소대가 도착하길 기다렸다. 15분 후, 1소대와 합류를 마친 랑스는 무전기에 표시되는 4소대의 위치를 향해 이동했고, 20분 후 산길 옆 숲 속에 숨어 있던 4소대와도 무사히 합류할 수 있었다.

오르가스 공방전에서 97명까지 줄었던 판도라 중대는 연대장 직속 부대로 편입된 후 보충병을 받아 129명까지 늘어나 있었다. 하지만 현재 남은 것은 93명으로, 1소대가 19명, 2소대가 21명, 3소대가 23명, 4소대가 30명이었다.

야간에 쏟아진 적의 기습으로 인해 36명의 병사가 사망하거나 실종된 것이다. 남아 있는 병사들도 대부분 중화 필드 잔량이 절반 이하로 줄어 있었다. 필드사인 폰테라가 일단 기병들 위주로 필드의 마력을 보급했다. 하지만 폰테라 혼자선 남은 마력을 전부 동원해도 기병 다섯의 필드를 가득 채우는 게 한계였다.

랑스는 불안과 피로에 넝쿨처럼 휘감긴 중대원들을 보며 가까스로 입을 열었다.

"모두 힘들겠지만 지금은 여기서 더 이상 쉴 수가 없다. 적이 추격해 오면 꼼짝없이 당할 테니 우선 먼저 간 특전대의 뒤를 따라 합류할 때까지 이동한다. 체력이 남은 병사들은 부상병을 부축하고, 4소대의 마포병과 포병은 대열의 가운데서 이동한다. 전방은 1소대의 기병이, 후방은 3소대의 기병이 맡는다."

"랑스님, 저희 어쌔신은 밤눈이 밝습니다. 저희가 선두에서 길을 여는 게 어떨까요?"

그때까지 조용히 주변을 경계하던 미리암이 랑스에게 다가와 말했다. 랑스는 그녀의 의견을 받아들여 크라이와 함께 선두에서 길잡이를 해줄 것을 부탁했다. 랑스 자신은 3소대와 함께 최후방을 맡았다.

"파이어 볼의 느낌이나 박격포탄의 파편을 봐도 적은 제국군이 확실해."

그때까지 4소대와 함께 움직이던 폰테라가 랑스의 옆에 붙으며 말했다. 랑스는 지친 얼굴로 폰테라를 보며 물었다.

"어째서 제국군이 이런 곳에 있을 수 있지? 하룻밤 사이에 우리 군의 수비진이 뚫린 건가?"

"전략적으로 그게 가능한지 불가능한지는 둘째 치고, 우선 뚫렸다 해도 그렇게 빨리 우리가 있던 곳까지 오는 건 말이 안 돼."

"기갑 부대인가? 전차 부대가 전력으로 질주해 왔다면 가능할지도 몰라."

"하지만 방금 전의 공격은 마포병과 포병이었어."

"맞아. 그럼 혼합 전투 보병 부대란 말인데……."

랑스는 여전히 머릿속에 나이트 포스에 대한 의심을 버리

지 않고 있었다. 폰테라는 그런 랑스의 얼굴을 보며 잠시 생
각하다 말했다.

"어쩌면 텔레포트일지도 몰라."

"텔레포트? 마도사의 전술 마법 말이야?"

기병과 기사의 관계처럼 마법사와 마도사의 관계 또한 절
대적이다. 마도사는 어쩌면 기사보다도 더 희귀한 존재라고
할 수 있다. 그들이 사용하는 엄청난 효과의 마법들을 보통
'전술 마법' 이라고 부르며 대전(大戰)의 핵심으로 작용하기
도 한다.

랑스가 알고 있는 텔레포트는 마도사가 자신이 원하는 장
소로 순간적으로 이동하는 마법이었다. 다만 이 마법은 마도
사의 뇌에 과부하를 일으켜 약 한 달 정도 마법을 쓸 수 없게
만든다. 덕분에 금주법이라 불리고, 효과는 엄청나지만 리스
크 또한 엄청나기 때문에 잘 사용되지 않는 것으로 알고 있
다.

"텔레포트로 마도사 말고 다른 사람을 보낼 수 있어?"

랑스가 물었다. 폰테라는 고개를 끄덕이며 대답했다.

"가능해, 이론적으론. 마도부에서도 현재 비밀리에 그런
마법을 연구 중이야."

"하지만 적의 규모는 최소 중대 이상이야. 150명의 인간을
한 번에 텔레포트시킬 수 있단 말이야? 그럼 마도사도 150명

이 필요할 텐데?"

"요즘 새로 연구되는 건데… 마법진을 이용하면 마법의 효과를 극적으로 증폭시킬 수 있어."

"마법진? 그건 또 뭐야?"

"나도 정확히는 몰라. 확실한 건 순수 마법에 대한 연구는 우리나라보다 티엔 제국이 좀 더 앞서 있다는 것뿐이야."

그것은 랑스도 익히 알고 있는 사실이었다. 마법은 크게 두 가지로 나뉜다. 중화 필드나 마력으로 작동하는 무전기처럼 과학에 접목시킨 마법이 있고, 파이어 볼처럼 그 자체로 위력을 발휘하는 순수 마법이 있다.

레비넌트 공화국은 대륙의 그 어떤 나라보다 과학 마법이 발달한 나라고, 반면 티엔 제국은 순수 마법이 대륙에서 가장 발달된 나라였다. 랑스가 알 로소를 잡을 때 유용했던 고글 역시 과학 마법으로 인해 탄생된 도구였다.

하지만 그렇다고 해도 중대 병력을 한 번에 이동시키는 텔레포트라니……. 그게 사실이라면 무서운 일이었다. 전쟁에 있어 가장 중요한 두 가지는 거점 확보와 보급로 확보인데, 대규모 텔레포트는 이런 전쟁 양상을 크게 바꿀 수 있는 것이다.

4소대가 발견했던 숲 속의 길은 확실히 대대 규모의 병력이 이동한 흔적이 남아 있었다. 랑스는 특전대가 이곳에 온 이유와 적의 군대가 이곳에 온 이유가 분명 같을 거라고 생각했다.

그렇다면 제국도 용을 노리고 있는 걸까?

하지만 제국군이 세르기오 왕국을 점령한 지도 1년이 지났다. 용을 잡을 거였으면 그사이에 잡았을 것이다.

랑스는 갈피를 잡을 수 없었다. 어떻게든 특전대와 합류해 라이폴츠 준장에게서 좀 더 확실한 이야기를 듣는 수밖에 없었다.

판도라 중대는 이후 여섯 시간 동안 거친 숲의 산길을 이동했다.

동이 터올 무렵, 숲에서 빠져나올 수 있었고 동시에 특전대의 흔적도 거기까지였다.

눈앞에 보이는 것은 바위뿐인 광대한 산등성이와 성인 남자 스무 명이 어깨동무를 하고 들어가도 충분한 크기의 동굴 입구였다.

그리고 그 동굴 앞에 특전대의 소총병 네 명이 거대한 무전 장비를 가운데 두고 보초를 서고 있었다.

"꼼짝 마! 거기 누구냐! 움직이면 쏜다!"

소총병들이 처음 발견한 것은 검은 망토를 뒤집어쓴 어쌔신들이었다. 다행히 금방 크라이가 도착해 관등성명을 대며 특전대의 보초병들을 안심시켰다.

이윽고 중대 전체가 동굴 앞에 도착했다. 랑스는 당장이라도 쓰러질 것 같은 중대원들을 그 자리에 앉아 쉬게 하고, 특전대 보초병들에게 다가가 상황을 설명했다. 보초병 중에 계급이 가장 높은 밀리오라는 이름의 하사가 깜짝 놀라며 랑스에게 물었다.

"그럼 제국군이 이곳에 공격해 왔다는 말씀이십니까, 대위님?"

"그래. 이유는 알 수 없지만……. 준장님은 어디 계시나?"

"어제 오후 특전대를 이끌고 이곳 동굴 안으로 들어가셨습니다!"

"특전대 전원을 이끌고? 600여 명이 모두 이 동굴 안으로 들어갔다는 말이야?"

"네, 그렇습니다."

"뭣 때문에?"

"그건 저도 잘 모릅니다. 전 이곳에서 통신병들을 데리고 정기적으로 연락을 취하라는 명령을 받았습니다!"

랑스는 바닥에 놓인 성인 남자의 상반신만 한 무전 장비를 힐끔 보며 말했다.

"그럼 동굴 안과 무전이 연결되나?"

"네 시간 전까지는 연결됐습니다만, 현재는 불통입니다."

"큰일이군. 어떻게 하지?"

"전 금일 오후 6시까지 이곳을 지키라는 명령을 받았습니다. 만약 그때까지 연락이 두절되면 통신병들과 함께 산을 내려가 사령부에 보고를 해야 합니다."

"그럼 하사는 동굴 안에 뭐가 있는지 전혀 모르고?"

"전혀 모릅니다!"

대답하는 밀리오 하사도 궁금해 미치겠다는 표정이었다. 랑스는 한숨을 내쉬며 스팅커터를 제외한 소대장들을 불러 모아 상의했다. 믿었던 특전대가 동굴 안에서 행방불명이니 앞으로 어떻게 해야 할지를 결정해야 했다.

"어차피 이대로 산맥을 따라 계속 도망칠 수는 없습니다. 저흰 급하게 나오느라 보급품도 변변히 챙기지 못했으니까요."

3소대 소대장인 브렛 중위가 말했다. 크라이도 고개를 끄덕이며 브렛의 의견에 동의했다.

"일단 동굴 안이나 주변에 자리를 잡고 버티는 게 좋겠습니다. 이곳은 바위가 많아 엄폐물도 충분하니까요."

"나도 그렇게 생각해. 그리고 어차피 중대원들은 더 이상 움직일 수 없어. 여기서 최소한 반나절은 쉬어야 할 거야."

폰테라의 말에 랑스가 고개를 끄덕였다. 앉아서 쉬라고 명령을 내렸지만, 이미 중대원의 반수 이상이 맨바닥에 쓰러져 곯아떨어진 상황이었다.

랑스는 체력이 남은 기병들을 뽑아 2교대로 주변을 경계하고 나머지 전 중대원들에게 휴식을 명령했다. 랑스도 기절한 스팅커터의 상태를 확인한 후 들고 온 가방을 쿠션 삼아 동굴 옆 바위에 등을 기대앉았다. 바닥에 엉덩이를 대자마자 졸음이 안개처럼 몰려와 랑스의 머릿속을 캄캄하게 만들었다.

랑스가 잠에서 깬 것은 네 시간이 지난 후였다. 누군가 랑스의 어깨를 잡고 흔들었다.

"랑스! 일어나! 적이야!"

폰테라의 목소리였다. 순식간에 정신을 차린 랑스는 곧바로 몸을 일으키며 말했다.

"적? 어디?"

"우리가 지나온 숲에 있어. 약 한 시간 정도 거리야. 어쌔신과 1소대 기병들이 앞에서 교란하고 있어!"

그때 먼 곳에서 파이어 볼과 박격포 터지는 소리가 은은하게 울려 퍼졌다. 랑스는 습관적으로 자신의 마력이 얼마나 회복되었는지 체크하고는 폰테라에게 말했다.

"4소대에 가서 마포병과 포병을 동굴 안에 숨으라고 해줘. 폰테라, 너도 부상병들과 함께 동굴 안에 들어가 숨어 있고."

"알았어. 하지만 그렇게 되면 뒤가 없을 텐데?"

랑스는 바닥에 내려놓았던 장검을 집어 들며 말했다.

"어차피 도망쳐도 뒤는 없어. 여기서 버티다가 동굴 안에 들어간 특전대가 나오길 기다리는 수밖에.”

랑스는 동굴 앞의 공터에 남아 있는 중대원들에게 참호를 팔 것을 명령했다. 그러나 흙이 단단하고 돌이 많아 땅이 잘 파지지 않았다. 어쩔 수 없이 동굴 근처의 바위와 돌을 옮겨 진지를 구축하는 수밖에 없었다.

40분 후, 어설프게나마 여섯 개의 진지가 완성되었고, 숲에서 적들을 교란하고 있던 1소대의 기병과 어쌔신들이 돌아왔다. 적의 화력이 막강해 더 이상 버티는 건 무리였다.

포병과 부상병들은 동굴 안쪽으로 들어갔다. 폰테라는 마지막 남은 마력을 쥐어짜 진지의 상공에 대공 필드를 낮게 펼쳤다.

그리고 정적이 찾아왔다.

랑스의 귀에 들리는 건 중대원들의 침 삼키는 소리와 기병들의 갑옷이 진지에 부딪쳐 달그락거리는 소리뿐이었다. 정적은 10분 정도 계속되었다. 랑스는 천천히 숨을 내쉬며 해가 중천에 뜬 하늘을 무심결에 올려다보았다.

북쪽 하늘에 십여 개의 작은 태양이 떠 있었다.

“파이어 볼이다!”

비명 같은 랑스의 외침과 동시에, 멀리서 포물선을 그리며 날아온 파이어 볼이 중대 상공의 대공 필드를 직격하기 시작했다.

놀랍도록 정확한 포격이었다. 다섯 발의 파이어 볼이 닿은 순간 대공 필드가 깨졌고, 남은 파이어 볼이 그대로 진지 주변에 떨어져 폭발을 일으켰다. 돌 조각이 사방으로 튀고, 흙먼지가 연막처럼 날리며 사방을 뿌옇게 가렸다.

랑스는 진지로 구축한 돌 더미에 몸을 움츠리며 바짝 기댔다. 왼쪽 끝의 진지에서 푸른 불꽃이 번쩍거리더니 이내 비명 소리가 터져 나오기 시작했다.

진지 안의 병사들이 똘똘 뭉쳐 자신들의 필드로 어떻게든 포격을 견뎌내다가 결국 전원의 필드 잔고가 바닥나 버린 것이다.

"젠장! 여기까지 와서 포격이냐!"

랑스는 이를 갈았다. 이만큼 추격해 왔으면 그냥 총격전이나 백병전을 펼쳐도 무방할 것이다. 하지만 적은 집요하게 사정거리에 맞춰서 포격을 하고 있었다. 그것도 너무도 정확하게.

중대원들은 발작하듯 숲을 향해 총을 쏘아댔다. 하지만 결코 적에게 닿을 리가 없다. 랑스는 그들에게 차마 탄약을 아끼라는 명령을 내릴 수가 없었다.

도합 10여 발의 파이어 볼과 30여 발의 박격포탄을 퍼붓고 나서 적의 포격이 중단되었다. 랑스가 있는 진지의 중대원들은 대부분 무사해 보였다. 그러나 왼편의 진지는 거의 전멸한 것처럼 움직임이 없었다. 오른편의 진지들은 상황을 알 수가 없었다.

'이제 돌격해 오려나?'

랑스는 마른침을 삼키며 장검을 쥔 손에 힘을 주었다. 하지만 적은 잠잠했다. 아군 진지 여기저기서 신음 소리가 흘러나온다. 하지만 랑스는 그들을 치료하기 위해 움직일 수 없었다. 적이 움직이지 않는 이상, 이쪽에서 먼저 움직이는 건 불가능했다.

그때, 숲 한가운데서 확성기에 실린 누군가의 목소리가 울려 퍼졌다.

"판도라 중대의 중대장 피엘 랑스 대위에게 고한다!"

고고한 듯 날카로운 여성의 목소리였다. 랑스는 눈을 질끈 감았다. 그동안 상상했던 상황 중에 가장 최악의 상황이 지금 랑스의 눈앞에 펼쳐지려 하고 있었다.

"내 이름은 이비사 로소! 티엔 제국 3대왕가인 로소 가문의 장녀이자 로소 군의 총사령관이다! 제국 황제 어비스 6세께 직접 청(靑)의 칭호를 받은 기사로서 피엘 랑스에게 기사전을 신청한다!"

중대원들이 입에서 절망적인 탄성이 터져 나왔다. 적은 제국의 청기사 이비사 로소가 이끄는 나이트 포스였던 것이다.

세르기오 왕국 사람들이 증오와 존경의 뜻을 동시에 담아

‘푸른 마녀’ 라 부르는 기사가 바로 그녀였다. 세르기오 왕국은 그녀 한 사람에게 무너졌다고 봐도 과언이 아니었다.

확성기를 통해 울려 퍼지는 그녀의 목소리에 랑스는 귀를 막고 싶은 심정이었다. 병실에 누워 있을 때 알 로소의 친누나가 이비사 로소라는 사실을 떠올렸고, 그때부터 랑스는 어쩌면 이런 상황이 오지 않을까 상상하고 있었다.

“겁쟁이가 아니라면 랑스 대위는 당장 나와라! 만약 기사전을 거부하면 그대와 그대의 부대원들을 전원 돌무더기 속에 장사 지내주겠다!”

랑스는 떨리는 손으로 옆에 놔둔 검은 가방을 열었다. 같은 진지에 있던 중대원들이 괴로운 눈으로 중대장을 지켜보았다. 랑스는 가방에서 은색의 금속 상자를 꺼내 열었다.

상자 안에는 빈 약병 두 개와 아직 가득 차 있는 약병 네 개가 남아 있었다.

“모두… 뒤를 부탁해.”

랑스는 진지 안에 있던 중대원들에게 기운 빠진 목소리로 말했다. 그리고 주사기를 들어 자신의 몸에 에디크린과 디시옥스를 투여했다.

‘그래, 싸움을 원한다면 싸워주마.’

랑스는 눈앞이 환하게 밝아지는 것을 느끼며 바닥에 내려놓았던 장검을 집어 들었다. 산들바람처럼 상쾌한 쾌감이 온

몸을 스치고 지나간다. 불안과 절망만이 가득하던 마음이 한결 편해지며 기분이 좋아졌다.

이래서 인류가 마약이란 존재를 끊을 수가 없는 걸까? 랑스는 진지 밖으로 걸어나가며 나지막하게 웃었다. 오른쪽 진지 끝에서 이마에 피를 흘리고 있는 크라이가 격양된 얼굴로 자신을 바라보고 있었다.

랑스는 크라이에게 한 번 손을 흔들어주고 진지 앞의 공터로 걸어갔다. 그러자 숲 쪽에서 바스락거리는 소리가 들렸다. 나타난 것은 검푸른 망토로 몸을 감싼 제국의 여기사였다. 랑스는 그 자리에 우뚝 멈춰 섰다.

여기사의 몸에서 흘러넘치는 위압감과 살기가 랑스를 더 이상 앞으로 나서지 못하게 가로막고 있었다.

"네가 피엘 랑스 대위인가?"

반대로 이비사는 검을 뽑아 든 채 랑스를 향해 성큼 걸어왔다. 두 사람의 거리가 10미터까지 가까워지자 랑스는 그야말로 숨을 제대로 쉴 수가 없었다.

알 로소와 싸울 땐 기사들이 서로 느끼는 '파동' 이란 걸 전혀 느끼지 못했다. 하지만 랑스는 이비사의 몸에서 그 '파동' 이라는 걸 처음으로 느낄 수 있었다. 그건 마치 자기장처럼 퍼져 나오는 힘의 진동이었다.

이비사는 랑스의 몸을 위아래로 훑어본 후 말했다.

"생각보다 작군. 거기에 여자처럼 생겼어."

"…지금 이 순간만큼은."

"뭐?"

"지금 이 순간만큼은, 내가 여자로 태어나지 않은 게 후회가 되는군. 그럼 전쟁터에 나오지도 않았을 텐데."

랑스는 자신도 모르게 경어로 말하려는 걸 참았다. 이비사는 눈을 찌푸리며 말했다.

"설마 이제 와서 겁을 먹은 건 아니겠지?"

"아닌 게 아니라 진짜 겁난다."

"뭐?"

"이비사 로소… 당신 정말 강해. 동생과는 비교도 할 수 없을 정도로."

민감해진 랑스의 신경이 적에 대해 경고를 외치고 있었다.

'절대 이길 수 없어.'

'도망쳐.'

'싸우는 순간 죽을 거야.'

하지만 랑스는 도망칠 수 없었다. 랑스가 알 로소를 죽임으로써 자신이 평생 원했던 소원을 풀었듯이, 이비사는 기사가 아닌 랑스에게 기사전을 신청할 정도로 랑스와 싸우길 원하고 있었다.

그녀 또한 자신을 통해 마음속의 원한을 풀려 하는 것이다.

그러나 막상 이비사의 눈에 비친 원수는 약물을 통해 가까스로 기사에 준하는 힘을 얻은 형편없이 약한 존재였다. 그것도 자신에 대한 공포에 겁에 질렸으면서도 가까스로 도망치지 않고 두 발로 서서 버티고 있을 뿐이었다.

"너 같은 인간에게 알이 당하다니…… 믿을 수가 없어. 알이 그렇게 약한 기사였나?"

"알 로소는 약한 기사가 아니었어. 물론 당신에 비하면 약하겠지만."

랑스는 호흡을 가다듬으며 장검을 세워 들었다.

"솔직히 도망치고 싶어. 죽더라도 당신과 싸우기 싫어."

"웃기지 마! 내 동생을 죽여 놓고 무슨 소리야! 전력을 다해 덤벼! 형편없이 싸우면 용서하지 않겠다!"

이비사는 망토를 활짝 펼치며 허리에 찬 검을 번개처럼 뽑아 들었다. 랑스는 그런 동작 하나하나에도 움찔거리며 가까스로 입을 열었다.

"그래, 원하는 대로 전력을 다해 싸우지. 다만 하나 부탁하고 싶은데."

"부탁?"

"내가 죽으면 내 부대원들을 죽이지 말고 포로로 대우해 줄 수 없을까?"

그것이 랑스가 자신의 생명과 바꿔 할 수 있는 마지막 거래였다. 물론 이비사는 동생을 죽인 랑스만 처단할 수 있다면 나머지 적은 어떻게 되더라도 관심이 없었다. 항복한다면 당연히 포로로 끌고 갈 것이다.

하지만 지금은 눈앞에 있는 증오스런 상대의 마음에 조금이라도 더 상처를 주고 싶었다. 이비사는 차가운 눈으로 고개를 저으며 대답했다.

"싫다. 군인이라면 모두 싸우다 전사해라."

랑스는 탄식했다. 하지만 어쩔 수 없다. 랑스는 입을 가리고 무전을 눌러 크라이를 연결했다.

"크라이, 들려?"

[네, 들립니다!]

"내가 싸우기 시작하면 곧바로 모든 중대원을 데리고 동굴 속으로 도망쳐. 최대한 깊이. 알았지?"

그때 이비사가 검을 치켜들고 달려들었다.

"뭘 속닥거리고 있냐!"

랑스는 곧장 두 손으로 검을 쥐고 전력을 다해 그녀의 검을 받아냈다. 귀청을 찢는 금속음이 울려 퍼지며 랑스의 몸이 2미터 정도 뒤로 밀려났다.

"너 따위가! 너 따위가 어째서 알을 죽인 거야!"

이비사는 피를 토하듯 소리치며 미친 듯이 검을 휘둘렀다. 랑스는 등 뒤의 중대원들이 우르르 동굴 안으로 도망치는 소리를 들으며 전력을 다해 이비사의 검을 받아냈다.

"알 로소가 잘못한 거야! 그가 우리 대대에 와서 목 베기를 했어!"

"시끄러! 그런 건 나도 알아! 그럼 그냥 순순히 당해줬으면 좋잖아!"

"무슨 그런 말 같지도 않은 소리를!"

랑스는 이를 악물고 이비사의 공격을 받은 후, 검에 닿은 적의 힘에 저항하지 않고 그대로 튕기듯 검을 회전하며 공세로 전환했다.

이비사는 순간 움찔하며 몸을 틀어 랑스의 공격을 피했다. 그저 약의 힘을 빌려 힘이 강해진 적이라 생각했는데 그게 아니었다. 생각보다 교묘한 검술을 감추고 있었다.

이비사는 검을 뒤로 빼고 어깨를 앞으로 내민 자세로 랑스와의 간격을 쟀다. 랑스가 아슬아슬한 거리에서 검을 휘두른 순간, 이비사는 그보다 훨씬 빠르게 검을 내밀어 랑스의 공격을 받아쳤다.

랑스는 몸을 움츠리고 찌르기로 이비사의 몸통을 노렸다. 이비사는 가볍게 그것을 피하고 횡으로 두 번 검을 휘둘렀다. 처음은 피하고 두 번째는 막았다. 막은 순간 이비사가 크게 한 발 내디디며 대각선으로 검을 내리그었다.

빠른 베기였지만, 그 속도보다 검에 실린 힘이 더욱 두려웠다. 랑스는 일단 받아치듯 검을 휘둘러 이비사의 검을 막아냈다. 순간 오른팔이 몸에서 떨어져 나간 것처럼 욱신거렸다.

이비사는 다시 공세를 취하며 소리쳤다.

"기사가 전장에 참가했으면 그쪽도 기사를 내보내는 게 보통이잖아! 알이 전장에서 죽더라도 그건 정상적인 기사와 싸우다 명예롭게 죽었어야 해!"

"그거 미안하게 됐군! 정상적인 기사가 아니라!"

"너 따위! 백 명을 죽여도 알의 죽음을 메울 수 없어!"

이비사는 떨리는 눈으로 다시 검을 휘둘렀다. 랑스는 최대한 검을 맞대지 않고 싸우고 싶었다. 하지만 이비사의 공격은 강화된 동체시력과 반응속도만으로 쉽게 피할 수 있을 만큼 느리지도 어설프지도 않다.

이비사의 공격이 쏟아진다. 막고, 막고, 어깨를 스치는 걸 아슬아슬하게 피하고, 몸을 숙이고 반격으로 허리를 노려 검을 휘두른다.

하지만 피했다. 너무도 손쉽게 이비사는 그렇게 공격을 퍼부으면서도 랑스의 움직임을 하나하나를 지켜보고 또 예측하고 있었다.

그녀의 검술은 강한 절제와 순간적인 폭발로 이뤄져 있었다. 랑스는 그것이 아름답다고 생각했다. 은월검류에 비한다면 검 끝이 그리는 궤적이나 선이 단조롭지만, 그것은 기사가 가진 힘과 속도에 가장 효율적인 형태 중 하나였다.

아쉬움이 밀려온다. 랑스는 안타까웠다. 알 로소를 꺾었을 때, 그때는 세상에 더 이상 바랄 게 없을 것 같았다.

하지만 지금은 다르다. 자신이 좀 더 강했더라면, 가장 약한 기사라도 좋으니 기사의 몸을 가지고 태어났더라면.

그랬다면 이 우아하고 아름다운 최강의 기사와 좀 더 만족스럽게, 더 오래 싸울 수 있었을 텐데.

랑스는 순간적으로 몸을 뒤로 빼며 물러섰다. 이비사는 랑스의 몸이 왠지 축 처졌다는 것을 느끼며 검을 멈췄다.

"왜 물러서지? 계속 싸워!"

"나도 싸우고 싶지만… 그럴 수가 없어."

에디크린의 부작용으로 인해 오른팔 근육이 모조리 파열되어 버렸다.

고작 1분 정도 검을 부딪쳤을 뿐인데 이 지경이다.

단순히 근육만 파열된 게 아니라 어깨 부근의 힘줄 자체가 늘어져 버렸다. 랑스는 오른손으로 가까스로 검을 쥐고, 왼손으로 치유 마법을 사용해 오른팔을 주무르기 시작했다.

이비사는 그런 랑스를 보며 눈을 가늘게 떴다.

"그렇군. 기병이면서 동시에 치유사였군. 그래서 강화 약물의 부작용을 치유 마법으로 커버하면서 싸웠던 거야."

"맞아."

“하지만 내가 그럴 시간을 안 주면 어쩔 거지?”

“그럼 뭐, 죽어야지.”

랑스는 쓴웃음을 지었다. 오른팔의 통증은 차라리 잘라내 버리고 싶을 만큼 끔찍했다.

지금은 그냥 다른 아무것도 신경 쓰지 않고 편해지고 싶었다.

하지만 랑스는 악착같이 치유 마법을 사용해 오른팔을 고치려 했다.

“맘대로 해. 어차피 난 못 이기니까.”

“그런 식으로 말하지 마! 전력을 다해! 알을 죽였듯이 나도 죽일 각오로 덤비란 말이야!”

“미안하지만 힘들어.”

“안 돼……. 이렇게 허무하게 널 죽일 순 없어! 알은 나에게 소중한 존재였어!”

“젠장! 군 사령관이란 인간이 그렇게 칭얼거리지 마! 네 동생의 손에 죽은 우리 대대 병사들도 모두 누군가의 소중한 존재였어!”

랑스는 도저히 참을 수 없어 소리쳤다.

“다들 그렇게 소중한 사람을 전쟁터로 보내는 거야! 개죽음을 당해 마땅한 사람은 한 사람도 없어! 전쟁터에서 병사가 죽는 걸 누가 뭐래? 하지만 당신 동생은 해선 안 될 짓을 했어!"

순간 이비사가 깜짝 놀라며 뒤로 한 발 물러섰다.

그녀는 동생과는 달리 책임감과 공정함을 갖춘 여자였다. 동생의 죽음으로 잠시 이성을 잃긴 했지만, 방금 전 자신이 한 발언이 얼마나 무책임한 건지 스스로 통감할 수 있었다.

이비사는 입술을 깨물며 눈을 감았다.

"…30초 주겠어. 그사이에 회복해. 그러고 나서 싸우자."

"그거 고맙군."

하지만 근육의 손상 정도가 너무 심했다. 전력을 다해 라스티타를 시전해도 30초 안에 오른팔이 정상으로 돌아올지는 의문이었다.

그리고 10초가 더 지났다.

랑스는 눈앞에 서 있는 여기사를 보며 말했다.

"이비사 로소?"

"뭐냐? 빨리 회복해!"

"미안해."

"뭐?"

"물론 당신 동생이 못할 짓을 한 게 원인이었지만, 아무튼 기병 주제에 당신 동생을 죽여서 미안해."

"뭐야, 갑자기! 그런다고 봐줄 생각 없어!"

이비사가 눈을 번쩍 뜨며 검을 앞으로 내밀었다. 랑스는 오른팔에서 손을 떼며 말했다.

"미안하지만 오른쪽 어깨의 힘줄이 늘어났어. 반쯤 끊어진 것 같기도 하고."

"그래서 뭐가 어쨌다는 거야!"

"내 남은 마력을 전부 사용해도 이건 치료가 안 돼. 그리고 점점 눈앞이 어지러워지고 있어. 이건 에디크린의 부작용이 겠지만……."

"무슨 소리 하는 거야! 알아듣게 말해!"

"한마디로 더 이상 검을 휘두를 수가 없어."

랑스는 왼팔로 검을 들어 자신의 목에 가져가 대었다.

아쉽지만, 더 이상 욕심을 부릴 수 없다고 생각했다.

"정말 미안해. 이렇게라도 사죄할 테니… 부디 우리 중대원들은 건들지 말아줘."

검을 쥔 랑스의 왼팔이 부들거리며 떨렸다. 이비사는 깜짝 놀라며 랑스에게 달려들었다.

"잠깐! 그러지 않아도 너희 중대원을 죽일 생각은 없었어!"

"랑스님! 안 돼요!"

동시에 동굴 입구에 숨어 있던 미리암이 비명을 지르며 밖으로 뛰쳐나왔다. 랑스가 놀라며 뒤를 돌아본 순간, 갑자기 눈앞이 흔들리며 온 세상이 요동치기 시작했다.

'에디크린의 부작용인가?'

하지만 그게 아니었다. 그것은 지진이었다. 갑자기 발밑이 무너지며 동굴 앞의 공터 전체가 땅속으로 빨려들어 가기 시작했다.

랑스도, 미리암도, 이비사도 모두 이 갑작스런 천재지변에 대응할 수 없었다. 세 사람은 엄청난 토사와 함께 가차 없이 땅속 깊은 곳으로 추락하기 시작했다.

숲에서 대기하고 있던 이비사의 나이트 포스가 공포의 탄성을 지르며 몰려들었다. 하지만 눈앞에 생긴 구덩이는 마치 용암의 분화구를 연상시킬 만큼 거대하고 깊었다. 그리고 균열은 점점 더 넓어지고 있었다.

마치 산 전체가 무너지는 듯했다.

CHAPTER 03
유령 동굴

1

　라이폴츠 준장이 3군 총사령관 메이쿤 원수에게 받은 임무는 취급 레벨 5의 기밀이었다.

　자신도 이제 군 권력의 핵심에 한발 들여놓은 건가 싶어 라이폴츠는 황송해하며 임무 매뉴얼을 읽었다.

　하지만 라이폴츠는 그게 무엇을 의미하는지 정확히 이해할 수 없었다.

　첫 번째 임무는 티멜 산맥의 목적지까지 이동해 바위로 막힌 동굴 입구를 뚫는 것이었다. 목표 지점에 도착한 라이폴츠는 특전대의 기병들을 모두 동원해 산사태라도 난 것처럼 어질러진 바위와 돌을 치웠다.

그러자 매뉴얼에 쓰여 있는 대로 정말 거대한 동굴 입구가 모습을 드러냈다.

얼핏 보면 자연 동굴 같지만 벽면이 매끄럽게 갈려 있는 걸로 봐서 누군가의 인위적인 손길을 느낄 수 있었다.

라이폴츠는 네 시간의 휴식을 명령했다. 그리고 소수의 통신병을 입구에 남겨두고 특전대 전원을 동굴 안으로 진입시켰다.

두 번째 임무는 동굴 내부로 8km 정도 위치한 특정 지점까지 이동하는 것이었다.

특전대는 마도부에서 직접 전달해 준 '음파 고정 발생 장치' 라는 정체불명의 기계를 가지고 있었다. 임무 매뉴얼에 따르면 동굴 안에선 항상 이 장치를 켜놓아야 하며, 기계에서 반경 300미터 이상 떨어지는 것이 금지되어 있었다.

동굴 안에는 인간의 정신에 영향을 끼치는 특별한 음파가 발생하기 때문에 그것에 대한 피해를 방지하기 위해서라는 게 마도부의 설명이었다.

측정기로 4km 정도 들어갈 때까지는 아무 일도 없었다. 그러나 안쪽으로 깊이 들어갈수록 동굴의 지형이 험해졌다. 동굴은 단지 직선으로 길게 뚫린 게 아니었다. 완전히 유턴을 해야 할 정도로 구부러진 길이 몇 번이나 나왔고, 깊이가 20미터를 넘는 절벽이 나올 때도 있었다.

그러나 이런 동굴의 지형도 대부분 매뉴얼에 쓰여 있는 그대로였다. 특전대는 침착하게 장애물을 돌파하며 점점 더 깊은 동굴 속으로 들어갔다.

선두에 선 라이폴츠의 이동 거리 측정기가 7km를 돌파했을 무렵, 대열의 가장 후미에서 강행군을 이기지 못한 낙오자가 생겼다. 발을 헛디뎌 발목을 삔 병사 하나가 절뚝거리며 대열에서 처진 것이다.

그런데 갑자기 그 병사가 걸음을 멈췄다.

병사는 멍하니 동굴 천장을 올려다보고 있었다. 물론 아무것도 없는 천장을.

"젠장! 하사! 뭐 하는 건가! 목적지까지 가면 휴식이니 거기서 쉬라고 했잖아!"

소대장이 짜증을 내며 병사가 멈춰 선 곳으로 걸어갔다. 말은 거칠게 했지만 어깨라도 빌려줘 부축을 하고 같이 걸어갈 생각이었다.

그런데 병사가 있는 곳에 도착한 소대장도 그 자리에 우뚝 멈춰 버렸다.

두 사람은 다른 소대원들이 아무리 소리를 질러대도 그 어떤 반응도 보이지 않았다. 소대원들은 자신들의 소대만 뒤로 처지는 게 불안했지만, 소대장을 그 자리에 두고 자기들만 앞으로 이동할 수도 없는 노릇이었다.

그런데 다른 소대원들도 한 사람씩 행동이 멈추기 시작했다.

멈춰 선 소대장과 가까운 곳에 서 있던 소대원부터 한 사람씩 몸이 경직되었다.

앞서 가던 병사는 갑자기 뒤에 멈춘 병사를 보고 무슨 일인지 멈춰 그쪽을 바라본다. 그리고 잠시 후 그 역시 몸이 멈춰 버린다.

이런 악순환이 2개 소대를 먹어치웠을 무렵, 그제야 앞서 가던 특전대는 뒤처진 자들이 음파 고정 장치에서 300미터 이상 벌어졌음을 깨달았다.

"전군 그 자리에 정지! 2중대를 기준으로 거리를 좁힌다!"

라이폴츠는 급히 부대에 명령을 내리고 직접 대열의 중앙에서 음파 발생기를 가지고 이동하던 2중대에 합류해 상황을 보고받았다.

어두운 동굴 벽을 병사들의 손전등 불빛이 어지럽게 밝히는 가운데, 라이폴츠는 1중대에서 기병 스무 명을 차출했다. 기병의 임무는 대열의 가장 후방으로 보내 멈춰 버린 2개 소대원들의 조사였다. 멈춰 버린 병사들은 다시 음파 발생기의 영역에 들어왔음에도 다시 원래대로 돌아오지 않고 있었다.

그리고 순간, 멈춰 버린 병사들의 텅 빈 눈동자에 번쩍하는 빛이 스치고 지나갔다.

동시에 약 80명의 병사가 동시에 입을 벌려 똑같은 소리를 내기 시작했다. 우우우— 하는, 혹은 히후후— 하는 괴이한 소리였다.

가까이 접근하던 기병들이 흠칫 놀라며 그 자리에 멈췄다. 신음 소리인지, 비명 소리인지, 울음소리인지조차 구분할 수 없는 불쾌한 소리가 동굴 안에 가득 퍼졌다.

그리고 일순간, 마치 언제 그랬냐는 듯 소리가 멈췄다.

기병 중 한 명이 정말 괴로웠는지 안도의 한숨을 내쉬었다.

그러나 안도는 곧 절망으로 바뀌었다.

석상처럼 멈췄던 병사들의 몸 주위로 뿌연 안개가 모여들었다. 그리고 갑자기 병사들이 움직이기 시작했다. 기계처럼 딱딱 끊어지는 기이한 움직임이었다.

그리고 달려들었다.

80명의 병사가 20명의 기병에게 일제히 달려든 것이다. 80명의 병사 중에 약 40명이 기병이었다. 뼈가 부러지고 살점이 날리는 끔찍한 육박전이 벌어졌다.

20명의 기병은 뭔가 손을 쓸 새도 없이 삽시간에 '으깨져' 버렸다. 아무리 넓은 동굴이라도 수백 명이 동시에 싸우기엔 한없이 좁은 공간이다. 겁에 질린 병사들의 뒷걸음치며 이미 정신이 나가 버린 동료들을 향해 소리쳤다.

“오, 오지 마!”

“살려줘!”

“저리 꺼져! 으아아악!”

살육은 계속되었다. 정신이 나간 병사들은 팔이 잘려 나가도, 무릎이 부러져도 전혀 개의치 않고 다른 동료들을 향해 전진했다.

압도적인 피비린내가 동굴 안을 진동했다.

상황이 걷잡을 수 없게 되자 라이폴츠가 직접 나서 미쳐 버린 병사들을 제압하기 시작했다. 아무리 제 몸을 돌보지 않고 싸운다 해도, 막강한 기사의 힘 앞에 결국 병사들은 하나둘씩 무릎을 꿇을 수밖에 없었다.

사망한 병사의 수는 1개 중대에 달했다. 붉은 잉크를 뒤집어쓴 것처럼 온몸이 빨갛게 젖어버린 라이폴츠는 어이없다는 눈으로 바닥에 널브러진 시체들을 응시했다.

대체 무슨 일이 일어난 걸까? 매뉴얼에는 이런 상황에 대한 주의가 전혀 적혀 있지 않았다.

하지만 상황은 여기서 끝나지 않았다.

좁고 어두운 공간, 울려 퍼지는 비명 소리, 소름 끼치는 피비린내에 일부 병사들이 패닉을 일으키기 시작했다. 선두에서 벌벌 떨고 있던 마포병 네 명이 동시에 비명을 지르며 무작정 앞으로 달렸고, 그걸 시작으로 몇몇 병사들이 마포병을 따라 깊은 어둠 속으로 도망치기 시작했다.

그리고 잠시 후 불길한 소리가 들렸다.

우우우우우!

히우우우우!

히후후후우!

뒤늦게 특전대가 뒤쫓았지만, 어둠 속에서 화답한 것은 새
빨간 불덩어리였다.

도망친 마포병들이 음파 발생기의 범위에서 벗어나 역시
처음 병사들처럼 미쳐 버린 채 무작위로 공격을 시작한 것이
다.

좁은 동굴 안에서 파이어 볼이 연속으로 터지자 지옥이 연
출되었다.

불길에 휩싸인 병사들은 죽기 바로 직전까지 처절한 비명
을 질렀다. 제정신인 마포병들도 덩달아 비명을 지르며 전방
을 향해 파이어 볼을 내질렀다. 박격포병도 포대를 바닥에 설
치하고 포구를 정면으로 조준하기 시작했다.

"잠깐! 여기서 그렇게 마구 쏴대면 안 돼! 자칫하면 동굴이
무너진다!"

후방에 있던 라이폴츠가 급히 달려오며 소리를 질렀다. 하
지만 이미 늦은 상황이었다. 수십 발의 파이어 볼과 포탄이
동시에 터지며 동굴 전체를 마치 지진이 난 것처럼 뒤흔들기

시작했다.

바닥이 먼저 갈라지기 시작했다.

일부 병사들이 비명을 지르며 땅속으로 빨려들어 갔고, 곧이어 동굴 천장이 무너져 내렸다. 남은 병사들은 동굴 입구를 향해 도망치기 시작했다. 하지만 그들은 이미 입구에서 7㎞나 깊은 곳까지 들어온 상태였다.

이윽고 굉음과 함께 모든 것이 무너졌다. 미친 병사도, 정상인 병사도, 점점 미쳐 가는 병사도 모두 다 함께 한 점의 빛도 없는 어둠의 세계에 파묻혀 버렸다.

2

랑스는 어둠 속에서 정신을 차렸다.

공기가 탁했다. 바닥은 축축했다. 고개를 들자 끝도 없이 높은 곳에서 희미하게 빛이 새어 들어오고 있었다.

아무래도 저기서부터 여기까지 추락한 것 같다.

랑스는 자신이 어떻게 살아 있는지 이해할 수 없었다. 에디크린의 부작용인지 머리가 어지럽고 속이 메스꺼웠다.

다행히 환각 증상은 없었다. 하지만 자신이 처한 상황 자체가 거의 환상 같은 느낌이었다. 그가 서 있는 곳은 땅속으로 수백 미터 떨어진 깊숙한 지하였다.

랑스는 습관적으로 귀에 장착한 무전 장치의 버튼을 눌렀다. 하지만 이비사와 싸울 때 켜놓고 끄질 않아서 마력이 전부 방전된 상태였다.

랑스도 마력을 사용해 치유 마법을 사용하지만, 마도구를 충전하는 마력과 종류가 달라 스스로의 힘으로는 충전을 할 수가 없었다. 랑스는 혀를 차며 고개를 돌렸다. 어두워서 정확히 주위가 보이지 않았다.

랑스는 왼쪽 가슴 포켓에 손을 집어넣었다. 야간 전투 시 소총에 부착하는 야전용 손전등이 들어 있었다. 그는 안도의 한숨을 내쉬며 손전등의 스위치를 눌렀다.

가장 먼저 주위에 보이는 것은 거대한 바위와 돌무더기였다.

만약 주위에 떨어져 있는 이 엄청난 바위 중에 단 하나라도 자신의 몸 위로 떨어졌다면?

랑스는 등골이 오싹해지는 걸 느끼며 고개를 저었다. 그리고 손전등으로 바닥을 비췄다. 군화를 발목까지 집어삼키고 있는 바닥의 정체는 물기를 가득 머금은 두꺼운 이끼 층이었다.

이 위로 떨어진 덕분에 추락의 충격에서 벗어날 수 있었던 것이다. 랑스는 이끼를 한 줌 뜯어 손으로 비벼보았다. 대단히 부드럽고 촉촉했다.

"왜 땅속에 이런 게……."

랑스는 혼잣말을 중얼거리며 주위를 둘러보았다. 어디선가 화약 냄새가 났다. 그리고 신음 소리도 들렸다. 랑스는 딱히 경계할 생각도 없이 신음 소리가 나는 곳으로 걸음을 옮겼다.

"아윽……."

랑스가 정신을 차린 곳에서 30미터쯤 떨어진 곳에 커다란 바위가 떨어져 있었다. 신음 소리는 바위 밑에서 나고 있었다.

랜턴을 비추자 바위에 깔린 여자가 간신히 어깨까지만 빼낸 상태로 괴로워하고 있었다. 제국 3대왕가 중 하나인 로소 가문의 장녀인 이비사 로소였다.

이비사는 밝은 빛이 자신을 비추자 괴로워하던 얼굴을 한층 더 찌푸리며 랑스를 올려다보았다.

랑스는 잠시 말없이 그녀를 내려다보았다.

이비사는 허탈하게 웃으며 고개를 떨어뜨렸다.

"하하, 이런 말도 안 되는……."

랑스는 이비사를 깔아 누르고 있는 거대한 바위를 보았다. 아무리 기사라도 저렇게 높은 곳에서 떨어진 바위에 깔리면 살아남기 힘들다.

하지만 이비사의 중화 필드가 거대한 바위의 낙하에너지

를 한 번 중화시켜 줬고, 바닥의 두껍고 부드러운 이끼 층이 또 한 번 충격을 줄여주었다.

하지만 표정만 봐도 부상이 심각하단 걸 알 수 있었다.

랑스는 거대한 바위를 손으로 두드리며 생각했다. 지금이라면 또 한 번 기사를 자신의 손으로 죽일 수 있다. 마치 누군가가 자신을 위해 뜨거운 죽을 식혀준 것만으로도 모자라 숟가락까지 쥐어준 기분이었다.

자, 부디 가볍게 떠먹으렴.

힘들이지 말고, 아주 쉽게……

"뭐 하나, 대위! 죽일 거면 빨리 죽여!"

이비사는 고통스러운 얼굴로 랑스를 보며 소리쳤다. 랑스는 방금 전 이비사와의 전투를 머릿속에 떠올렸다. 약 1분 정도 검을 겨뤘고, 자신은 형편없이 밀렸지만 그래도 기사가 가진 힘이 얼마나 압도적인 것인지 느낄 수 있었다.

랑스는 이비사의 눈을 보며 말했다.

"…한 가지만 약속해. 그럼 거기서 꺼내주지."

"뭐?"

"나랑 내 부하들을 죽이지 마. 그것만 약속하면 꺼내줄 수도 있어."

이비사로서는 이해할 수 없는 말이었다. 하지만 랑스는 더 이상 이런 비겁한 수단으로 기사를 죽이고 싶지 않았다.

　물론 알을 죽일 때만 해도 세상을 다 가진 것처럼 행복했다. 하지만 이비사와 싸우면서 진심으로 기사가 얼마나 강한 존재인지, 그 강함이 얼마나 아름다운 것인지 깨달았다.

　이비사는 랑스의 안색을 살피며 조금 누그러진 목소리로 말했다.

　"설마 적군을 동정하는 거냐?"

　"동정하기보단… 아까워서."

　"아깝다고?"

　"기사는, 죽더라도 기사와 싸우다 죽어야 해. 나처럼 하찮은 인간한테 죽어야 할 기사는 한 명으로 충분한 것 같아."

　이비사는 랑스의 말에 죽은 자신의 동생을 떠올리며 소리쳤다.

　"그래! 알은 너 따위에게 죽어선 안 되는 몸이었어!"

　"맞아. 하지만 전쟁터에 나온 이상 죽었다고 억울해할 필요는 없겠지."

　"큭……."

　"물론 당신 기분은 이해하겠어. 하지만 전쟁터에서 죽었는데 그걸 원수라고 생각하는 건 아니라고 봐. 꼭 원수를 정해야 한다면… 아마도 전쟁 자체가 원수겠지."

　이비사는 눈을 질끈 감았다.

　"…그런 약속은 군인으로서 할 수 없어. 하지만 포로라면 포로답게 행동하도록 하지.”

이비사는 고통을 참으며 최대한 의연한 목소리로 말했다. 랑스는 진땀에 젖은 그녀의 얼굴을 보며 고개를 끄덕였다.

랑스 역시 몸이 정상이 아니었기 때문에 이비사를 누르고 있는 바위를 힘으로 밀어낼 수는 없었다. 물론 정상이라고 해도 할 수 있는 일은 아니었다.

랑스는 잠시 생각하고는 깔린 이비사의 주위에 있는 이끼 층을 조심스레 파내기 시작했다.

“으윽…….”

이비사의 몸을 건드릴 때마다 나지막한 신음 소리가 흘러 나왔다. 랑스는 아슬아슬할 때까지 주위의 이끼를 파낸 후 단숨에 이비사의 몸을 바닥에서 끄집어냈다. 이비사는 순간적으로 비명을 지르며 몸서리치기 시작했다.

“으아아아아아아아아아악!”

“잠깐! 아픈 거 알겠으니까 움직이지 마!”

랑스는 급히 랜턴을 들어 이비사의 몸을 비췄다. 가장 먼저 눈에 띈 곳은 피에 물든 오른쪽 정강이었다.

일단 옷을 잘라내야 하는데 칼이 없었다.

랑스는 주저없이 벨트를 풀고 바지를 벗겨냈다. 이비사가 괴로워하는 와중에 당황하며 소리쳤다.

“야! 뭐 하는 거야! 으윽……!”

"이상한 짓 하려는 건 아니니까 걱정 마. 칼이 없어서 옷을 찢을 수가 없잖아."

"카, 칼이라면 주머니에!"

랑스는 벗겨낸 이비사의 바지 주머니에서 파란 독수리 문양이 박힌 단검을 찾아냈다. 물론 그렇다고 해서 벗긴 바지를 다시 입혀줄 생각은 없었다.

이비사의 오른쪽 정강이는 부상이 매우 심각했다. 15㎝ 정도 되는 범위에 분쇄 골절이 일어났고, 부러진 뼈의 일부가 살을 뚫고 나와 있었다.

랑스는 우선 자신의 몸에 얼마나 마력이 남아 있는지부터 체크했다. 좀 전에 이비사와 싸우느라 대량의 마나를 소모한 상태였다.

다행히 어깨 인대를 치료하는 걸 포기한 덕분에 어느 정도의 마력은 남아 있었다. 그리고 지금은 급박하게 마력을 사용할 필요도 없었다. 랑스는 최대한 정신을 집중하며 신중하게 마력을 움직이기 시작했다.

"지금부터 아프더라도 좀 참아줘."

"아흑… 뭐?"

이비사가 눈물이 글썽이는 눈으로 랑스를 본 순간, 랑스는 그녀의 단검으로 정강이의 상처 부위를 길게 잘랐다.

"히익!"

이비사는 아랫입술을 질끈 깨물며 눈을 감았다. 상처를 칼로 째자 고여 있던 피가 펌프처럼 뿜어져 나왔다. 랑스는 양손에 치유 마법 5번식인 '티에리타'를 사용했다. 그리고 주저없이 상처에 손을 집어넣어 부러진 뼈를 맞췄다.

귀를 찢는 비명 소리가 울렸다.

티에리타의 효능으로 맞춰진 뼈는 곧바로 서로 붙으며 점차 고정되기 시작했다. 이비사는 제국 기사에 왕녀란 직함이 무색할 정도로 사정없이 비명을 질렀다.

생전 처음 들어보는 여성의 끝도 없는 비명에 랑스는 진땀을 흘릴 수밖에 없었다.

분쇄 골절 치료를 끝낸 랑스는 칼로 쨈 상처를 닫고 집중적으로 '룡하'를 시전해 빠르게 상처를 회복시켰다. 다른 치유사들이 봤다면 그야말로 감탄하며 박수를 칠 만큼 정확하고 신속한 치료였다.

랑스는 한숨 돌리고 이비사에게 물었다.

"또, 또 어디 아픈 데 없어?"

"아, 아파……."

"그래? 어디?"

눈물을 줄줄 흘리고 있던 이비사는 가까스로 왼손을 들어 자신의 갈비뼈를 가리켰다. 랑스는 주저없이 이비사의 군복 상의도 벗겼다. 이비사는 저항하지 않았지만 몸이 크게 움직이자 비명을 질렀다. 군복 밑으로 얇은 블라우스가 나왔고, 블라우스를 위로 들어 올리자 오른쪽 갈비뼈 하단이 검붉게 부어오른 것이 보였다.

"부러진 건가?"

"으아아아아아악!"

손을 살짝 대자 이비사가 말 그대로 자지러지며 비명을 질렀다. 아마도 부러진 뼈가 어딘가를 찌른 것 같다. 하지만 '열어' 보지 않는 이상 정확히 어떻게 된지 알 수 없었다.

"그, 그만해! 으아아아아악!"

"좀 참아!"

랑스는 이번에도 거침없이 단검으로 늑골의 바로 밑 부분을 그었다. 고여 있던 피가 퍽! 하고 뿜어져 나오며 가까이 대고 있던 랑스의 얼굴을 덮쳤다.

랑스는 개의치 않고 부러진 갈비뼈의 끝을 살폈다. 다행히 복강막만 살짝 뚫었을 뿐, 내장을 건드린 건 아니었다. 이번에도 뼈를 맞추고, 맞춘 뼈를 붙게 하고, 짼 상처를 다시 아물게 하고 치료를 끝냈다.

하지만 곧 다른 부상이 눈에 띄었다. 오른쪽 검지와 중지가 약간 뒤틀렸고, 팔꿈치 부분도 빨갛게 부어올라 있었다. 상의를 벗긴 덕분에 오른쪽 쇄골 부위가 움푹 들어간 것도 발견했다.

‘미치겠네…….’

랑스는 속으로 혀를 치며 곧바로 쇄골부터 치료를 시작했다. 마력이 거의 바닥이 나버렸지만, 한번 시작한 치료를 중간에 멈출 수는 없는 노릇이었다.

하지만 마지막으로 부러진 손가락을 맞추려는 순간에 랑스는 눈앞이 모자이크처럼 점멸되는 걸 느끼며 그대로 뒤로 쓰러져 버렸다. 정신없이 치료하느라 잠시 잊고 있었지만 그 역시 몸이 위험한 상태였다. 무리하게 투여한 약물의 부작용이었다.

‘메스꺼워…….’

하지만 메스꺼운 속을 토할 새도 없이 랑스는 그대로 의식을 잃고 말았다. 간헐적으로 신음 소리를 내며 가까스로 고통을 참고 있던 이비사가 갑자기 뒤로 넘어간 랑스를 보며 소리쳤다.

“이봐! 잠깐! 왜 그래! 무슨 일이야!”

랑스는 자신이 두꺼운 천 위에 누워 있다는 걸 느꼈다. 대단히 부드럽고 고급스런 재질의 천이었다.

가까스로 눈을 뜨자 주변은 여전히 어둠이었다. 랑스는 심한 두통을 느끼며 머리를 감싸 쥐었다. 대체 얼마나 기절해 있었는지 예측조차 할 수 없었다.

그때 불이 켜졌다.

정확히 말하면 조금 떨어진 곳에 앉아 있던 이비사가 손전등의 스위치를 켠 것이었다. 그들은 여전히 땅속 깊은 곳의 이끼 지대에 있었다.

이비사는 자신을 깔아뭉갤 뻔했던 바위에 기대앉아 있었다. 다친 오른 다리는 쭉 뻗고, 남은 왼 다리를 끌어안은 자세였다.

벗겼던 상의는 다시 입었지만, 여전히 바지는 벗은 상태였다. 정강이의 상처 치료는 완벽했지만, 그래도 칼로 쨴 부위가 많이 부어 있었다.

랑스는 자신도 모르게 늘씬하게 뻗은 다리 위쪽으로 시선을 옮겼다. 이비사는 랑스의 시선을 느끼고는 다리를 좀 더 오므렸다.

"정신이 들자마자… 뭐 하는 짓이냐?"

"미안, 남자의 본능이라서."

랑스는 어색하게 웃으며 자리에서 일어났다. 그리고 방금 전까지 자신이 누워 있던 자리에 깔려 있던 게 이비사의 망토라는 것을 깨달았다.

이비사는 조금 쉰 듯한 목소리로 말했다.

"남자의 본능 좋아하네. 여자같이 생긴 주제에."

"…나도 이렇게 생기고 싶어서 생긴 게 아니야."

“그럼 그 긴 머리카락이라도 잘라라.”

“우리 고향에선 머리카락을 자르면 불길한 일이 일어난다
는 믿음이 있어.”

“미신이다.”

“나도 알아. 하지만 굳이 전쟁터에서 미신인지 아닌지 시
험할 생각은 없어.”

랑스는 어깨 주머니에 상비하고 다니는 머리끈을 꺼내 마
구 흐트러진 머리카락을 하나로 모아 묶었다. 그리고 미약한
빛이 새어 나오고 있는 하늘을 올려다보았다.

“판도라 중대원들은 어떻게 됐을까…….”

“아까도 말했지만.”

“뭐?”

이비사가 나지막한 목소리로 말했다.

“너희 부대원들을 죽일 생각은 없었어. 그냥 널 더 괴롭게
하고 싶어서 전부 죽인다고 말했을 뿐이다.”

“생각보다 잔인한 여자네, 이비사 로소.”

“너도 동생이 죽었다는 소식을 들으면 잔인한 남자가 될
수 있을 거다, 피엘 랑스.”

랑스는 이비사를 보며 말했다.

“내 이름이 벌써 그렇게 제국에 유명해졌어?”

“전혀. 내가 정보부를 닦달해서 알아냈을 뿐이야.”

"제국 정보부는 실력이 대단하군."

"통신 감청이 주특기지."

"그거 무서운데. 나중에 사령부에 꼭 알려주도록 하지."

이비사는 랑스의 얼굴을 빤히 노려보았다. 랑스는 왠지 무서워져서 그녀의 시선을 피했다.

랑스가 시선을 피하자 이비사의 눈매도 조금 부드러워졌다.

"그런데 넌 처음부터 반말이었어. 대위 주제에."

"당신 분위기가 너무 무서워서 압도당하지 않으려고 일부러 그랬지."

"레비넌트 군은 적이라도 상급자에겐 예우하라는 것도 안 가르치나 보군."

"사관학교 1학년 때 배운 것 같기도 한데, 잊어버렸어."

랑스는 어깨를 으쓱이자, 이비사는 눈가를 살짝 찌푸리며 언성을 높였다.

"난 스물일곱이다."

"나도 알아, 레비넌트 군 장교라면 티엔 제국에 등록된 기사들의 쓰리 사이즈까지 전부 알고 있어."

"뭐?"

"농담이야. 아무튼 미안하지만 난 한번 말을 놓은 상대에게 다시 존댓말을 할 정도로 융통성있는 사람이 아냐."

"…뭐, 됐어. 나도 이제 귀찮아졌어."

이비사는 무릎에 얼굴을 기대며 중얼거렸다.

"고통이 사라지지 않아. 이렇게 심하게 다친 건 태어나서 처음이야."

"미안하지만 치유 마법 중에 통증을 사라지게 하는 건 없어."

"나도 알아."

이비사는 눈만 살짝 들어 랑스를 보았다.

"기사라고 생각하면 형편없지만, 치유사라면 대단한 실력이야. 내 나이트 포스에 데려오고 싶을 정도로."

"스카우트 제의라면 사양하겠어. 이래 봬도 인기 많은 몸이야. 그것도 전쟁이 끝나야 말이지만……."

랑스는 잠시 생각하다 이비사에게 말했다.

"그런데 당신네 나이트 포스, 어떻게 여기까지 올 수 있던 거야? 역시 텔레포트를 쓴 건가?"

"그래."

"…어째서?"

"어째서라니, 지금 나한테 제국 군사작전의 기밀을 말하라는 거야?"

"뭐 어때. 서로 속옷 차림으로 바닥을 뒹군 사인데."

"……"

"농담이야. 그렇게 노려보지 마. 그냥 궁금해서 물어본 거니 말 안 해도 돼."

이비사는 나지막하게 한숨을 내쉬며 고개를 저었다.

"여기 티멜 산맥에 제국의 비밀 연구소가 있다."

"비밀 연구소? 뭐 하는 연구손데?"

"나도 몰라. 아무튼 연구소를 확보하고 연구원들을 본국으로 귀환시키는 게 내 임무다."

"올 때는 텔레포트를 써서 왔다 해도, 돌아갈 때는 어떻게 돌아갈 생각이었는데?"

이비사는 잠시 말을 멈췄다. 하지만 이제 와서 숨겨봐야 아무 상관 없는 이야기였다.

"제국 황제친위군 2개 사단과 우리 로소 군 2개 사단이 연합해서 오르가스 지방을 탈환할 예정이다."

"뭐?"

"난 오르가스 지방이 다시 제국의 손에 떨어질 때까지 여기서 버티기만 하면 되는 거였어. 하지만… 지금은 여기서 죽기만 기다릴 뿐이다."

"뭐야, 기껏 고쳐 놨더니. 레비넌트 군이든 티엔 제국군이든 아무튼 구하러 올 때까지만 기다리면 돼."

"낙천적이군. 하지만 대체 언제 구하러 올지……."

이비사는 물끄러미 무너진 지하의 천장을 올려다보았다.

그리고 입을 다물었다.

그때 어딘가에서 희미한 종소리가 들렸다.

랑스는 멍하니 종소리를 듣다가 퍼뜩 정신을 차리고 소리
가 나는 곳에 정신을 집중했다. 혹시 환청이 아닐까 하는 걱
정도 들었지만 그건 아닌 것 같았다. 이비사도 의아한 눈으로
주위를 둘러보고 있었다.

"거기 누구지!"

랑스가 소리쳤다. 그리고 귀를 기울였다. 종소리는 점점
더 커졌다. 누군가 이쪽으로 다가오고 있는 것이다.

그리고 종소리가 멈췄다.

"거기 몇 명이나 살아 있지?"

처음 듣는 남자의 목소리였다. 랑스는 목소리가 들린 곳으
로 손전등을 비췄다. 왼편에 쌓여 있는 돌무더기 너머로 붉은
머리카락의 남자가 상반신을 내밀고 있었다.

"두 명 살아 있다!"

"…둘 다 여군인가?"

남자는 랑스와 이비사를 번갈아 보며 물었다. 물론 랑스는
발끈하며 소리쳤다.

"난 남자야!"

"아, 그런가? 실례했군. 그래, 그렇다면 혹시 자네가 랑스
대위인가?"

“그렇긴 한데…….”

랑스가 고개를 끄덕이자 남자가 빙긋 웃으며 손짓했다.

“그럼 어서 이쪽으로 와. 당신 부하들이 기다리고 있어.”

“부하? 우리 중대원들이 모두 살아 있는 건가?”

랑스가 반색하며 소리쳤다. 남자는 고개를 끄덕였다.

“전원이라고는 확신할 수는 없지만, 일단 우리가 보호하고 있지.”

“우리라고? 너희가 누군데?”

붉은 머리카락의 남자는 잠시 생각하다 대답했다.

“우린 ‘엘라이브 디소로 운트’. 마력으로 스스로를 구성하며, ‘신’ 들에게 더럽혀지지 않은 이 세상을 수호하는 최후의 방벽. 지상 최강의 생명체이자 별의 수호자라 불리는 존재다.”

“…….”

“전혀 이해하지 못한 표정이군.”

“전혀.”

랑스가 고개를 젓자 남자는 어깨를 으쓱해 보이며 대답했다.

“드래곤 클랜(Dragon Clan). 인간이 흔히 용이라 부르는 존재다. 그중에서도 이 엘라이브에 유일하게 남은 용족인 ‘루비 드래곤’ 이라고 하지.”

　경계하는 얼굴로 남자를 노려보던 이비사의 표정이 순간 멍해졌다. 랑스는 스스로를 '루비 드래곤'이라고 밝힌 '인간'을 향해 말했다.

　"드래곤이라고 해도… 내 눈엔 인간으로밖에 안 보이는 걸."

　"그 점에 대해선 차차 이야기하도록 하지. 우선 이쪽으로 왔으면 좋겠어. 지금 그대들이 있는 장소는 그렇게 안전한 곳이 아니야."

　그때 하늘에서 작은 돌 부스러기가 무더기로 떨어져 내렸다. 랑스는 급히 이비사에게 다가가 그녀의 앞에 쪼그리고 앉았다.

　이비사는 랑스를 물끄러미 바라보며 말했다.

　"어쩌라고?"

　"둘 중에 선택해."

　"뭐?"

　"안아서 이동할까, 아니면 업어서?"

　이비사는 이를 악물고 랑스의 어깨를 잡아 누르며 일어났다.

　"필요없어. 어깨면 충분해."

　"마음대로."

　랑스는 이비사의 왼팔을 자신의 어깨에 두르고 남자가 있는 곳을 향해 움직였다. 남자는 바위 위에서 손을 내밀어 랑스를 끌어당긴 후 무너진 바위의 구석구석을 민첩하게 움직이기 시작했다. 이비사를 부축한 랑스로서는 남자를 따라 움직이는 것만으로도 등에 식은땀이 날 지경이었다.

3

붉은 머리카락의 남자는 자신의 이름을 라비타라고 밝혔다.

라비타는 장신이었다. 랑스와 비교하면 거의 20㎝ 이상 컸다. 1소대 소대장인 크라이와 비슷한 키였다.

하지만 크라이와는 달리 근육질의 몸은 아니었다. 균형 잡힌 체형에 귀족 같은 기품을 가지고 있었다. 레비넌트 왕국에서 200년쯤 전에 유행했던 손바닥만 한 넓이의 회색 천을 온몸에 둘둘 만 패션이 대단히 독특한 느낌이었다.

라비타는 모래시계처럼 생긴 등잔을 들고 앞장서 길을 밝혔다. 랑스는 그런 라비타의 모습에서 묘한 위압감을 느꼈다.

단순히 체격이 커서 그런 건 아니었다.

그건 마치 이비사와 싸울 때 느꼈던, 강력한 기사의 파동과 비슷한 느낌이었다.

라비타는 좁은 동굴 길로 걸음을 옮기며 랑스에게 말했다.

"랑스라고 부르는 게 좋을까, 아니면 대위라고?"

"편한 대로 부르십시오."

랑스는 일단 라비타에게 예의를 갖추며 말했다. 라비타는 고개를 끄덕이며 대답했다.

"그럼 랑스라고 부르도록 하지, 랑스 군."

"절 '군' 이라고 부를 정도로 나이가 많습니까?"

"내가 태어난 지 400년 정도 지났으니까, 그 정도면 군이라고 불러도 되지 않을까?"

"400년… 정말인가요?"

라비타는 고개를 돌려 랑스를 보며 입가에 미소를 지었다.

"인간과 드래곤은 수명이 달라. 사실 그렇게까지 나이에 집착할 필요는 없어."

"집착하고 말고의 문제가 아니라… 당신, 정말로 드래곤입니까? 역시 아무리 봐도 인간으로밖에 안 보입니다만."

랑스의 의심스런 눈빛에 라비타는 곤란한 듯 묘한 미소를 지었다.

"우리는 존재 자체가 마력으로 구성된 생물이야. 하지만 엘라이브에서 본래의 형태를 유지하는 건 마력의 효율이 너무 떨어져. 그래서 평상시엔 인간의 모습을 하고 있지."

"…믿기 힘든 이야기군요. 저도 마법을 공부해서 알고 있습니다만, 자신의 신체 구조를 변화시키는 거야말로 상상을 초월한 마력이 들지 않습니까?"

그것은 랑스가 C계획에 참여한 덕분에 알게 된 사실이었다. 하지만 라비타는 랑스의 반응이 재밌다는 듯 가볍게 웃음을 지으며 고개를 끄덕였다.

"인간이 가진 마력 기준으로 보면, 확실히 '상상을 초월한' 마력이 들겠지. 하지만 드래곤의 기준으로 보면 그게 '적당한' 마력이야."

"믿을 수 없군요."

"믿으라고 강요한 적 없어. 그냥 차차 알게 되겠지."

랑스는 답답함을 느꼈지만 일단 입을 다물고 라비타의 뒤를 따라 계속 걸었다.

지하의 길은 두세 사람이 들어서면 공간이 없을 정도로 폭이 좁았고, 천장도 3미터가 채 안 돼 무척 갑갑했다. 게다가 이곳은 지하로 수백 미터 떨어진 공간이다. 랑스는 없던 폐소공포증이 절로 생기는 걸 느끼며 라비타에게 말했다.

"일단 당신이 드래곤이란 사실을 믿는다 치죠."

"마음이 금방 바뀌는군."

"가령 그렇다면 말입니다. 그렇다면 당신은 어째서 이런 곳에 있는 겁니까? 여긴 대체 어디죠? 이런 깊은 땅속에 동굴은 도대체 누가 파놓은 겁니까?"

"물론 우리가 팠지."

라비타는 눈앞에 나타난 세 개의 갈림길에서 주저없이 오른쪽을 선택하며 말했다.

"우리 드래곤은 원래 엘라이브에서 탄생한 생명이 아니야."

"…엘라이브란 건, 아르고스 대륙을 말하는 겁니까?"

"아르고스 대륙을 포함한 이 행성 전체를 말하는 거지. 인간은 이 별을 뭐라고 부르지? 파이파? 로고디스?"

"그냥 지구라고 부르죠."

"누구나 자신의 행성을 가리켜 지구라고 부르지."

랑스는 당황한 표정으로 라비타에게 말했다.

"그럼 당신들은, 드래곤들은 지구가 아닌 다른 행성에서 온 겁니까? 우주선을 타고?"

레비넌트 공화국엔 우주개발부가 있으며, 향후 10년 안에 대기권을 통과할 엔진을 개발할 거라는 기사를 신문에서 본 기억도 있다. 앞으로 50년만 지나면 인류는 우주선을 타고 어쩌면 달이나 다른 행성에 갈지도 모른다.

하지만 라비타는 고개를 저었다.

"우주선이 뭔지는 모르지만, 우린 단지 타이브에서 차원문을 통해 이쪽으로 왔을 뿐이야."

"타이브?"

"루비 드래곤의 고향이야. 모든 드래곤의 고향이기도 하

지. 물론 난 타이브가 아니라 엘라이브에서 태어난 드래곤이
지만."

"어째서 온 거지?"

조용히 듣고만 있던 이비사가 문뜩 질문을 던졌다. 라비타
는 그 자리에 멈춰 이비사를 바라보며 말했다.

"복장을 보니 티엔 제국군인가 보군."

"난 티엔 신성제국의 서열 3위 왕가인 로소 가문의 장녀 이
비사 로소다."

"거창한 이름이군."

라비타는 살짝 송곳니를 드러내며 말했다.

"난 개인적으로, 아니, 나를 포함한 우리 일족은 모두 티엔
제국을 싫어해. 거의 증오하는 수준이라는 걸 명심해라."

랑스는 이비사의 몸이 순간 움찔하는 것을 느꼈다. 이비사
는 경직된 목소리로 라비타에게 물었다.

"어째서? 어째서 제국을 증오하지?"

"그 이유는 둥지에 도착하면 자동으로 알게 될 거야."

"둥지?"

"우리 루비 드래곤의 둥지를 말하는 거야. 물론 새둥지 같
은 걸 생각하면 곤란하니 그냥 '마을' 정도로 표현하도록 하
지."

라비타는 고개를 돌려 다시 앞으로 걸어나가며 말했다.

“우리가 어째서 이 엘라이브에 오게 되었는지는 그렇게 간단하게 설명할 수 있는 문제가 아니야. 그래도 한 가지만 말하자면 우린 이 세계를 ‘수호’하기 위해 온 거다. 많은 드래곤들이 각기 다른 차원, 다른 행성으로 그 세계를 수호하기 위해 흩어졌지.”

“이 세계에 뭔가 위험이 닥쳤던 겁니까?”

랑스가 물었다. 라비타는 고개를 끄덕였다.

“큰 위험이 닥쳤지. 그래서 지금으로부터 약 800년 전, 루비 드래곤은 엘라이브에 도착해 인간과 함께 그 위험을 격퇴했다. ‘검성’ 라지할과 ‘미티어’ 디그리브와 함께 말이지.”

‘미티어’ 디그리브는 물론 폰테라의 아버지인 그 미티어를 말하는 것이고, ‘검성’ 라지할은 현재 티엔 제국의 기초를 다진 1대 제국 황제 쿠란 디 라지할을 말하는 것이었다.

라지할의 이름이 나오자 이비사도 깜짝 놀랐고, 랑스 역시 미티어의 이름에 당황을 감추지 못했다.

폰테라가 말했던 것처럼; 수백 년 전의 전설처럼 전해지는 역사는 그 어떤 비유가 아닌 진실 그대로를 말했던 것이다.

그때 라비타가 우뚝 멈추며 정면을 손가락으로 가리켰다. 뒤따라가던 랑스와 이비사는 라비타의 옆에 붙어 그가 가리킨 방향을 바라보았다.

“이럴 수가……!”

이비사의 입에서 탄성이 새어 나왔다. 랑스도 둥그렇게 놀란 눈으로 그곳을 응시했다.

레비넌트 공화국 수도인 아리겐의 중앙 광장보다도 훨씬 넓은 공간이,

20층짜리 빌딩을 지어도 천장에 끝이 닿을 것 같지 않은 높은 공간이,

그런 말도 안 되는 크기의 거대한 공간이 그곳에 펼쳐져 있었다.

"환영하지. 여기가 바로 루비 드래곤의 마을인 '가이던트'다."

라비타는 등잔을 끄며 말했다. 이곳은 등잔이나 랜턴 같은 게 필요없는 공간이었다.

이렇게 땅속 깊은 곳인데도 온 세상이 밝은 빛으로 넘쳐 나고 있었다.

CHAPTER 04
임계 돌파

1

그 공간에서 가장 먼저 눈에 띈 것은 거대한 생명체였다.

머리부터 꼬리까지의 길이는 약 20미터 정도. 어떤 것들은
30미터가 넘는 것도 있었다.

진한 광택의 붉은 비늘이 온몸을 덮고, 머리엔 흰색의 긴
뿔이 하나씩 돋아 있다.

그리고 그 눈.

랑스는 파충류의 날카로움과 인간의 지성을 동시에 갖춘
붉은 눈동자에 감탄했다.

랑스가 30미터짜리 루비 드래곤의 옆을 지나가자 드래곤

의 눈이 랑스의 모습을 천천히 쫓아 함께 움직였다. 입가에
미소가 걸린 것 같기도 했다.

랑스도 드래곤을 보며 웃었다. 이처럼 거대하고 아름다우
며 경이로운 생명체가 이렇게 조용히 바닥에 앉아 자신과 눈
을 마주치고 있다.

가슴이 벅차오른다. 얼굴에서 웃음을 지울 수가 없었다.

"그분은 펜리달트라고 해. 여기서 세 번째로 나이가 많은
분이지."

라비타가 랑스에게 말했다. 랑스는 두근거리는 심장을 진
정시키며 물었다.

"그럼 나이가… 연세가 얼마나 되는 분입니까?"

"펜리달트님은 850세 정도 되셨으려나? 물어보면 정확하
게 대답해 주시겠지만, 아쉽게도 지금은 말씀을 할 수 없으
셔."

"어… 어째서?"

라비타는 거대한 드래곤의 비늘을 손으로 쓰다듬으며 대
답했다.

"지금 마력을 총동원해서 동굴의 붕괴를 막고 계시거든.
레비넌트의 군대가 '미티어의 저주' 에 걸려 자폭한 탓에 마
을과 연결된 많은 통로가 무너졌어. 해서 가이던트와 몇 개
남지 않은 지상과의 통로를 지키고 계시는 거야."

랑스의 눈에 보이는 모든 드래곤은 바닥에 엎드려 조용히 집중하고 있었다. 간간이 눈을 떠서 주위를 보기도 하지만 그게 전부였다. 랑스는 멍하니 다른 드래곤도 바라보다 순간 긴장하며 라비타에게 말했다.

"잠깐, 레비넌트의 군대가 '자폭' 했다고 했습니까?"

"그래."

"설마 라이폴츠 준장님이 이끄는 특전대 600여 명 전부가 자폭한 건가요?"

라이폴츠라는 이름에 어깨를 빌리고 있던 이비사가 꿈틀하며 반응을 보였다. 라비타는 잠시 생각하더니 랑스에게 되물었다.

"그 부대의 총원이 600명이나 되나?"

"약 620명 정도일 겁니다."

"그렇군. 우리가 구한 생존자는 30명도 채 안 돼. 그렇다면 거의 전부가 자폭한 걸로 봐도 되겠지."

"그런……."

랑스의 표정이 어두워졌다. 기사가 이끄는 특전대가 단숨에 소멸한 건 레비넌트 전군에 있어서도 크나큰 손실이었다. 비록 1개 대대 병력이라 해도 그 구성은 2개 기병 중대와 1개 중화력 중대, 1개 혼합 전투 중대라는 최정예로 이뤄져 있던 것이다.

라비타는 다시 앞장서 길을 안내하며 말했다.

"그래도 랑스 군, 자네의 부대원들은 대부분 구할 수 있었네. 뛰어난 필드사가 있어서 다행이야."

"폰테라 말입니까?"

랑스는 이비사를 부축하며 라비타의 뒤를 따랐다. 라비타는 고개를 끄덕였다.

"그가 무너지는 동굴 속에서 중화 필드를 펼쳐 병사들이 깔리는 걸 막았어. 덕분에 우리가 구조하러 갈 때까지 죽지 않고 버틸 수 있었지."

"역시 폰테라… 그는 우리 연대, 아니, 레비넌트 전군을 통틀어 최고의 필드삽니다."

"내가 레비넌트 군의 체계를 완벽히 알고 있는 건 아니지만, 확실히 그는 일개 중대의 필드사치고는 지나치게 높은 마력을 가지고 있더군. '마도사' 라고 부를 정도는 아니지만, 그래도 마력의 잠재 능력이 마도사 급에 필적할 정도로 높았어."

라비타는 폰테라가 구조를 받자마자 기절했으며, 과부하된 마력을 치료하기 위해 그의 몸을 조사했다고 말했다.

랑스로서는 어서 빨리 폰테라와 부하들을 만나고 싶었다. 하지만 루비 드래곤의 마을 가이던트는 지나치게 넓었고, '인간' 이 걷기 위해 만들어진 길은 굴곡이 심하고 주변의 집들을 지나치게 돌아가도록 설계되어 있었다.

마을의 집들은 대부분 자연석을 깎아 만든 벽돌로 만들어져 있었다. 어느 작은 시골 마을의 풍경처럼 작은 집들이 옹기종기 모여 있는 곳도 있고, 동사무소나 시민회관 정도의 규모를 가진 커다란 집들도 다수 있었다.

무엇보다 신기한 것은, 그런 마을과 길, 그리고 거대한 드래곤을 하늘에서 비추고 있는 거대한 불덩어리들이었다.

가이던트의 높은 천장 사이엔 약 30여 개의 거대한 불덩어리가 일정한 간격으로 고정되어 불타고 있었다. 마포병들이 사용하는 파이어 볼보다 좀 더 큰 불덩어리들은 거대한 전구처럼 드래곤의 마을을 밝게 비추고 있었다.

'저것도 드래곤의 마력으로 유지되는 건가? 하지만 이런 땅속 깊은 곳에서 식수나 식량은 어떻게 해결하는 거지? 역사의 기록이 맞는다면 이 드래곤들은 적어도 700년 이상 이 지하에서 생활했다는 건데……'

수많은 의문이 랑스의 머릿속을 흔들었다. 하지만 랑스는 라비타에게 질문을 던지기보단 먼저 주위를 둘러보며 눈에 보이는 모든 풍경을 있는 그대로 받아들였다.

원리를 파악하는 건 중요하지 않다. 지금은 그저 이 경이로운 광경에 흠뻑 취하고 싶은 기분이었다.

이비사 역시 절뚝거리며 걸으면서도 주위의 풍경에서 눈

을 떼지 못했다. 처음에는 랑스의 어깨를 빌리면서도 몸을 최대한 떼고 있었는데, 이젠 그런 것도 개의치 않는 듯 옆구리가 완전히 밀착되어 몸을 기댄 상태였다.

30분 정도 길을 걸어 도착한 곳은 가이던트의 중심부로 보이는 넓은 광장이었다. 광장엔 오래된 회색 천으로 임시 천막이 세워져 있었고, 천막마다 랑스의 눈에 익은 군인들이 옹기종기 모여 앉아 있었다.

"중대장님!"

가장 먼저 랑스를 발견한 건 1소대의 소대장인 테스 크라이 중위였다.

크라이는 검고 굵은 정체불명의 물체를 게걸스럽게 뜯어먹다 랑스를 발견하고는 부리나케 달려왔다.

"크라이 중위!"

"살아 계셨군요, 중대장님! 진짜 걱정하고 있었습니다!"

"나도 정말 걱정했어! 모두 무사해서 정말 다행이야! 그런데……."

랑스는 크라이와 악수를 나누며 그의 왼손에 들려 있는 검은 물체를 주목했다. 그것은 마치 거대한 매미의 유충처럼 보였다.

랑스는 등골에 오한이 스치는 걸 느끼며 물었다.

"…그런데 중위, 지금 대체 뭘 먹고 있는 거지?"

"아, 이거 말입니까?"

크라이는 랑스의 눈앞에 검은 벌레를 확 들이밀며 말했다.

"이 마을 사람들이 '디센트'라고 부르는 곤충인데요, 그냥
저희는 '용암벌레'라 부르고 있습니다."

"아, 알았으니 일단 좀 저리 치우고 말해. 용암벌레라고?"

"네. 저기 마을 끝으로 가면 지하로 통하는 길이 있는데요,
거기에 진짜 깊은 용암굴이 있습니다. 이 벌레들은 거기 살고
있죠."

그때 다른 중대원들이 환호성을 지르며 랑스의 주위로 몰
려들었다. 랑스는 수십 명의 부하들과 수십 마리의 벌레에 둘
러싸인 채 거의 울 것 같은 표정으로 환영을 받았다.

"그, 그래, 상병. 알았으니까 일단 손에 든 그 벌레 좀 치워.
루시아 중사! 원래 먹던 음식은, 그, 그것도 머리만 반쯤 뜯어
먹은 벌레 같은 음식은 남에게 권하는 게 아니야! 으아아아
악! 떨어져, 레마! 끌어안을 거면 맨손으로 해! 제발!"

가까스로 부하들을 떨어뜨린 랑스에게 폰테라가 웃겨 죽
을 것 같다는 표정으로 걸어왔다.

"저런, 부하들의 애정 표현을 그렇게 노골적으로 거부하면
사랑받는 상급자가 될 수 없다네."

"사랑 안 받아도 좋아."

랑스는 질린 얼굴로 옷에 묻은 용암벌레의 다리를 털어냈

다. 폰테라는 랑스의 뒤에 우두커니 서 있는 이비사와 그의 옆에 서 있는 라비타를 번갈아 보고는 다시 랑스에게 말했다.

"심풀 같은 촌구석에서 살았으면서 설마 벌레를 무서워하는 건 아니겠지?"

"평범한 건 상관없어. 큰 벌레가 싫을 뿐이야."

"그거 아쉽게 됐군. 앞으로 큰 벌레에 익숙해져야 할 거야."

"그건 괴로운데……. 아무튼 무사해서 다행이야, 폰테라."

"나야말로. 판도라 중대는 전통적으로 악운에 강하지."

폰테라는 랑스의 어깨를 두드리며 임시로 만들어놓은 중대본부로 랑스를 안내했다. 말이 중대본부지 다른 천막에 비해 '붉은색' 천으로 지붕을 덮었다는 것 말고는 다를 게 전혀 없었다.

천막 안엔 두 명의 환자가 누워 있었다. 한 명은 2소대의 소대장인 스팅커터 소위였고, 또 한 사람은 랑스를 찾아 판도라 중대를 찾아왔던 블랙 어쌔신의 부대장인 미리암이었다.

"랑스님! 무사하셔서 정말 다행입니다!"

왼쪽 다리 전체와 머리에 붕대를 감고 있던 미리암이 랑스를 보며 밝게 미소를 지었다. 미리암은 바닥이 무너질 때 동굴 밖으로 뛰쳐나와 함께 떨어졌지만, 중간에 다른 동굴로 굴러 떨어져 큰 타박상을 입은 상태였다.

랑스는 미리암의 다리 붕대를 조심스레 풀며 말했다.

"너도 무사해서 다행이야. 마지막에 갑자기 뛰어나오는 걸 봤는데… 내가 떨어진 곳에 없어서 걱정하고 있었어."

"뒤에 계시는 라비타님께서 위험해지기 전에 구해주셨습니다. 그런데……."

미리암은 눈을 날카롭게 뜨며 랑스의 뒤에 서 있는 이비사를 노려보았다.

"저 여자는 왜 이곳에 있는 건가요? 제국 기사잖아요!"

"아, 이쪽은… 이쪽은 포로야."

"포로요?"

"약간 사정이 있지만, 적의 장교니까 무례하지 않게 대했으면 좋겠어."

"하지만 포로라면 좀 더 확실하게 포박을……."

"걱정 마라. 제국 기사의 명예를 걸고 결코 검을 뽑지 않을 테니."

이비사는 그렇게 말하며 천막 구석의 기둥에 등을 대고 미끄러지듯 주저앉았다. 미리암은 믿을 수 없다는 표정으로 입술을 깨물며 중얼거렸다.

"검도 없는 주제에 무슨 검을 뽑고 말고……."

"자자! 일단 무사히 모두 모였으니 그걸로 된 거야! 미리암! 아프더라도 잠깐 참고 있어!"

랑스는 급히 화제를 돌리며 미리암의 부러진 다리를 치료했다. 그사이 잠들어 있던 스팅커터가 깨어났고, 폰테라는 다른 세 명의 소대장을 중대본부로 불러왔다.

랑스는 소대장들에게서 현재 소대원들의 상황을 보고받았다. 1소대는 11명, 2소대는 13명, 3소대는 14명, 그리고 4소대는 26명이 생존해 있었다.

"모두 64명인가?"

랑스는 길게 한숨을 내쉬며 고개를 저었다. 폰테라가 그런 랑스의 어깨를 두드리며 말했다.

"중대본부의 너랑 레마, 그리고 나를 합치면 67명이야. 그리고 특전대의 생존자 26명도 있어. 특전대가 거의 전멸한 걸 생각하면 그나마 우린 형편이 나은 거야."

랑스가 이비사와 함께 이끼 층에 떨어져 보낸 시간은 약 이틀, 정확히는 47시간 정도였다.

그사이 루비 드래곤 일족은 구조대를 파견해 판도라 중대와 미리암을 구했고, 거의 생매장을 당한 특전대의 생존자들도 최선을 다해 구조했다.

"실례가 안 된다면 지금부터는 내가 이야기를 했으면 좋겠는데."

중대원들의 이야기가 이곳 '가이던트'에 관한 것으로 넘어오자 뒤에 서 있던 라비타가 대화에 끼어들었다. 물론 랑스로서는 거절할 이유가 없었다.

"우리 루비 드래곤의 의미와 역사 같은 그런 복잡한 이야기는 일단 나중으로 미루도록 하지."

"그렇게 해주십시오."

랑스가 대답하자 라비타는 고개를 끄덕이며 말을 이었다.

"우선 랑스 군이 이끄는 판도라 중대와는 달리 이곳에 들어오려 했던 그 '특전대' 란 군대는 아마도 '미티어' 디그리브의 명령을 받고 왔을 거야. 우린 그자와 오랜 악연을 가지고 있거든."

"계약 말이군요."

폰테라가 눈을 가늘게 뜨며 말했다. 라비타는 약간 놀란 표정으로 폰테라를 보며 고개를 끄덕였다.

"필드사는 알고 있나 보군. 맞아, 디그리브는 우리 루비 드래곤 일족과 계약을 했지. 우리가 그에게 '용핵' 을 하나 주는 대신 그는 우리의 존재를 완전히 은폐해 주기로 말이야."

지금으로부터 약 700여 년 전, 지상에 퍼진 마족을 제거하기 위해 루비 드래곤은 디그리브 같은 인간의 영웅들과 손을 잡고 전쟁을 일으켰다.

하지만 드래곤은 인간들에게 있어 떨쳐 낼 수 없는 유혹이었다. 천 살이 넘은 드래곤이 죽을 때 남기는 '용핵' 이라는 존재가 인간에게 막강한 힘과 불노불사의 능력을 부여했기 때문이다.

"그래서 우린 디그리브에게 우리가 가진 용핵을 주고, 대신 더 이상 서로가 서로에게 간섭하지 않도록 계약을 맺었지. 디그리브는 가이던트로 들어오는 동굴에 '저주'를 걸어 인간이 함부로 들어올 수 없도록 만들었고, 이후 수백 년을 살며 드래곤과 마족의 전쟁을 진실이 아닌, 일종의 전설이나 비유로 여기도록 역사를 조작했어."

"그렇군요. 역사를 조작한 게 바로 그 영감이었어……."

폰테라가 납득했다는 듯 고개를 끄덕였다. 라비타는 붉은 머리카락을 쓸어 넘기며 조금 난처하다는 표정으로 말을 이었다.

"하지만 용핵은 인간들의 전설처럼 불노불사를 주는 게 아니야. 짧게는 500년, 길게는 1,000년의 수명을 더해줄 뿐이지. 시간이 지나면 천천히 늙고, 결국 언젠간 육체가 한계를 맞이해 죽을 수밖에 없어."

"그렇다면 디그리브는 또다시……."

랑스의 말에 라비타는 고개를 끄덕였다.

"맞아. 디그리브는 분명 또다시 용핵을 구하기 위해 군대를 파견한 거겠지. 하지만 한 명의 인간에게 두 개의 용핵을 줄 수는 없어. 그건 파멸을 이끄는 길이다."

"어떤 파멸 말인가요?"

폰테라가 묻자 라비타는 천천히 고개를 저었다.

"나도 몰라. 나이 많은 일족도 자세한 이야기는 해주지 않았어. 난 고작 400살 정도일 뿐이니까. 그 디그리브라는 인간보다도 훨씬 젊은 셈이지. 하지만 중요한 건, 디그리브가 보낸 군대 때문에 동굴이 크게 무너졌다는 거야. 많은 드래곤들이 더 이상의 붕괴를 막기 위해 모든 마력을 낭비하고 있어. 덕분에 지금 우린 큰 위기에 처했다."

모두 침묵했다. 라비타는 잠시 고민하다 입을 열었다.

"이곳 가이던트엔 모두 71명의 일족이 있어. 그런데 현재 50명이 넘는 일족이 동굴의 붕괴를 막기 위해 투입된 상태야. 하지만 우린 싸워야 해. 그래서 위기라는 거다."

"싸우다니, 누구와 싸운단 말인가요? 제국군이 공격해 오기라도 하나요?"

미리암이 뒤에 앉아 있는 이비사를 힐끔 보며 말했다. 라비타는 고개를 저었다..

"제국군이 아니야. 우린 지난 700년간 여기서 타이브와 연결된 차원 문을 지키고 있었다. 다른 차원의 세상을 정복하기 위한 타이브의 마족들과 끝도 없는 전쟁을 치르고 있는 중이지."

"그거 혹시 용암굴 너머에 드래곤 몇 마리… 아니, 드래곤 몇 분이 지키고 있던 곳 말입니까?"

크라이의 말에 라비타가 고개를 끄덕였다.

"맞아. 그리고 이제 곧 다시 전투가 시작되지."

2

그 넓고 깊은 동굴에서, 200살의 젊은 드래곤 리에라익이 소리쳤다.

"랑스님! 약 3분 남았습니다!"

드래곤 바로 옆의 참호에 대기 중이던 랑스는 급히 무전기로 소리쳤다.

"전 중대 소대장은 상황 보고!"

[1소대 크라입니다! 본진 기준 12시 방향 2개 참호에 포진 완료! 대구경 기관총 2문 설치 완료!]

[2소대 소대장 스팅커터! 본진 기준 10시 방향 2개 참호에 24명 전원 대기 중입니다.]

그때 전방에 펼쳐진 깊은 어둠의 터널에서 웅웅거리는 불쾌한 소음이 울렸다. 가슴 안쪽부터 불안하게 만드는 기분 나쁜 소리였다.

랑스는 심호흡을 한 후 무전기에 소리쳤다.

"3소대 보고해!"

[3소대장 브렛, 2시 방향에 2개 참호에 대기 중입니다! 그런

데 네 명 정도가 못 들어옵니다! 참호가 좁습니다!]

랑스는 자신의 오른편으로 20미터쯤 떨어진 곳에 대기하고 있던 루비 드래곤 사리오닉에게 소리쳤다.

"사리오닉님! 3소대에 참호 하나 더 파주십시오!"

"알겠습니다. 원하시는 대로."

순간 사리오닉은 지상에서 3미터 정도 떠올라 3소대가 대기 중인 2시 방향으로 날았다. 그리곤 거대한 앞발로 순식간에 깊이 1미터, 너비 8미터 정도의 참호를 파냈다.

"남은 시간 약 1분! 차원 경계 문이 갈라지기 시작합니다!"

리에라익이 마치 확성기를 사용한 것처럼 크게 소리쳤다. 랑스는 손에 든 MT08소총의 탄창을 다시 확인하며 전방을 응시했다.

루비 드래곤의 지하 마을 가이던트.

그 마을의 동쪽 끝에 뚫려 있는, 더 깊은 지하로 내려가는 통로를 타고 30분 정도 이동하면 멀리 바닥에 용암이 끓고 있는 용암 지대에 도착한다.

그리고 그 용암 지대를 건너면 폭 60여 미터, 높이 30여 미터의 거대한 동굴이 나온다.

이 동굴이 바로 차원의 동굴이다.

동굴은 검붉은 바위와 흙으로 이뤄져 있지만, 안쪽으로 들어갈수록 색이 점점 파랗게 변한다. 그리고 그 색의 경계 지점에 눈으로도 확인할 수 있는 대기의 소용돌이 같은 '차원 경계 문'이 두 세계를 가로막고 있다.

순간 거대한 차원의 문이 회전을 멈췄다.

그리고 마치 유리판처럼 쩍! 하고 갈라졌다.

"10초 후 완전 붕괴! 모두 대기해 주십시오!"

리에라익이 거대한 드래곤의 몸체를 움츠리며 소리쳤다. 아직 머리부터 꼬리까지의 길이가 13미터밖에 되지 않는 젊은 드래곤. 인간일 때의 모습은 아직 10대 초반의 소년의 모습을 하고 있었다.

그때 차원 문이 박살나며 산산조각 났다.

그 순간 온몸에 소름이 돋는 끔찍한 소음이 진동했다. 랑스는 자신도 모르게 숨을 멈추며 중대 전체 통신으로 무전기에 소리쳤다.

"모두 집중해! 다시 말하지만 적은 중화 필드가 없어! 제국과의 전투를 생각하지 마! '작은 놈'은 총알 한두 방이면 끝낼 수 있다! 그리고 '큰 놈'이 보이면 화력을 집중해! 각 참호의 소대장과 분대장이 점사 신호를 내려!"

그런 뒤 랑스도 소총을 참호 밖으로 내밀며 전방을 조준했다.

저 멀리,

박살난 차원의 문이 연기처럼 부스러져 사라지는 저 너머로, 어둠 속에서부터 무언가 몰려들었다.

무언가 작고 날카롭고 불길한 것들이.

"사격 개시! 쏟아부어!"

크라이의 외침과 함께 1소대의 사격이 시작되었다. 깊은 어둠 속으로 빨갛게 달궈진 총탄이 하얀 선을 남기며 질주했다.

그러자 무수한 비명이 터져 나왔다. 마치 고양이과의 동물 같은, 어쩌면 설치류 같기도 한 소름 끼치는 생물의 비명 소리였다.

"우와, 쌍……!"

크라이의 입에서 욕설이 절로 흘러나왔다. 저 멀리 어둠 속에서 쏟아지기 시작한 건 성인 남자의 허리 정도 크기의 괴이한 생명체였다. 루비 드래곤은 그것을 '작은 것', 또는 '고블린'이라 불렀다. 폭 60여 미터의 동굴에 빽빽하게 몰린 고블린들이 들쥐 같은 함성을 지르며 몰려오기 시작했다.

대체 그 숫자가 얼마나 되는지 짐작조차 할 수 없었다.

고블린은 식칼 같은 짧은 검과 나무에 쇠 테를 두른 조잡한 방패를 들고 끝도 없이 밀려왔다. 1소대의 대구경 기관총이 불을 뿜자 수십 마리의 고블린이 비명을 지르며 '터져' 나갔다. 그러면 동족의 시체를 밟으며 더 많은 고블린들이 달려들었다.

1소대에 이어 2소대와 3소대도 사격을 시작했다. 적의 숫자가 너무 많아 조금만 사격을 늦춰도 삽시간에 거리가 좁혀졌다.

"좋아! 조명탄 발사!"

후방에서 랑스의 명령이 떨어지자 3소대의 소대장 브렛이 깊은 어둠을 향해 조명탄을 쏘았다. 직선거리로 날아간 조명탄이 환한 섬광을 뿌리며 터지자, 그 아래 있던 수천 마리의 고블린이 귀청을 찢는 비명을 지르며 괴로워하기 시작했다.

"세상에…… 저게 대체 몇 마리야?"

랑스는 한순간 눈에 들어온 적의 규모에 경악했다. 많아도 너무 많았다.

하지만 적의 규모에 놀라기 위해 조명탄을 쏜 것은 아니었다. 조명탄이 터지자, 약속대로 후방의 4소대가 움직이기 시작했다.

"거리 약 400미터! 그 이후로 끝없이 이어져 있습니다!"

관측병의 보고에 4소대 소대장 마이리크 중위가 대기 중이던 네 명의 마포병에게 명령을 내렸다.

"거리 400미터! 네 발 모두 간격을 두고 떨어뜨려! 천장이 낮아 고각을 사용할 수 없으니 직사로 사격한다! 아군 머리카락을 불태울 정도로 아슬아슬하게 발사해!"

명령과 동시에 네 발의 파이어 볼이 맹렬히 타오르며 중대원들의 머리 위로 날아가기 시작했다.

몰려오는 고블린 부대의 중심부에 정확히 일자로 떨어진 불덩어리는 맹렬한 폭발을 일으키며 고블린들을 휘감았다. 한층 처절한 비명 소리와 확산되는 불길을 피해 도망치는 고블린들에 의해 적진은 그야말로 난장판이 되었다.

워낙 밀집해 있어 파이어 볼 한 발당 거의 50마리 이상의 고블린이 몰살당했다. 하지만 혼란은 잠시뿐이었다. 적은 마치 파도처럼 끊임없이 몰려들었다.

몰려오는 적의 전열과 최전방의 1소대와의 간격이 100여 미터까지 줄어들자 랑스가 손을 들어 신호를 내렸다. 그러자 대기 중이던 두 마리의 드래곤이 1소대의 참호 좌우로 이동했다.

리에라익과 사리오닉이라는 이름의 두 드래곤은 곧장 숨을 들이마시더니 전방을 향해 맹렬한 화염의 브레스를 뿜었다. 화염은 무려 100미터 이상 뻗어나가며 삽시간에 수백 마리의 고블린을 불태우기 시작했다.

그것은 경이로운 광경이었다. 빽빽하던 고블린의 진형이 일순간 3등분으로 갈라졌다. 두려움없이 달려들던 마물들이 순간 공포를 느끼며 주춤거렸다.

100미터 이상 떨어져 있는데도 살이 타는 지독한 냄새가 랑스의 코를 자극했다. 설사 기사의 중화 필드라 해도 도저히 견뎌낼 수 없을 만큼 강렬한 위력이었다.

브레스를 뿜은 두 드래곤은 약간 지친 기색으로 뒤로 물러났다. 판도라 중대는 한층 사기가 올라 달려드는 고블린들을 맹렬히 사격하기 시작했다.

적은 여전히 어둠 속에 끝도 없이 남아 있었지만, 조금 전에 비해 달려드는 속도가 현저히 줄어 있었다. 랑스는 적의 사기가 꺾였다고 생각했다. 깨진 차원의 문은 약 한 시간이 지나면 다시 원상 복구되기 때문에 그때까지만 버티면 차원의 문 너머의 적을 상대할 필요는 없었다.

크우우워어어어어!

그때, 수천의 고블린이 지르는 소리를 홀로 압도하는 경이로운 함성 소리가 터졌다.

전방의 어둠 속에서 뭔가 거대한 것이 성큼성큼 다가오기 시작했다.

랑스는 상당히 먼 곳에 있었지만 그 거대한 것의 실루엣을 확인할 수 있었다. 랑스는 급히 3소대로 무전을 연결했다.

"브렛! 적진에 조명탄 한 방 더 쏴!"

[네, 중대장님!]

브렛은 소총을 내려놓고 다시 한 번 조명탄을 발사했다. 그러자 그 거대한 괴물의 모습이 환한 섬광 아래 모습을 드러냈다.

키는 약 4미터. 어깨의 폭은 2미터 이상. 짙은 회색의 피부에 꿈틀거리는 근육의 몸을 가진 그 괴물은 바로 '오우거'였다.

드래곤들이 흔히 '큰 놈'이라 부르는 마물이었다. 랑스는 저 괴물을 인간의 한 분파라고 주장하는 일부 학자들의 정신 상태를 의심할 수밖에 없었다.

저건 그냥 괴물이다. 인간의 피는 손톱만큼도 흐르지 않을 것이다.

우오오오오오오오오!

조명탄 아래 모습을 드러낸 두 마리의 오우거는 커다란 함성을 지르며 판도라 중대를 향해 돌진하기 시작했다. 주위에 있던 수백 마리의 고블린도 오우거의 함성에 힘을 얻었는지 다시 시끄럽게 날뛰며 함께 뛰어왔다. 랑스는 급히 무전으로 1소대에 연결했다.

"들리나, 크라이!"

[네! 들립니다, 중대장님!]

"오우거 나왔어! 계획대로 해!"

[물론입니다!]

크라이는 무전을 끊으며 같은 참호 안에 있던 소대원들에게 소리쳤다.

"얘들아! 저기 큰 놈 나왔다! 가까이 오기 전에 죽여 버리자!"

그러자 옆에 있던 루시아 중사가 약간 불안한 표정으로 대꾸했다.

"근데 소대장님! 작은 놈들도 같이 몰려오는데요!"

"루시아 중사!"

"네, 소대장님!"

"넌 직접 싸울 거면 작은 놈 수십 마리가 좋겠어, 아니면 저 커다란 놈이 좋겠어?"

"그야 물론 작은 놈이죠!"

"그럼 닥치고 쏴! 큰 놈부터 잡고 보자!"

그리고 소총의 점사가 시작되었다.

목표가 워낙 커서 맞추기도 쉬웠다. 100미터의 거리를 약 10초 만에 좁힌 오우거는 수백 발의 총알을 몸으로 받아내면서 삽시간에 피투성이가 되었다. 거대한 몸을 두꺼운 갑옷으로 가리고 있었지만, 쇠로 만든 갑옷조차 소총의 무자비한 점사 앞에선 금방 누더기처럼 짓이겨졌다.

우어어어어아아아아아!

오우거는 고통스런 비명을 터뜨리며 남은 100미터의 거리를 좁히기 위해 애써 달렸다. 하지만 결국 무릎이 꺾였고, 1소대와의 거리를 40여 미터 남겨두고는 완전히 바닥에 쓰러져버렸다.

쿵! 하는 소리에 땅이 진동했다.

반면 2소대 방향으로 달리던 오우거는 두께가 5센티나 되는 쇠 방패로 몸을 가리고 뒤뚱거리며 달려들고 있었다. 금속에 튕기는 총알이 어지럽게 사방으로 튀며 부싯돌처럼 불꽃을 터뜨렸다.

"우아아악! 오지 마아아아!"

"이 자식! 죽어버려!"

소대원들이 비명을 지르며 점사했지만 오우거의 돌진은 멈추지 않았다. 거리가 50미터까지 좁혀지자 스팅커터는 들고 있던 소총을 내려놓았다. 그리고 허리에 차고 있던 자신의 애검 '실버 문' 을 뽑았다.

"오우거는 다른 건 몰라도 '힘' 만큼은 인간의 기사만큼 강하지. 어쩌면 그보다 더 강할 수도 있어."

스팅커터는 라비타의 주의 사항을 떠올렸다. 하지만 '힘'만 강할 뿐, 반응속도나 민첩성은 결코 기사의 수준이 아닌 듯했다.

그렇다면 벨 수 있다.

비록 랑스처럼 기사와 싸우지는 못하지만, 적어도 저런 과물 정도는 해치워야 은월검류의 후계자로서 체면이 설 것이다.

“10초간 사격 중지!”

스팅커터는 그렇게 소리치며 참호 밖으로 뛰쳐나갔다. 2소대의 소대원들은 전장 4미터의 괴물에게 홀로 돌진하는 소대장의 모습에 경악했다.

“소대장님!”

“소대장님, 안 됩니다!”

우워?

오우거는 갑자기 총격이 멈추자 의아한 듯 방패를 아래로 내리며 적진을 둘러보았다. 보이는 것은 오직 빠른 속도로 돌진해 오는 조그만 인간 하나뿐이었다.

오우거는 본능적으로 오른손에 든 쇠막대기를 치켜들어 스팅커터를 향해 내려쳤다. 엄청난 속도, 그리고 엄청난 힘의 일격이었다.

‘피할 수 있다!’

스팅커터는 적의 공격 지점을 미리 예측하고 있었다. 불과 3센티 차이로 쇠몽둥이가 허공을 가르며 바닥을 내려쳤다. 삽시간에 바닥의 돌이 박살나며 사방으로 조각이 튕겼다.

순간 스팅커터는 땅을 박차고 뛰어올랐다.

눈에 보이는 건 오직 적의 두꺼운 목덜미뿐. 그의 검은 마치 은빛 초승달처럼 날카롭게 빛나며 그것을 스치고 지나갔다.

마치 얼어붙은 살코기를 칼로 자르는 감촉, 그리고 착지.

우… 우워?

오우거는 아무렇지도 않다는 듯 다시 쇠몽둥이를 들어 참호로 도망치기 시작한 스팅커터의 등을 향해 휘둘렀다. 하지만 그때 오우거의 목에서 분수처럼 피 보라가 솟구쳤다.

아무리 거대한 괴물이라도 목뼈에 닿을 정도로 목이 깊이 베이면 살아남을 수 없다.

2소대의 소대원들은 떠나갈 듯 함성을 지르며 소대장을 맞이했다. 스팅커터는 불과 10초 만에 온몸이 땀범벅이 되어 거친 숨을 몰아쉬었다. 그리고 소리쳤다.

"끝난 게 아니야! 고블린들이 계속 몰려오니 다시 사격해!"

스팅커터는 그렇게 소리치고는 참호 안에 쭈그리고 앉아 고개를 푹 숙였다. 오우거의 쇠막대가 자신의 몸을 불과 3센티 차로 스치고 지나간 순간, 바로 그 순간의 긴장과 쾌감이 아직도 스팅커터의 몸을 전율하게 만들었다.

그때 기력을 회복한 사리오닉이 다시 앞으로 나서며 적진을 향해 브레스를 뿜었다.

리에라익에 비해 나이도 100살 정도 많고 몸도 5미터가량 더 큰 사리오닉은 그 흉흉한 드래곤의 모습으로는 상상도 할 수 없을 정도로 가냘프고 아름다운 인간 여성의 모습을 가지고 있었다. 물론 한번에 차이긴 했지만, 크라이가 한눈에 반해 종족의 차이고 뭐고 생각할 것 없이 사귀자고 고백할 정도였다.

사리오닉의 브레스에 오우거와 함께 돌진해 오던 고블린들이 비명과 함께 재가 되었다. 일부 고블린들이 서너 마리씩 도착해 참호 안으로 뛰어들기도 했지만, 미리 대기 중이던 기병들에 의해 순식간에 제거되었다.

'지금까지는 잘 막아내고 있긴 한데……'

랑스는 시계를 보며 초조함을 느꼈다. 전투가 벌어진 지 약 25분이 경과했다. 앞으로 30분 이상 버텨야 하는데, 남은 탄약이 얼마나 버텨줄지가 문제였다.

이미 지금까지 써버린 총알만 해도 엄청난 양이었다. 매몰된 특전대의 시체를 수습하며 대량의 소총 탄약과 기관총 탄약을 확보해서 망정이지, 아니었으면 10분도 채 버티기 힘들었을 것이다.

특전대가 가지고 있던 대구경 기관총 두 문을 확보한 건 그나마 다행이었다. 아쉬운 건 박격포를 쓸 수 없다는 것이었다. 각도나 사거리를 자유롭게 조절할 수 있는 마포병과는 달리, 박격포병은 일정 이상의 각도가 확보되지 않으면 박격포를 사용할 수가 없다.

천장의 높이는 거의 30미터에 달했지만, 그것으로는 어림도 없었다. 그렇다고 각도를 낮춰 포격하면 최악의 경우, 아군의 머리 위로 떨어질 가능성도 있었다.

랑스는 만약 '다음 전투'가 있다면, 그때는 차원의 문이 깨지기 직전 포병을 최전방에 내세워 직격으로 집중 포격을 한 후에 다시 후방으로 빼는 전술을 생각했다. 하지만 지금 당장 포병을 전방으로 보내는 건 위험이 높았다. 4중대는 현재 마포병을 제외하고 전원이 일반 소총을 장비한 채 본진 후방에서 대기 중이었다.

"어때! 슬슬 내가 나설 차례인가?"

그때 폰테라가 랑스의 참호에 뛰어들며 소리쳤다. 랑스는 고개를 끄덕이며 대답했다.

"그래! 할 수 있겠어? 공격 마법은 거의 몇 년 만에 써보는 거 아냐?"

"섭섭한 소리! 날 평범한 마법사로 보면 곤란해!"

폰테라는 참호 안에서 양손을 위로 치켜들었다. 그러자 약 2미터 상공에 작은 불덩어리 두 개가 회전하며 점점 크기를 확장하기 시작했다. 랑스가 깜짝 놀라며 폰테라에게 말했다.

"동시에 두 개? 진짜야?"

"보고만 있어! 더블 파이어 볼의 위력이 얼마나 강한지 보여줄 테니!"

폰테라는 상기된 얼굴로 두 발의 파이어 볼을 동시에 발사했다.

동시에 두 개의 마법을 사용하기 위해선 두 배가 아니라 네 배의 마력이 소모되는 게 정설이다.

하지만 폰테라는 단지 멋을 부리기 위해 두 발의 파이어 볼을 사용한 게 아니었다. 판도라 중대의 머리 위를 빠르게 날아간 파이어 볼은 몰려오는 고블린 대군의 머리 위에서 충돌했다. 방향을 조절해 직격이 아니라 머리 위에서 터뜨린 것이다.

그러자 새빨간 불길이 마치 그물처럼 사방으로 퍼지며 고블린들을 덮치기 시작했다. 중화 필드가 없는 고블린들은 약간의 화염이 몸을 스쳐도 치명적인 화상을 입게 된다.

"…끝내주는데?"

랑스는 감탄했다. 폭발 반경으로 50미터 안에 있던 모든 고블린들이 끔찍한 비명을 지르며 바닥을 뒹굴기 시작했다. 폰테라는 크게 심호흡을 하며 다시 한 번 마력을 끌어모았다.

"어때? 중화 필드가 없다면 이게 훨씬 효과적이지?"

"하지만 마력 소모가 심하지 않아?"

"그래 봐야 파이어 볼 네 발 정도의 마력이야. 필드사의 마력을 얕보면 곤란하지!"

보통 마포병은 표준 위력의 파이어 볼 네 발을 사용하면 대부분의 마력을 소모한다. 그러나 폰테라는 다시 한 번 두 발의 파이어 볼을 준비했다. 랑스는 일단 폰테라의 옷을 잡아끌며 소리쳤다.

"너무 한 번에 마력을 소비하지 마! 더블 파이어 볼이 효율적이란 걸 알았으니까 사용할 때도 최대한 효율적으로 사용하자고!"

좀 전의 공격에 의해 고블린들은 상당히 분산되어 띄엄띄엄 달려오고 있었다. 폰테라는 들어 올린 손을 내리며 고개를 끄덕였다.

"좋아. 다음 파가 몰려올 때 쓰도록 하지!"

그때 1소대에서 중대 무전이 들어왔다. 랑스는 재빨리 연결하며 소리쳤다.

"무슨 일이야, 크라이!"

[총알이 떨어져 갑니다! 참호에 쟁여놓은 것도 거의 다 썼습니다!]

"벌써? 알았어! 1분만 버티고 있어!"

랑스는 급히 무전을 끊고 후방에 대기 중인 4소대에 연결했다.

"마이리크 중위! 들리나, 마이리크 중위!"

[네! 들립니다, 중대장님!]

"지금 당장 탄약 상자 들고 1소대 쪽으로 보급해! 참호당

두 상자씩! 2소대와 3소대 쪽으로도 보내!"

[네, 알겠습니다!]

곧바로 상자를 든 소총병들이 부리나케 전방으로 달리기 시작했다. 이로써 가지고 있는 모든 탄약의 5할을 소모한 셈이다. 아직 매몰된 특전대의 발굴 작업이 모두 끝난 건 아니지만 랑스로서는 마음이 불안해질 수밖에 없었다.

'보급 없이 전투를 계속하는 건 절대 무리야.'

그러나 이 땅속 깊은 지하에서 레비넌트 군의 보급을 바라는 건 무리였다. 더욱이 이 전투는 상부에 허가를 받지도 않았다. 단지 루비 드래곤들에게 부탁을 받고 랑스가 독단으로 판단해 전투를 시작한 것이다.

반항하지 않고 명령에 따라주는 부하들이 고마웠다. 구사일생으로 살아남은 특전대의 생존자들도 랑스의 명령에 따라 판도라 중대에 분산 배치되었다.

폭이 60미터나 되는 차원의 동굴은 금방 고블린의 시체로 가득 메워졌다. 그러나 곧장 시야가 닿지 않는 더 깊은 동굴에서부터 새로운 함성과 함께 또 한 무리의 적이 몰려오기 시작했다.

이번엔 명령 없이도 브렛이 깊은 곳을 향해 조명탄을 쏘았다. 수백, 아니, 수천은 될 법한 고블린들이 동족의 시체를 무참히 밟으며 빽빽하게 달려오고 있었다.

'앞으로 25분인가……'

랑스는 긴장한 얼굴로 시계를 보았다. 그때 폰테라가 더블 파이어 볼을 적진으로 쏘았고, 또다시 맹렬한 폭발과 함께 백 마리가 넘는 고블린이 화염에 휩싸여 시체 위에 또 다른 시체를 쌓았다.

동굴 안은 고기 타는 냄새로 가득했다. 그때 1소대의 대구경 기관총 한 대가 과열되어 총신이 녹아버리는 사태가 발생했다.

가장 강력한 화력을 발휘하는 기관총의 부재로 인해 참호까지 도착하는 고블린의 숫자가 급격하게 늘기 시작했다. 크라이나 루시아 같은 1소대의 기병들은 아예 소총을 내려놓고 육탄전에 전념하기 시작했다.

랑스는 다시 4소대에 무전을 연결했다.

"마이리크 중위!"

[네, 중대장님!]

"옆에 미리암 있지? 바꿔줘!"

[네, 알겠습니다!]

곧바로 무전기에 미리암의 목소리가 들렸다.

[기다리고 있었습니다, 랑스님! 저희가 움직일 시간인가요?]

"그래! 어쌔신을 참호 당 한 명씩 보내서 육탄전을 지원해 줘!"

[알겠습니다!]

곧바로 미리암의 블랙 어쌔신이 움직이기 시작했다. 검은 망토로 몸을 가린 어둠의 전사들을 그 이름이 부끄럽지 않은 살육의 프로였다.

이번 대전에서 제국군은 시가전이나 야간 전투를 되도록 기피하는 경향을 보이고 있었다. 그 이유가 바로 레비넌트 군의 어쌔신 때문이었다.

엄폐물이 많은 시가전에서 어쌔신들은 야간을 틈타 귀신처럼 제국의 진형에 잠입해 순식간에 수십 명을 죽이고 유령처럼 사라지곤 했다.

어쌔신은 중화 필드가 반응하지 않도록 소리 없이 적의 몸에 칼을 댄 후 순식간에 베어버리기 때문에 방심하면 한 번에 목숨을 잃게 된다. 물론 고블린들은 중화 필드를 장착하지 않았기 때문에 훨씬 손쉬운 상대였다.

그때 새로운 파이어 볼 세 발이 적진 깊숙한 곳으로 날아가 떨어졌다.

판도라 중대에 소속된 마포병은 모두 일곱 명. 원래 다섯 명이었지만 특전대의 생존자에 두 명의 마포병이 포함되어 있었다. 처음 공격을 시작한 네 명의 마포병은 마력을 전부 소모했기 때문에 대기 중인 세 명의 마포병과 자리를 바꿔 새롭게 공격을 시작한 것이다.

그리고 동시에 쉬고 있던 리에라익이 앞으로 나서며 브레스를 뿜었다. 이미 두 번의 공격을 끝낸 사리오닉에 비해 브레스의 범위나 위력이 부족했지만, 그래도 마포병의 파이어볼 한두 발과는 비교할 수 없는 엄청난 위력이었다.

원래는 이 동굴에 약 20마리의 드래곤이 일자로 늘어서 몰려오는 고블린들을 단숨에 불태워 버렸다고 한다.

그것은 분명 가슴속이 멍멍해질 정도로 엄청난 장관일 것이다.

한 번 브레스를 뿜으면 최소한 10분 정도는 다시 브레스를 뿜을 수 없다. 그래서 모자란 시간 동안 다른 드래곤이 앞으로 나서 접근해 온 고블린이나 오우거를 이빨과 앞발, 그리고 꼬리로 상대한다.

그런 식으로 700년간 루비 드래곤들은 이 동굴에서 다른 차원의 마족을 상대로 싸워온 것이다.

"가끔씩 '큰 놈' 이나 '작은 놈' 이 아닌 '더 강한' 것들이 직접 들어올 때도 있습니다. 부디 이번 전투엔 그놈들이 안 왔으면 좋겠군요."

랑스는 라비타의 목소리를 기억해 냈다. 대체 '더 강한' 것들이란 무엇을 말하는 걸까?

그때 또다시 동굴 깊은 곳에서 끔찍한 고함 소리가 울려 퍼졌다. 불행인지, 혹은 다행인지 모르지만 그것은 오우거의 함성이었다.

"좋아, 오우거는 파이어 볼을 직격으로 맞고 버틸 수 있는지 시험해 볼까?"

잠시 마력을 정리하며 쉬고 있던 폰테라가 몸을 일으키며 동굴 안 깊숙한 어둠 속을 응시했다. 방패를 들고 오면 소총 공격으로는 돌진을 저지하는 게 힘들기 때문에 랑스도 폰테라의 의견에 동의했다.

"정확히 맞출 수 있겠어?"

"당연하지. 조명탄만 한 번 터뜨려 줘."

랑스는 곧장 브렛에게 무전을 연결했다. 이윽고 어두운 동굴 안쪽에 환한 섬광이 흩뿌려졌다. 새로운 오우거는 모두 세 마리로, 이미 300여 미터까지 접근해 있었다.

"저렇게 멀리 있어도 고함 소리가 이렇게 크다니… 코앞에서 소리를 지르면 귀가 멀겠군."

폰테라가 중얼거리며 머리 위로 파이어 볼을 만들기 시작했다. 호언장담하긴 했지만 300미터의 거리는 정확히 명중시키기엔 너무 먼 거리였다.

비록 파이어 볼의 최대 사거리는 1,200미터를 넘지만,

600미터를 넘는 순간부터 위력과 명중률이 급격히 줄어든다. 최고의 위력을 발휘하는 거리는 200미터 내외였다.

폰테라는 세 마리의 오우거 중에 유일하게 방패를 들고 있는 가운데 오우거를 노리며 정신을 집중했다.

집중한 마법사의 눈에 200여 미터의 거리가 순간 손에 닿을 것처럼 가깝게 느껴졌다. 폰테라는 그 감각을 놓치지 않고 파이어 볼을 발사했다. 평범한 마포병의 파이어 볼에 비해 두 배가 넘는 빠른 속도였다.

우워어어어!

오우거는 날아드는 파이어 볼을 향해 방패를 치켜들었다. 순간 엄청난 폭음과 함께 사방으로 불길이 번지기 시작했다.

주위에 있던 고블린들이 비명을 지르며 모래알처럼 흩어졌다. 화염이 걷히자 남아 있는 것은 피부가 녹아내려 한층 끔찍하게 변한 오우거의 모습뿐이었다.

방패로 총알은 막아도 순간 작렬하는 폭발과 열기를 막을 수는 없었다.

우워어……!

오우거는 부들거리며 몸을 떨다 이내 무릎을 꿇으며 앞으로 고꾸라졌다. 죽었는지 살았는지는 확인할 수 없지만 무력화된 건 틀림없었다. 폰테라가 쓰러진 오우거를 보며 안도의 한숨을 내쉬었다.

그때 후방에서 새롭게 파이어 볼 세 발이 적진으로 날아갔다.

맹렬한 폭발과 화염이 적진을 휩쓸었고, 남은 두 마리의 오우거는 불타는 화염 밭을 돌파하며 판도라 중대를 향한 돌진을 멈추지 않았다.

"공격! 공격을 집중해! 큰 놈부터 잡자! 참호까지 도착하게 놔두지 마!"

1, 2, 3소대의 모든 소총과 중화기의 화력이 오우거의 몸에 집중되었다. 거리를 100미터까지 좁힌 오우거들은 삽시간에 벌집이 되며 온몸의 구멍으로 피를 쏟았다. 달리는 속도가 점점 줄어들었고, 이내 쿵! 하는 소리와 함께 바닥에 쓰러졌다.

그사이 더 많은 고블린들이 참호에 도착해 칼을 치켜들고 뛰어들었다. 이번엔 많이 지친 기병들 대신 어쎄신이 활약하며 참호의 병사들을 호위했다. 병사들은 사방으로 튀는 고블린의 피를 온몸으로 맞으며 미친 듯이 몰려오는 적들을 향해 총알을 난사했다. 새로 보급된 탄약 상자도 어느새 바닥을 드러내고 있었다.

전투가 막바지에 이르자 크라이를 포함한 1소대의 기병들이 전방을 향해 수류탄을 투척하기 시작했다. 워낙 중화 필드에 약해 전쟁에서 잘 사용되지 않는 수류탄이지만, 이런 구식 장비를 들고 달려오는 적들을 상대론 효과를 기대할 수 있었다.

애초에 판도라 중대는 수류탄을 전혀 가지고 있지 않았다. 지금 사용하는 수류탄은 매몰된 특전대의 보급 상자에서 찾은 것들이었다. 랑스는 어쩌면 특전대가 차원의 문에서 벌어지는 전투를 상정하고 무기를 준비한 게 아닐까 생각했다.

어쩌면 디그리브는 루비 드래곤 대신 차원의 문을 수호하는 대가로 용핵을 얻는 거래를 원했을지도 모른다. 물론 랑스의 추측일 뿐이었다. 아직 발견되지 않은 라이폴츠 준장의 시체를 찾는다면 좀 더 많은 정보를 알게 될지도 모른다.

기병들이 던진 수류탄은 거의 100미터 이상을 날아가 몰려오는 적진의 한복판에 떨어졌다. 중화 필드가 없는 고블린들에겐 거의 한 발, 한 발이 파이어 볼 급의 위력이었다. 온몸에 쇳조각이 박힌 고블린들이 고통에 몸부림치며 바닥을 굴렀다.

차라리 드래곤의 브레스에 맞아 일순간 재가 되는 편이 훨씬 행복한 죽음일지도 모른다.

랑스는 시계를 보았다. 전투가 시작된 지 약 50분이 경과해 있었다. 랑스는 중앙에 있는 본진 참호를 빠져나와 직접 1소대가 있는 최전방 참호로 자리를 옮겼다. 크라이가 있는 참호 주변은 마치 엄폐물처럼 고블린의 시체가 가득 쌓여 있었다.

“오오! 여신님이 직접 행차하신 겁니까!”

크라이는 기병용 전투 철퇴인 ‘사쿠 7호’ 를 양손에 하나씩 들고 거친 숨을 몰아쉬고 있었다. 랑스는 인상을 잔뜩 찌푸리며 참호 안의 고블린 시체를 집어 밖으로 던지며 소리쳤다.

“한 번만 더 여신 어쩌고 하면 모가지가 잘려도 안 붙여준다고 했지!”

“아, 그랬었죠. 저도 모르게 습관적으로 그만.”

‘습관적’ 으로 말이 나올 정도면 대체 평소에 얼마나 떠들고 다니는 걸까? 랑스는 속으로 한숨을 내쉬며 참호에 자리를 잡았다.

“다친 사람은 없나!”

“제가 좀 많이 긁혔습니다! 하지만 별거 아닙니다! 어쌔신 형씨가 워낙 잘 싸워줘서 가뿐합니다!”

랑스의 시선이 참호 끝에 대기 중이던 검은 망토의 사내에 닿았다. 사내는 랑스를 향해 고개를 살짝 숙였다. 손에 쥔 칼은 고블린의 피와 기름으로 범벅이 되어 있었다.

랑스는 미리암을 제외한 여덟 명의 어쌔신 얼굴조차 모르고 있었다. 이번 전투가 끝나면 적어도 이름 정도는 서로 알아야겠다고 생각하며 랑스는 참호 밖으로 총구를 내밀었다. 그리고 아직 한 번도 당기지 않은 소총의 방아쇠를 당기기 시작했다.

전투가 시작된 지 55분이 지났을 무렵, 갑자기 몰려오던 고블린들이 비명을 지르며 뒤로 도망치기 시작했다. 동시에 랑스가 들어간 참호에서 약 200여 미터쯤 떨어진 전방에 갑자기 아지랑이가 피어올랐다.

아지랑이는 서서히 하나의 기류로 뭉치며 소용돌이치기 시작했다. 미처 도망치지 못한 고블린들이 그 소용돌이에 휘말리며 끔찍한 비명을 질렀다.

'뭐지, 저건……?'

랑스는 대체 무슨 일이 벌어지는지 이해할 수 없었다. 소용돌이는 강함 힘으로 주위의 모든 것을 빨아들이며 동굴의 양쪽 벽과 천장까지 세력을 확대했다. 랑스는 그제야 상황을 파악하고 급히 중대 무전을 연결했다.

"모두 참호 안으로 들어가서 몸을 숙여! 차원의 문이 다시 만들어지고 있어!"

중앙에 있던 두 마리의 드래곤도 끌려가지 않기 몸을 움츠렸다. 소용돌이는 거의 1분 동안 맹렬히 회전하며 수천의 시체를 빨아들이더니, 한순간 검붉은 땅과 푸른빛이 도는 땅이 만나는 경계선에 천천히 고정되었다.

빨아들이는 돌풍이 사라지자 1소대 소대장 크라이가 가장 먼저 참호 밖으로 고개를 내밀며 랑스에게 말했다.

"저… 중대장님?"

“왜 그래, 중위.”

“방금 그 회오리에 설치해 놓은 대구경 기관총까지 같이 빨려가 버렸습니다.”

“정말이야? 두 개 다?”

“네. 뭐, 하나는 총신이 녹아서 못 쓰게 됐었지만 말입니다.”

크라이가 아쉬운 듯 입맛을 쩝 하고 다셨다.

“휴우… 뭐, 괜찮아. 일단 이번 전투는 끝났으니까.”

랑스는 길게 한숨을 내쉬었다. 군인으로 전장에 뛰어든 지 1년이 넘었지만, 오늘처럼 짧고 강렬한 전투를 치른 건 처음이었다.

“수고하셨습니다. 그만 마을로 돌아가지요.”

어느새 인간의 모습으로 돌아온 사리오닉이 아직 드래곤의 모습인 리에라익과 함께 랑스가 있는 참호로 다가왔다. 랑스는 고개를 끄덕이며 중대 통신을 연결했다.

“전투 종료. 1, 2, 3소대 전원 장비 정리하고 후방으로 집결한다. 중상자가 있으면 곧바로 보고할 것.”

그러나 아무도 보고하지 않았다. 랑스는 다시 한 번 안도의 한숨을 내쉬었다. 단 한 명의 병사도 죽지 않고 끝낸 전투도 이번이 처음이었다.

가이던트 마을로 돌아온 중대원들은 대부분 녹초가 되어 천막 안에 짐짝처럼 널브러졌다.

마을 남쪽으로 지하수가 흐르고 있어 거기서 물을 마시거나 씻을 수 있었다. 하지만 랑스 역시 일단 중대본부 천막으로 돌아와 바닥에 깔린 거적 위에 그대로 쓰러지듯 누웠다.

조금이라도 쉬고 나서 씻을 생각이었다.

그런데 잠깐 눈을 붙인다는 것이 정신을 차리고 시계를 보니 어느새 여섯 시간이나 지나 있었다.

그사이 랑스를 깨우지 않고 중대원의 자잘한 부상을 치료한 레마가 지친 듯 옆에 누워 자고 있었다.

시계는 오후 6시 반을 가리키고 있었지만, 사실상 이 땅속 깊은 곳에서 밤낮의 구분 따윈 전혀 의미가 없었다. 랑스는 부스스 일어나 주위를 둘러보았다. 부대원들은 아직 잠에 빠졌는지 대부분 조용했다.

그런데 천막 밖에 목발을 짚고 서 있는 이비사 로소의 모습이 보였다.

"이비사?"

이비사가 눈가를 찌푸리며 대꾸했다.

"이젠 그냥 이름을 대놓고 부르는 건가?"

"미안. 그럼 로소 각하라고 불러야 하나?"

이비사는 눈을 감고 천천히 고개를 저었다.

"됐어. 이제 와서 이비사든 로소든 어차피 둘 다 내 이름이 아냐."

"이비사가 이름이고 로소가 성 아니야?"

"로소는 로소 왕가의 명칭이고, 이비사는 로소 왕가에 이어지는 세 개의 성씨 중에 하나지."

"그럼 진짜 이름은?"

"메이. 하지만 부모님을 제외하고는 누구도 날 그 이름으로 부르지 않았어."

"그럼 '메이 이비사 로소'가 풀네임이네."

"그렇지."

하지만 랑스는 메이라는 이름이 그녀에게 어울리지 않다고 생각했다. 너무 소녀 같은 이름이다. 그녀는 부상으로 몸을 움직일 수 없을 때조차 제국의 컬러 나이트(Color Knight). 나이트 오브 블루(Knight of Blue)의 이비사 로소였다.

"…그냥 이비사라고 부를게."

"좋을 대로."

랑스는 문득 생각하며 말했다.

"참고로 내 이름은 피엘이야. 피엘이라고 불러도 좋아."

하지만 이비사는 쓴웃음을 지으며 고개를 저었다.

"피엘이나 랑스나 둘 다 여자 같은 이름이군."

"…내가 짓고 싶어서 지은 이름이 아니야."

"그냥 대위라고 부르도록 하지."

"마음대로. 그런데 언제부터 거기 서 있던 거야?"

"방금 전에."

"설마 내가 잠든 사이에 암살이라도 하러 온 건 아니겠지?"

랑스는 농담처럼 말했다. 그러자 이비사는 말없이 손으로 랑스의 천막 뒤를 가리켰다.

그곳엔 검은 망토를 뒤집어쓴 블랙 어쌔신 두 명이 검을 뽑아 뒷짐을 지고 서 있었다.

이비사가 말했다.

"내가 여기 오자마자 검을 뽑아 들던데, 좋은 부하를 둬서 좋겠군."

"나도 설마 어쌔신을 부하로 두게 될 줄은 몰랐지. 그래서 용건은?"

"라비타가 널 불러."

"라비타가?"

"그래. 하지만 좀 씻고 가는 게 좋겠군."

이비사는 그렇게 말하며 들고 있던 수건을 랑스에게 던졌다.

천하의 이비사 로소가 남의 심부름이나 하고 다니다니, 경탄할 일이다.

하지만 본인은 그다지 신경 쓰지 않는 듯했다. 이비사는 혼자 라비타의 집으로 돌아갔고, 랑스는 지하수가 흐르는 시냇가로 움직였다.

밖은 6월의 더운 날씨였지만 지하인 이곳은 서늘했고, 지하수는 서늘하다 못해 차가웠다. 시냇가에 도착한 랑스는 웃통을 전부 벗고 물에 들어가 몸을 씻었다.

머리가 길어서 감는 데 시간이 오래 걸렸다. 한참 몸을 씻고 있는데 붉은 머리카락의 소년이 냇가에 다가와 랑스에게 반갑게 말을 걸었다.

"천막에 안 계셔서 이쪽으로 와봤어요. 잠은 잘 자셨나요 랑스님?"

"아, 리에라익⋯⋯."

랑스는 소년을 보며 고개를 끄덕였다. 소년은 바로 몇 시간 전까지 고블린의 대군을 상대로 함께 싸웠던 루비 드래곤 리에라익이었다.

가이던트에 살고 있는 드래곤은 모두 71명. 그중에 현재 무너지려고 하는 가이던트와 지상과 연결된 통로를 마력으로 지탱하고 있는 것만 45명이었다. 남은 드래곤 중에는 20명 이상이 마력의 소모가 심해 휴식 중인 걸 감안하면 실질적으로 움직일 수 있는 드래곤은 한 손에 꼽을 만큼 적었다.

그나마 남은 드래곤 중 몇 명은 함몰된 지역을 돌며 죽은 병사들의 시신을 수습하고 있었다. 리에라익은 시냇가 근처에 앉아 랑스를 보며 이야기했다. 발굴한 병사들의 시체를 오래 놔둘 수가 없어 소지품을 따로 정리한 후 화장을 하고 있다는 등의 근황이었다.

랑스는 한숨을 내쉬었다. 안타까웠지만 별수없는 일이었다.

원칙대로라면 시체를 방부 처리한 후 후방으로 보내야 한다. 하지만 이런 상황에선 그나마 뼛가루라도 남길 수 있는 걸 다행으로 생각해야 할 것이다.

루비 드래곤들이 애써주지 않았다면 장병들의 시체는 다시는 햇빛을 보지 못한 채 바위와 돌무더기 아래서 썩어갔을 것이다.

하지만 랑스가 진짜로 걱정하는 것은 이미 죽은 병사들이 아니라 현재 살아 있는 랑스와 판도라 중대원들이 대체 언제 햇빛을 보게 될 것인가 하는 것이었다.

일단 생명을 구해준 드래곤들의 요청에 의해 정기적으로 뚫리는 차원의 문을 한 번 방어해 냈다.

그러나 결코 쉬운 싸움이 아니었다.

사상자는 거의 없지만 정신적인 피로가 큰 전투였다. 더욱

이 탄약의 소모가 심해 앞으로 몇 번이나 차원의 문을 지킬
수 있을지 의문이었다.

차원의 문은 약 7일마다 한 번씩 붕괴된다고 한다. 적어도
앞으로 6일 내에 뭔가 획기적인 개선책이 필요했다.

"저, 이거 죽은 병사가 입고 있던 걸 벗겨서 빨은 거예요.
잘 말렸어요."

리에라익이 잘 개켜진 새 군복과 옷을 냇가 옆에 내려놓았
다. 랑스는 거절하지 않고 감사히 받았다. 죽은 병사의 것이
라면 당연히 꺼림칙하지만 땀에 젖어 냄새나는 옷을 계속 입
는 것에 비하면 아무것도 아니었다.

리에라익은 올해로 태어난 지 207년이 되는 어린 드래곤으
로, 바깥 세상에 대한 상당한 호기심을 가지고 있었다. 라비
타가 일종의 당번병처럼 랑스에게 붙여줬는데, 처음 만나 인
사를 나눈 그 순간부터 인간들의 세상에 대해 끊임없는 질문
을 던지기 시작했다.

"그런데 세르기오 왕국이 제국에 망한 게 사실인가요?"

"인간들은 스스로 움직이는 기계를 만들어 타고 다닌다면서요?
랑스님도 타보셨어요?"

"전에 제니 누나가 밖에서 '빵' 이라는 음식을 왕창 가져온 적
이 있었어요. 그게 인간들의 주식이죠?"

“밀이라는 곡물은 태양이 없으면 절대 자라지 않나요? 여기선 절대 빵을 못 만들까요?”

이런 식이었다.

207살이나 먹었지만 외모도, 정신연령도 영락없는 10대 중반의 남자아이였다.

리에라익이 랑스에게 경어를 사용하는 것도, 랑스가 리에라익을 옆집 사는 동네 꼬마처럼 대하는 것도 전혀 이상하지 않았다.

랑스는 리에라익의 질문에 정성껏 대답하며 자신을 부른 라비타의 집으로 걸어갔다. 라비타의 집은 마을 동쪽의 조금 외딴곳에 홀로 세워져 있었다.

440살의 비교적 젊은 층에 속하는 라비타였지만, 그는 이곳에 있는 모든 드래곤들의 지도자였다.

이유는 간단했다. 그의 혈통이 최초의 위대한 드래곤인 ‘페라노바’ 의 직계이기 때문이었다.

“페라노바님은 모든 드래곤이 충성을 바친 드래곤의 유일한 왕이세요. 우리 루비 드래곤 일족이 타이브에서 건너오기 전에 돌아가시긴 했지만… 라비타 형의 아버님인 크루디온님이 바로 페라노바님의 다섯 번째 아드님이셨죠.”

리에라익이 랑스와 함께 걸으며 페라노바에 관한 이야기

를 들려주었다. 랑스는 고개를 끄덕이며 말했다.

"말하자면 왕족이네. 그런데 드래곤은 대체 자식을 얼마나 낳을 수 있는 거야? 다섯 번째 아들이라니?"

"우리 일족의 여자는 평생 알을 두세 번 낳을 수 있어요. 페라노바님은 각 드래곤 클랜에 한 명씩 부인을 두신 거죠."

"부인이 다섯이라 이거군."

랑스는 굉장하다고 생각하며 고개를 끄덕였다. 티엔 제국은 여전히 왕족이나 귀족 중심으로 부인을 여러 명 두기도 하지만, 레비넌트 공화국은 이미 200년 전에 중혼이나 첩을 두는 풍습을 법으로 금지했다.

"그런데 병사들이 랑스님을 '여신님' 이라고 부르던데요."

순간 사레가 걸린 랑스가 콜록거리며 소리쳤다.

"뭐? 대체 누가 그래!"

"다들 그래요."

"정말?"

"처음엔 그게 누군가 했는데 '중대장님' 이 바로 랑스님이잖아요? 그래서 아까 목욕하실 때 한참 보고 있었는데요."

"뭐? 뭘 봐?"

리에라익은 랑스의 가슴을 가리키며 말했다.

"역시 랑스님은 여자인가요? 여자 중에서도 가슴이 전혀 없는 여자도 있다고 하잖아요?"

“아니야! 남자야!”

랑스가 정색하며 소리쳤다. 리에라익은 뭔가 아쉬운 표정으로 고개를 끄덕이며 말했다.

“그렇군요. 여자였다면 좋았을 텐데.”

“좋긴 뭐가 좋아. 너도 200살이나 먹었으면 여자 친구도 만들고 그래.”

“랑스님은 여자 친구가 있나요? 혹시 결혼하셨어요?”

“여자 친구도 없고, 결혼도 안 했어.”

“그럼 역시 너무 여자처럼 생기셔서 여자들이 접근을 안 한 건가요?”

랑스는 뭔가 가슴이 후벼 파이는 기분을 느꼈다. 생긴 건 열세 살쯤 먹은 꼬마 주제에 감이 예리하다. 물론 실제 나이는 200살이 넘었지만…….

랑스는 헛기침을 하며 화제를 돌렸다.

“그건 그렇고, 너희들은 여기서 700년인지 800년인지 동안 한 번도 밖에 안 나간 거야?”

“저는 나간 적 없어요. 하지만 라비타 형은 가끔 밖에 나갈 때도 있어요.”

“음, 그래서 라비타가 아는 게 많은 건가?”

“아, 그러고 보니 제니 누나도 밖에 자주 나갔어요.”

“제니가 누군데?”

랑스의 질문에 리에라익이 멀리 보이기 시작한 라비타의 집을 가리키며 대답했다.

"제니 누나는 라비타 형의 동생이에요. 원래 이름은 '제니 오닉' 인데 다들 그냥 제니라고 불러요."

랑스는 고개를 끄덕였다. 하지만 여기 온 지 사흘이 지났음에도 라비타는 자신이 동생이 있다는 사실을 말한 적이 없다.

리에라익은 시무룩한 얼굴로 말을 이었다.

"근데 제니 누나는 밖에 나갔다가 많이 다쳤어요."

"많이 다쳐? 왜?"

이 세상에 어떤 존재가 감히 드래곤의 몸을 다치게 할 수 있단 말인가? 랑스는 순간 머릿속에 '기사' 란 존재를 떠올렸다.

하지만 아무리 기사라 해도 드래곤과 1대 1로 붙는 건 어려울 것이다. 리에라익은 입술을 삐죽 내밀며 대답했다.

"누난 제국군에 잡혀 갔었어요."

"제국군? 티엔 제국 말이야? 어떻게?"

"저도 자세히는 못 들었어요. 아무튼 1년쯤 전에 제니 누나가 밖에 나갔다가 제국군에게 붙잡혔어요. 그걸 4개월쯤 전에 라비타 형이 구해서 다시 돌아온 거예요."

그 말은 티엔 제국도 드래곤의 존재를 이미 알고 있다는 의미가 된다. 랑스는 이비사가 말했던 '티멜 산맥 어딘가에 있는 제국의 연구소' 를 떠올렸다.

그렇다면 제국은 여기서 드래곤을 잡아다 뭔가 연구를 하고 있었다는 걸까? 그리고 그 연구를 은폐하기 위해 이비사의 나이트 포스를 보낸 것이고?

랑스는 일단 고개를 끄덕이며 리에라익에게 말했다.

"그랬구나. 그래도 무사히 데려왔으니 그나마 다행이네."

"아니요. 누나는… 제니 누나는 무사하지 않았어요."

"많이 다친 거야?"

리에라익은 긍정도 부정도 하지 않고 그냥 고개를 숙였다.

"누나는… 이제 더 이상 움직이지 못해요."

"뭐? 어째서?"

"왜냐하면……."

리에라익이 뭔가를 더 말하려는 순간, 집 밖에 마중 나와 있던 라비타가 랑스를 발견하고는 소리쳤다.

"이제 도착했군! 다른 사람들은 벌써 다 모여 있는데 말이야!"

"다른 사람이라니, 누구 말입니까?"

라비타는 대답하지 않고 랑스와 함께 집으로 들어갔다. 오래된 고목과 연마한 돌로 지어진, 마치 고대의 유적지 같은 집이었다.

그러나 내부는 의외로 평범했다. 문을 열고 들어가자 거실이 나왔다. 벽면에 있는 오래된 책장과 장식장이 가장 먼저 눈에 들어왔다.

장식장 안에는 세르기오 왕국의 특산품인 향나무를 깎아 만든 민속 공예품과 은으로 만들어졌지만 품질은 조악한 찻잔 세트, 아이들이 가지고 노는 유리구슬, 사기로 만든 곰 모양의 도자기 인형 등이 놓여 있었다.

그리고 거실 중앙엔 둥근 테이블이 있고, 그 주위로 의자가 여덟 개 놓여 있었다. 의자엔 미리 도착해 있던 폰테라와 소대장 네 명, 그리고 미리암과 이비사가 매우 부담스런 얼굴로 서로 노려보며 마주 앉아 있었다.

"이제 왔군, 랑스. 목욕이라도 하고 온 건가?"

폰테라가 자리에서 일어나며 랑스를 맞이했다. 다른 네 명의 소대장도 일어나서 경례를 붙였다. 랑스도 일단 소대장들에게 경례로 화답하고 옆에 있는 라비타를 돌아보며 물었다.

"무슨 일이 있습니까? 왜 사람들을 모두 모은 겁니까, 라비타님?"

"일단은 우리 대신 차원의 문을 지켜준 것에 대해 일족의 대표로 감사하기 위해 부른 거야. 일단 자리에 앉게."

라비타는 하나 남은 자리에 랑스를 앉게 하고 자신은 그대로 서서 말했다.

"리에라익과 사리오닉에게 여러분의 싸움을 전해 들었습니다. 루비 드래곤을 대표해서 함께 싸워주신 판도라 중대의 모든 장병 분들께 깊은 감사를 드립니다.”

라비타는 공손하게 말하며 고개를 숙였다.

그리고는 말투를 바꿔 계속 말을 이었다.

“그리고 지금부터는 개인적인 말이다. 내 말투나 태도가 마음에 안 들어도 별로 신경 쓰지 마. 난 인간의 나이로 치자면 400살이 넘었고, 인간들에게 특별히 존경을 표할 생각도 없어.”

“들었냐, 애송이? 저 드래곤 형씨가 처음부터 세게 나오는데?”

크라이가 옆에 앉은 스팅커터에게 나지막한 목소리로 중얼거렸다. 스팅커터는 살짝 고개를 끄덕였을 뿐, 별다른 반응을 보이지 않았다.

“아무튼 잘 싸워줘서 고맙다. 죽은 사람도 없다니 다행이야. 이곳에 있는 동안 먹을 거나 입을 것, 아무튼 필요한 모든 건 불편없이 제공하도록 노력하지.”

“슬슬 용암벌레도 질리는데요, 라비타 씨.”

크라이가 불쑥 말하자 라비타는 크라이를 보며 빙긋 웃었다.

“그걸 800년 동안 먹어온 우리 일족을 생각하면 좀 더 참지 그래?”

“아… 뭐, 그렇다면야 할 말 없습니다.”

"좋아. 그럼 본론으로 들어와서, 다들 걱정할 거라 생각하지만, 난 영원히 너희들을 이곳에서 싸우게 할 생각은 없다. 어차피 너희들의 무기는 보급이 계속 이어지지 않으면 쓸모가 없어. 몰살당한 특전대의 보급품을 최대한 건지고 있지만 그것도 분명 한계가 있겠지."

랑스가 고개를 끄덕였다. 라비타는 고개를 돌려 랑스를 보며 말을 이었다.

"우린 지난 800년 가까이 지상의 일에 관여하지 않았다. 그리고 미티어 디그리브같은 '계약자'들에게 인간들의 세상에서 우리의 이야기를 '역사'가 아니라 '전설'처럼 변질시킬 것을 부탁했지."

"실례지만, 그건 어째서입니까, 라비타님? 어째서 루비 드래곤은 인간에게 관여하지 않기로 한 거죠?"

미리암의 질문에 라비타는 잠시 생각하다 입을 열었다.

"물론 여러 가지 이유가 있지. 하지만 근본적인 이유는 우리가 인류를 지배할 생각이 없는 이상, 인류에 의해 위협받을 가능성이 너무 높다고 판단했기 때문이야."

"위협이라니요?"

"우리 일족은 긴 수명과 강한 힘을 가진 대신 종족 번식 능력이 극단적으로 떨어져. 여자들은 평생에 걸쳐 단 세 번의 알을 낳지. 그것도 무사히 부화한다고 장담할 수 없다. 지난

800년 동안 늘어난 루비 드래곤의 숫자는 고작 20명뿐이야. 하지만 인류는 수천만 명이지. 얼마 전에 밖에 나갔을 때 들은 이야기로는 이 대륙에만 수억 명이 산다고 하더군.”

라비타는 양손으로 테이블을 짚으며 작게 한숨을 내쉬었다.

“우린 인류를 지배할 생각도 없고, 그렇다고 인류의 신이 될 생각도 없어. 그래서 이곳에서 조용히 타이브와 연결된 차원의 문을 지키고 있을 뿐이다.”

“난 그것이 잘 이해가 안 가는군.”

그때 이비사가 말했다.

“차원의 문을 지키지 않으면 어떻게 되는 거지? 너희가 말한 고블린이나 오우거 같은 마족이 7일마다 한 번씩 이쪽 세계에 들어올 뿐 아닌가? 그것도 일개 중대로 막을 수 있는 병력이다. 지금에 와서 이 세상에 큰 위협이 될 거라곤 생각하지 않는데?”

라비타는 순간 가늘어진 눈으로 이비사를 노려보며 대꾸했다.

“직접 싸워보지도 않은 주제에 자신있 게 말하는군.”

“난 도와주겠다고 말했어. 저기 있는 여자같이 생긴 중대장이 다친 포로를 싸우게 할 수 없다고 해서 가만있었을 뿐이다.”

랑스가 순간 움찔했고, 라비타는 차갑게 웃으며 말했다.

"뭐, 좋아. 어차피 얼마 후에는 너희 인류가 상대해야 할 테니까."

"뭐라고?"

"우리 일족은 결정을 내렸다. 앞으로 닷새 후에 이 마을을 버리고 지상으로 올라갈 거다. 그러면 이곳의 차원의 동굴은 막힐 테고, 그때부터는 인류가 새로운 적을 상대로 싸워야 할 거야."

"어째서 차원의 동굴이 막히는데 인류가 새로운 적을 상대해야 한다는 거지?"

이비사는 쏘아붙이듯이 말했다. 그러자 라비타는 비웃듯이 큭큭거리며 고개를 저었다.

"제국의 여기사, 너도 생각하는 게 참 단순하군. 동굴을 무너뜨려 차원의 문을 막아버려서 해결될 문제라면 우리가 800년 동안 여길 지키고 있었겠나?"

"뭐?"

"차원의 문은 반드시 존재하는 것이다. 이곳의 차원의 문이 막히면 곧 새로운 차원의 문과 동굴이 근처에 다시 생성되지."

"아……!"

"개인적으론, 반드시 티엔 제국의 영토에 생성되길 빌고 있어. 그때는 행운을 빌어주지."

도발하는 듯한 라비타의 말투에 이비사가 발끈하며 소리쳤다.

"상관없어! 티엔 신성제국을 얕보지 마라! 차원의 문 따위, 근처에 요새를 짓고 1개 대대 정도를 주둔시켜 놓으면 해결되는 문제야!"

"그래, 그렇게 생각하는 게 행복할 거야. 하지만 신경이 거슬리니 넌 입을 좀 다물고 있는 게 좋겠어."

"뭐?"

라비타는 순간적으로 손톱을 길게 뽑으며 말했다. 모두들 인간의 모습을 한 드래곤에게 그런 능력이 있는지 처음으로 알게 되었다.

"제국의 군인이 주제넘게 떠들고 있는 걸 보니 죽여 버리고 싶어졌거든. 진심이야. 조용히만 있으면 어떻게든 참아줄 테니 부디 입 다물어주지 않겠나?"

이비사는 이를 갈며 분노했다. 허리에 검을 차고 있었다면 아마 당장 뽑아 들었을 것이다.

하지만 그녀는 스스로를 억제하며 조용히 입을 다물었다.

만약 그녀의 몸이 완벽하게 회복된다면, 이곳에 있는 판도라 중대 따위는 혼자서도 쓸어버릴 수 있었다.

하지만 이제 와서 그러고 싶은 마음도 없었고, 또 판도라 중대는 그렇다 치고 이곳에 있는 모든 드래곤을 상대로 싸울 수는 없는 노릇이었다.

라비타는 오른손을 천천히 내리며 말했다.

"아무튼 닷새 후에는 여기 있는 모두가 지상으로 올라갈 테니까, 판도라 중대는 그때까지 그냥 편하게 쉬고 있어. 디센트, 그러니까 용암벌레도 여기서 먹는 게 마지막일 테니까 맛이 없더라도 먹어두도록 하고."

"그러면 라비타님, 지상으로 나간 이후엔 어떻게 하실 생각이십니까?"

랑스가 물었다. 라비타는 랑스를 보며 되물었다.

"어떻게 하다니, 우리 일족 말이야?"

"네."

"그 점에 관해서는 이미 케이먼스 연맹과 이야기를 끝냈지."

"네?"

랑스가 깜짝 놀라며 미리암을 보았다. 미리암은 고개를 끄덕이며 대답했다.

"어제 라비타님과 이야기를 했어요. 루비 드래곤은 결코 티엔 제국과 협력할 생각이 없고, 그렇다고 대마도사 디그리브에 의해 조종당하는 레비넌트 공화국에 의지할 생각도 없다고 하셨습니다."

"하지만 케이먼스 연맹도……."

"케이먼스 연맹은 레비넌트 공화국의 속국이 아닙니다. 물론 지금은 외부에 그렇게 보일지도 모르지만요."

"그건 그렇다 치더라도, 그런 문제를 너 혼자서 정할 수 있는 거야?"

"정할 수 있습니다."

미리암은 자신있게 대답했다.

"사실 이것도 예언에 나온 일이에요."

"뭐? 정말이야?"

"네. 케이먼스 연맹은 이런 일에 미리 대처할 상황과 계획을 몇백 년 전부터 준비하고 있었습니다."

랑스가 당황한 목소리로 미리암에게 말했다.

"아니, 예언이라니… 그럼 설마 드래곤이 지상으로 올라오게 되는 이런 상황까지 전부 예측하고 있었단 말이야?"

미리암은 고개를 저었다.

"랑스님 때처럼 그렇게 구체적인 예언이 있던 건 아니었습니다. 다만 '혼돈의 시기'에 '지도자'와 함께 일족을 위해 싸워줄 '수호자'들에 대한 추상적인 예언이 있었습니다. 연맹의 장로들 사이에서도 해석이 좀 분분하긴 하지만……."

미리암은 라비타를 보며 빙긋 웃었다.

"장로들도 실물을 보면 무조건 믿을 수밖에 없겠죠."

"잠깐, 그렇다면 드래곤이 케이먼스 연맹에 들어간단 말이잖아!"

그때 이비사가 좌시할 수 없다는 듯 소리쳤다.

"그건 국제법 위반이다! 아르고스 대륙 국제법에 의하면 전쟁 중인 국가는 도중에 새로운 국가나 세력과 동맹을 맺을 수 없어! 물론 루비 드래곤 일족을 국가나 세력으로 규정하는 데는 논란이 있겠지만, 적어도 이렇게 강한 힘을 가진 존재를 전쟁 중에 새롭게 받아들인다는 건……."

"넌 입 다물고 있으라고 했지, 여기사!"

순간 라비타가 눈을 부릅뜨며 소리쳤다.

"국제법이니 뭐니 잘도 떠드는군! 내가 직접 일족을 거느리고 제국으로 날아가 수도를 불바다로 만들지 않는 걸 다행으로 생각해!"

"잠깐! 대체 왜 그러는 거야! 이유를 말해! 대체 왜 그렇게 제국을 못 잡아먹어 안달인 거지? 우리가 대체 무슨 일을 했다고!"

이번엔 이비사도 지지 않고 대들었다. 드래곤이 적국에 합류하는 이야기는 단순히 자신이 죽고 안 죽고와는 비교할 수 없을 만큼 심각한 문제였다.

라비타는 코웃음을 치며 대꾸했다.

"뭐? 무슨 일을 했냐고? 모르면 직접 보여주지! 따라와!"

라비타는 2층으로 올라가는 계단 앞까지 걸어가 이비사를 향해 손을 까딱거렸다. 이비사는 두말하지 않고 라비타와 함께 2층으로 걸어 올라갔다.

"뭐죠? 대체 무슨 일인 겁니까?"

3소대 소대장 브렛이 불안한 표정으로 랑스를 보며 물었다. 랑스 역시 영문을 알 수 없기에 그저 고개를 저을 수밖에 없었다.

그러다 문뜩 이곳에 오면서 리에라익과 했던 이야기가 생각났다.

랑스는 문가에 서 있는 리에라익을 돌아보았다. 리에라익은 아무 말 없이 고개를 숙였다.

'역시 라비타의 여동생과 관련된 일인가?

"뭔가 심각한 일 같은데요. 어떻게 합니까, 중대장님?"

판도라 중대에서 가장 연장자인 4소대 소대장 마이리크가 조심스레 랑스에게 물었다. 랑스는 잠시 생각하다 한쪽 어깨를 으쓱해 보이며 대답했다.

"별수없잖아? 그냥 좀 기다려 보자."

"근데 중대장님, 저 여기사 목발도 안 짚고 올라갔습니다."

크라이가 이비사의 자리에 놓여 있는 목발을 가리키며 말했다.

"누가 뭐래도 제국 최강 기사 중 한 명인 '컬러 나이트' 인데 말이죠. 갑자기 돌변해서 라비타 씨를 죽이면 어떻게 하죠?"

"그럴 리는 없을 것 같지만, 아무튼 라비타님도 웬만한 기사 정도는 되는 것 같으니 걱정하지 않아도 될 거야.”

“정말인가요? 드래곤의 모습이 아니라 인간의 모습일 때도 강하단 말입니까?”

랑스 역시 확신은 할 수 없어 애매하게 고개만 끄덕였다. 랑스가 약물을 통해 기사에 준하는 감각을 얻는다면 라비타의 몸에서 기사 특유의 ‘힘의 파동’을 느낄 수도 있겠지만, 지금으로썬 그저 별일 없기만 바라는 수밖에 없었다.

그리고 잠시 후, 별다른 소란 없이 이비사가 1층으로 내려왔다.

“…….”

이비사는 아무 말도 못하고 잠시 랑스의 얼굴을 보았다.

그녀의 얼굴은 말 그대로 새파랗게 질려 있었다.

“저기…….”

하지만 랑스가 뭔가 말을 걸기도 전에 이비사는 휙하니 몸을 돌려 라비타의 집을 나가 버렸다. 랑스는 영문을 알 수 없어 멍하니 열린 문만 바라보았다. 문 옆에 서 있던 리에라익이 침울한 표정으로 문을 닫았다.

그때 라비타가 1층으로 내려오며 랑스에게 말했다.

“저 여기사, 그래도 양심은 있나 보군.”

“대체 무슨 일입니까, 라비타님?”

“…아직까지 말을 안 하고 있었지만, 사실 난 동생이 한 명 있어. 여동생이지."

랑스는 고개를 끄덕였다.

"리에라익에게 이야기는 들었습니다."

"그럼 달리 말할 것도 없겠군. 사실 처음부터 부탁하고 싶은 일이었어. 그러니 랑스 군, 2층으로 올라와 주게."

랑스는 불길함을 느끼며 의자에서 일어났다. 라비타는 랑스의 옆에 앉아 있던 폰테라에게도 말했다.

"어쩌면 그대의 의견이 필요할지도 모르니, 폰테라라고 했나? 필드사도 같이 올라와 주었으면 좋겠는데?"

"네. 무슨 일인진 모르지만 알겠습니다."

폰테라도 순순히 일어났다. 랑스는 남아 있는 소대장들에게 잠시 기다리고 있으라고 말한 후 폰테라와 함께 2층으로 올라갔다.

"여동생은 제니오닉이라고 해. 본인이 원하니 제니라고 불러도 상관없어. 여긴 제니의 방이야."

라비타는 2층의 구석에 있는 방 앞에 서서 두 사람에게 말했다. 폰테라는 고개를 끄덕였고, 랑스는 자신도 모르게 입안에 고인 침을 삼켰다.

"제니는 지상을 동경해서 자주 밖으로 올라가 인간의 마을을 구경하고 다녔지. 그런데 1년쯤 전에 근처에 주둔해 있던 제국의 군대에 잡혔어."

“싸움이 있던 겁니까?”

랑스의 질문에 라비타는 고개를 저었다.

“제니가 ‘유령 동굴’을 통해 밖으로 자주 나오는 걸 알고 있었나 봐. 뭔가 덫을 치고 기다리고 있었던 것 같아. 우리가 인간의 모습을 하고 있을 때는 인간과 똑같은 약점도 가지고 있으니까.”

라비타는 그렇게 말하며 방문을 열고 안으로 들어갔다. 랑스도 천천히 라비타를 따라 안으로 들어갔다. 벽에 오래된 서랍장과 거울이 걸려 있고 반대편에 침대가 놓여 있는, 그냥 평범한 방이었다.

그리고 그 침대 위에 한 소녀가 누워 있었다. 붉은 머리카락을 가진, 피부가 하얗고 앳된 얼굴을 가진 소녀였다.

“헉……!”

뒤따라 들어온 폰테라가 소녀의 모습을 보더니 순간 손으로 입을 가리고 신음 소리를 냈다. 랑스는 동공이 커진 눈으로 소녀의 모습을 가만히 지켜보았다.

그것은 차마 눈뜨고 볼 수 없는 참혹한 모습이었다.

우선 소녀는 오른팔이 어깨부터 없었다.

왼쪽 다리는 허벅지부터 없었다. 오른쪽 발목 아래도 없었다.

그러나 단지 그것 때문에 폰테라가 고개를 돌려 버린 건 아니었다. 랑스는 자신의 머릿속을 '치유사' 모드로 바꿨다. '민간인'이나 '군인'의 감각으로는 그것을 똑바로 바라볼 수가 없었다.

소녀는 명치를 중심으로 아래쪽 복부가 완전히 열려 있었다.

마치 수술하기 위해 열어놓고 다시 닫지 않은 것처럼, 그렇게 참혹한 모습이었다. 랑스는 심호흡을 하고 침대에 다가가 소녀의 모습을 좀 더 자세히 관찰했다.

열린 복부 안에는 남아 있는 장기가 거의 없었다.

일단 이것만으로도 소녀가 살아 있다는 게 믿기지 않았다.

당황한 랑스의 얼굴을 보며 라비타가 말했다.

"제니를 구하고 곧바로 마을에 돌아왔지만, 나로서도 어떻게 할 수 있는 상황이 아니었어."

"…어떻게 살아 있는 겁니까?"

"신체 기능을 거의 정지시키고, 마력의 흐름만으로 버티고 있다."

"하지만 그렇다고 해도……."

비어 있는 제니의 몸속엔 은색의 빛을 굴절시키는 투명한 마력이 채워져 있었다. 이것이 손실된 장기와 근육, 혈관을 대체하며 다른 신체 부위에 필요한 물질을 공급하고 있는 것이었다.

다만, 이것은 마력으로 신체를 변환하는 드래곤이기 때문에 가능한 응급처치였다. 랑스는 잠시 생각하다 라비타에게 말했다.

"이 상태로 드래곤의 몸으로 돌아갈 수는 없습니까?"

"드래곤의 몸속에도 인간과 같은 기능을 하는 장기가 있어. 이대로 돌아가 봤자 없어진 장기는 역시 없을 뿐이야."

"…이건 제 생각이지만, 이대로 오래 버틸 수는 없을 것 같습니다만."

"제니는 이런 모습을 4개월을 버텼어. 이제 한계다."

라비타는 랑스의 손을 붙잡으며 고개를 숙였다.

"부탁한다. 랑스 군은 치유사라고 했지? 자네 부하들은 자네가 최고의 치유사라고 하더군."

"라비타님……."

"제발 제니를 구해줘! 드래곤은 치유 마법을 사용할 수 없다. 모든 부상을 자연 치유력으로 버텼기 때문에 치유 마법을 만들지 못했어."

랑스는 라비타의 떨리는 손을 느낄 수 있었다.

그는 울고 있었다.

비록 만난 지 얼마 되지 않았다 해도 랑스는 이 남자가 이렇게까지 남에게 약한 모습을 보일 수 있을 거라곤 상상조차 하지 못했다.

그리고 동시에 제니를 이런 모습으로 만든 제국에게 강한 증오를 느꼈다. 제국의 연구원들은 드래곤의 비밀을 벗기기 위해 제니의 거의 모든 것을 빼앗아 버렸다.

아무리 같은 인간이 아니라 해도.

거의 인간과 동일한 존재를 살아 있는 채로 이렇게 만들다니.

랑스는 본능적으로 몸에 남아 있는 마력을 확인했다. 하지만 이내 그게 쓸데없는 짓이라는 걸 깨달았다.

잘린 팔도 붙일 수 있고, 잘린 내장도 붙일 수 있다.

하지만 없어진 팔을 만들어낼 수도, 없어진 내장을 만들어낼 수도 없는 것이다.

"인간의 치유 마법으로도 제니를 어떻게 할 수는 없을 것 같습니다."

랑스는 겨우 입을 열어 라비타에게 말했다.

"이 '잘려 나간' 단면에 최대한 무리를 주지 않고 아물게 할 수는 있습니다. 하지만 그렇다고 해서 없어진 장기를 만들 수는 없어요."

"정말 아무 방법도 없나? 아무 방법도?"

라비타가 애절하게 소리쳤다. 랑스는 아랫입술을 깨물고 고개를 저었다.

"이식… 이라는 것도 있습니다만, 그것도 일부 장기에 한정된 이야기입니다. 그리고 드래곤의 몸에 인간의 장기를 이식할 수도 없겠죠."

"드래곤의 장기라면 가능한 건가? 그럼 내 거라도 꺼내서 이식해 줘! 부탁하네!"

라비타는 양손으로 랑스의 어깨를 붙잡고 흔들었다. 랑스는 눈을 질끈 감고 고개를 저었다.

"안 됩니다."

"왜지? 가능성이 낮아서 그런가? 상관없어! 내가 죽어도 좋으니 제발 동생을 살려줘!"

"성공 가능성을 떠나서 제니는 단순히 장기만 없는 게 아니라… 그걸 연결하는 모든 기관과 혈관, 복강, 근육과 신경 조직…의 상당수가 손실되었습니다."

"그런!"

"설사 레비넌트 공화국 최고의 의료팀과 치유과의 간부급 인사들이 오더라도… 이런 경우는 회복시킬 수 없습니다. 물론 이런 최악의 경우를 위해 어떤 프로젝트를 연구하기도 했습니다만……."

순간 랑스는 헉! 하고 신음 소리를 내며 숨을 멈췄다.

그 어떤 프로젝트, 바로 C계획이야말로 이런 경우에 필요한 게 아닐까?

"뭐야! 갑자기 왜 그래? 뭔가 방법이 있는 건가? 방법이 생각난 거야?"

라비타가 랑스의 몸을 마구 흔들며 소리쳤다. 랑스는 일단 라비타의 몸에서 떨어지며 가볍게 심호흡을 했다.

"잠깐만요. 좀 진정해 주세요."

"랑스, 혹시 C계획을 생각하는 거야? 전에 말했던?"

폰테라의 말에 랑스는 고개를 끄덕였다. 폰테라는 눈살을 찌푸리며 곧장 반론했다.

"하지만 그건 엄청난 양의 마력이 필요하다며? 그것도 섞이지 않은 개인의 순수한 마력이 말이야."

"맞아. 이론적으론… 내가 최대치까지 마력을 회복해도 그것의 약 여덟 배의 마력이 필요해."

랑스는 치유사 평균치의 세 배를 넘을 정도로 높은 마력을 가지고 있었다. 하지만 그걸 가지고도 C계획에서 만들어낸 세 가지 마법 중에 어느 하나도 구현할 수가 없었다.

그러자 라비타가 눈을 번쩍 뜨며 말했다.

"잠깐! 아마 내 마력이 자네 것보다 여덟 배 이상 많을 거야! 그럼 내 마력을 이용하면 되지 않을까?"

"조금이라도 파장이 다른 마력이 혼합되면 실패하는 마법입니다. 여러 명이 동시에 마력을 투입하면 실패합니다."

"그러니까! 내가 그 치유 마법을 동시에 사용하는 게 아니

라, 랑스 군 자네가 내 마력을 가지고 마법을 사용하면 되잖
아!"

　라비타가 답답하다는 듯 소리쳤다. 하지만 답답한 건 랑스
도 마찬가지였다.

　"다른 사람의 마력을 어떻게 가져와서 쓸 수 있단 말입니
까!"

　"쓸 수 있어!"

　"못 씁니다! 그게 가능하면 중화 필드를 이용해서 모든 마
법사가 마도사 급의 마법을 쓸 수 있을 겁니다!"

　"아니! 인간끼리는 못하지만, 우리 일족과는 가능해!"

　동시에 폰테라가 손뼉을 치며 소리쳤다.

　"계약! 계약이 있지!"

　"계약? 그게 무슨 소리야, 폰테라?"

　"드래곤은 인간과 마력을 공유하는 계약을 할 수 있어! 물
론 나도 아버지의 도서관에서 책으로 본 것뿐이지만… 확실
히 그런 게 있지요, 라비타님?"

　"물론이지."

　라비타는 고개를 끄덕였다.

　"그게 정말입니까?"

　랑스가 믿을 수 없다는 눈으로 라비타에게 물었다. 라비타
는 갑자기 몸에 두르고 있던 천을 벗으며 말했다.

"정말이야. 우리 일족과 계약을 맺으면 계약을 맺은 드래곤이 살아 있는 이상 그 인간은 드래곤의 마력을 마음대로 사용할 수 있어."

"그런데 옷은 왜 벗는 겁니까?"

라비타는 몸을 돌려 자신의 등을 보여주었다.

"여기! 여기 가운데쯤에 점 같은 거 보이지?"

"점… 이라기보다는 보석 같습니다만."

라비타의 등 한가운데엔 동전만 한 붉은 광물이 박혀 있었다. 그것은 마치 커다란 루비처럼 광채를 내고 있었다.

라비타가 급하게 소리쳤다.

"그게 바로 용마석이야! 거기에 손바닥을 대! 그럼 나와 계약할 수 있어!"

"잠깐! 그냥 이렇게 막 해도 되는 겁니까? 뭔가 주의 사항이라든가, 생각할 시간을 주세요!"

"제니에겐 시간이 없어! 지금 이 순간도 죽어가면서 고통받고 있단 말이야!"

"아……!"

"제발, 제발 부탁이야! 나와 계약을 맺으면 넌 언제든지 내 마력을 사용할 수 있어! 나쁜 일은 아니잖아? 그러니 제발 부탁해! 내 동생을 살려줘!"

랑스는 바닥에 떨어진 라비타의 눈물 자국을 보았다. 그리고 침대에 누워 있는 참혹한 제니의 모습을 다시 보았다.

가능하면 저 불쌍한 소녀를 구해주고 싶다. 그동안 참혹한 동생의 모습을 지켜보며 괴로워했을 라비타 역시 구해주고 싶다.

하지만 이건 결코 단순한 문제가 아니었다. 인간 중에 드래곤만큼 강한 마력을 가진 자가 태어나지 않는 이유는, 그렇게 강한 마력을 인간이 다룰 수 없기 때문일 것이다.

하지만 랑스의 머릿속에 C계획의 첫 번째 마법, '재생'의 마법식이 마치 어제 일처럼 선명하게 떠올랐다.

그래, 마력만 충분하면 사용할 수 있다.

그때 연구에 참여했던 모두가 얼마나 안타까워했던가? 이런 엄청난 마법을 완성해 놓고, 정작 마력이 부족해 아무도 사용할 수 없었던 현실을…….

랑스는 폰테라를 돌아보았다. 하지만 폰테라 역시 랑스에게 그 어떤 조언도 해줄 수 없었다.

"…너 하고 싶은 대로 해."

폰테라가 할 수 있는 말은 고작 그것뿐이었다. 랑스는 C계획의 마법을 사용하고 싶은 강한 충동을 느꼈다.

물론 인간은 충동적으로 살면 몸을 망치게 마련이다.

하지만 가끔은 충동에 모든 걸 맡겨야 할 때도 있다. 특히 그것이 누군가의 생명을 구하는 거라면.

랑스는 떨고 있는 라비타의 등에 손을 가져갔다.

"랑스 군! 동생을 구해줄 건가!"

라비타가 감격하며 소리쳤다. 랑스는 천천히 심호흡을 하며 대답했다.

"최선을 다해보겠습니다. 하지만 제가 사용할 '재생'이란 마법은 아직 정식으로 이름조차 붙지 않은 완전 새로운 마법입니다."

"……"

"실패할 수도 있습니다."

"…실패해도 절대 자네를 원망하진 않을 거야."

랑스는 고개를 끄덕였다. 그리고 라비타의 등에 있는 용마석에 손바닥을 대었다. 생각보다 차가운 감촉에 소름이 돋았다.

"그럼 계약을 시작한다."

라비타의 말과 동시에 차가웠던 용마석이 순간적으로 뜨거워지기 시작했다. 랑스는 깜짝 놀라며 본능적으로 손을 떼려 했다.

하지만 손이 떨어지지 않았다.

손바닥이 화상으로 익어버릴 지경이었지만, 이미 랑스의 손과 라비타의 몸은 강력한 자석처럼 마력에 의해 연결된 상태였다.

“으아아아아아아아악!”

랑스는 손이 타버리는 듯한 고통에 비명을 질렀다. 진짜로 살이 익는 냄새가 났다.

“랑스!”

깜짝 놀란 폰테라가 달려온 순간, 랑스는 으악! 하는 비명과 함께 라비타의 등에서 손을 ‘뜯어’ 냈다.

“아으……!”

랑스는 신음 소리를 내며 자신의 손바닥을 보았다. 다행히 기분처럼 손바닥 가죽이 뜯겨 벗겨진 건 아니었다.

화상으로 살이 녹거나 타지도 않았다. 단지 손바닥이 빨갛게 부었을 뿐이다.

다만 랑스의 손바닥 한가운데에 동전만 한 크기의 빨간 광물이 박혀 있었다.

“서… 설마?

랑스는 깜짝 놀라며 라비타의 등을 보았다. 빨갛게 손바닥 자국이 남은 라비타의 등에는 방금 전까지 박혀 있던 용마석의 모습이 보이지 않았다.

“이거… 진짜로 옮겨온 거야?”

폰테라가 당황한 눈으로 랑스의 손바닥과 라비타의 등을 번갈아 보았다. 심하게 몸을 떨던 라비타는 잠시 후 진정하며 바닥에 던져 놓았던 옷을 다시 집어 들기 시작했다.

"계약이 끝났다, 랑스 군. 자네는 지금부터 내 마력을 사용할 수 있어."

라비타의 말에 랑스는 믿을 수 없다는 표정으로 자신의 손바닥을 내려다보았다.

그것은 너무도 기묘한 감각이었다.

마치 자신의 몸에 퍼져 있는 마력을 하나로 모아 마법을 사용하기 직전의 순간과도 같은,

바로 그 순간과도 같은 감각이 자신의 오른손에 '박혀' 있었다.

"이게 없으면, 라비타님이 마력을 못 쓰는 게 아닌가요?"

랑스가 조심스레 물었다. 다시 옷을 갖춰 입은 라비타는 가볍게 고개를 저으며 대답했다.

"용마석은 단지 마력의 전달 도구일 뿐이야. 내 마력은 내 몸속에 퍼져 있지. 인간도 그렇지 않나?"

"그렇습니다만……."

"자, 이제 자넨 내 마력을 한계까지 가져다 쓸 수 있어. 곧바로 그 치유 마법을 사용해서 제니를 구해주지 않겠나?"

랑스는 손바닥을 보며 고개를 끄덕였다. 특별히 어떤 부작용이나 사용하는 데 어려움은 없을 것 같다.

"그럼… 시작해 보겠습니다."

랑스는 제니에게 다가가 그녀의 가슴 한복판에 손을 가져

가 대었다. 랑스의 손이 닿자 작게 봉긋 솟아 있는 가슴이 파
르르 떨렸다.

지금까지 개발된 치유 마법은 모두 열 가지다. 모두 완성한
치유사의 이름을 붙여 사용한다.

만약 이 '재생' 마법이 성공한다면, '랑스'의 이름이 붙은
새로운 11번째 치유 마법이 탄생하는 것이다.

'모든 생명의 세포 속에는 그 인간의 몸을 구성하는 모든
기관의 설계도가 기록되어 있다.'

제니의 창백한 가슴 안의 늑골을 느끼고, 늑골 안에 들어
있는 폐와 심장을 느낀다. 랑스는 천천히 마력을 제니의 몸
안에 흘려 넣었다.

그리고 머릿속으로 '재생'의 마법식을 떠올렸다. 치유 마
법의 마법식은 단순하다. 모든 인간의 몸에는 약간이라도 마
력이 흐르고 있다. 인간의 몸이 다치거나 문제가 생겼을 때,
그 문제를 해결하기 위해 마력이 특별한 형태로 그 장소에 작
용하게 된다.

치유 마법은 단순히 그렇게 작용하는 마력의 형태를 똑같
이 재현해 몇 배의 크기로 만들 뿐이다.

'손실된 장기가 너무 광범위해……. 게다가 내가 잘 이해
할 수 없는 정체불명의 기관도 있었던 것 같다. 이 모든 걸 과
연 재생시킬 수 있을까?

제니의 생명으로써의 설계도를 읽자, 랑스는 그 엄청난 정보에 뇌가 녹아버릴 듯한 기분을 느꼈다. 랑스는 침착하게 그녀의 몸에서 이미 사라진 부분을 머릿속에 그렸다.

마력은 전능한 힘이다.

마력이란 결국 생명이 가지고 있는, 생명의 근간을 이루는 가장 기본적인 형태의 흐름이다.

마력으로 인체의 모든 기관을 동일하게 구현해 물질화시킬 수 있다.

치유과의 간부와 교수들이 수업 시간마다 항상 입버릇처럼 하던 주문 같은 말들이 랑스의 마음에 힘을 주었다. 인간의 마력이 약하다는 게 문제지, 마력 자체는 한계가 없다.

그 전설의 마도사 디그리브는 하늘에서 운석조차 만들어 떨어뜨렸다고 하지 않은가?

그때 '재생'의 마법식이 랑스의 오른손에 완성되었다.

오른손에 푸른빛이 천천히 떠오르며, '재생'이 제니의 몸에 작용했다. 이제 멈출 수 없다. 랑스는 처음부터 용마석과 연결된 라비타의 마력을 사용해 '재생'을 지속시켰다.

그 순간, 랑스의 몸은 라비타의 마력이 흘러와 랑스 자신의 마력으로 변환되는 마력의 변압계가 되었다.

차마 상상하지 못한 경이로운 양의 마력이 순간적으로 랑스의 몸에 들어와 동시에 엄청나게 빠른 속도로 소모되었다.

갑자기 랑스의 피부가 붉게 달아올랐다. 온몸에 진땀이 흐르고, 근육과 신경조직에 부하가 걸리기 시작했다.

랑스는 속으로 비명을 질렀다.

마치 온몸에 흐르는 피를 단숨에 뽑았다가 다시 단숨에 주입하는 느낌이었다.

하지만 육체의 고통에 정신을 빼앗길 상황이 아니었다. 동시에 그의 뇌는 스스로도 이해할 수 없는, 제니의 육체 정보를 재구성하는 거대한 수식의 계산장치가 된 상태였다.

"으윽……."

옆에 서 있던 라비타가 신음 소리를 내며 벽에 몸을 기댔다. 하지만 랑스는 신음이 아니라 비명을 지르며 울고 싶은 심정이었다.

눈앞이 어지럽고 속이 울렁거렸다. 랑스는 그 와중에 왼손으로 치유 마법 9번식 오토나를 만들어 자신의 머리에 사용했다. 끊어질 듯 아슬아슬하게 버티던 의식이 겨우 맑아지며 눈앞의 환자에 집중할 수 있게 만들었다.

"오… 설마 정말로……!"

긴장한 얼굴로 지켜보던 폰테라의 입에서 탄식이 새어 나왔다. 비어 있는 제니의 뱃속에 바깥쪽에서부터 조금씩 세포와 조직이 자라기 시작했다.

랑스도 그것을 지켜보았다. 덕분에 몸속에 수천 마리의 지령이가 기어다니는 듯한 끔찍한 고통을 참을 수 있었다.

제니의 내장은 복강 같은 근육 조직과 혈관, 신경조직 등 외부에서부터 만들어졌기 때문에 정작 그 안에 있는 주요 장기들의 재생 모습을 눈으로 확인할 수는 없었다.

하지만 랑스는 분명히 느꼈다.

'재생'은 단순히 없어진 기관을 만드는 마법이 아니다. 일단 마법이 완성되면 대상의 몸에 손실된 모든 부위가 자동으로 복구된다. 다만 그게 가능하기 위해서는 상식을 초월한 마력과 마력의 흐름을 끝까지 유지할 수 있는 치유사의 집중력이 필요했다.

랑스는 가쁜 숨을 몰아쉬었다. 그의 심박은 평소의 두 배 가까이 오른 상태였다. 온몸에 땀이 비 오듯 흐르고 완전히 녹초가 되어버렸다.

대신 제니의 완전히 벌어져 있던 가슴 아래 부위는 벌써 피부까지 재생되어 있었다. 피부 아래 근육과 장기는 거의 완벽하게 생성되었다.

"잠깐! 랑스! 너 뭔가 이상해!"

그때 폰테라가 깜짝 놀라며 랑스에게 소리쳤다. 랑스는 떨리는 목소리로 대꾸했다.

"말 걸지 마! 지금 정신없어!"

"하지만 너 지금 엄청 말랐어! 제니의 몸만 보지 말고 자기 손도 좀 봐!"

랑스는 시선을 돌려 제니의 가슴에 대고 있는 자신의 양손을 보았다. 정말로 손목과 손가락이 뼈가 두드러질 정도로 말라 있었다.

'뭐야, 이건……'

눈치채지 못한 사이에 랑스의 몸이 눈에 띌 정도로 빠르게 마르고 있었던 것이다.

하지만 랑스는 정확한 원인을 알 수 없었다. '재생' 마법을 사용한 부작용일 수도 있고, 어쩌면 인간의 몸으로 감당할 수 없는 엄청난 양의 마력을 사용한 대가일 수도 있다.

하지만 제니의 배가 완전히 닫힐 때까지 마법을 멈출 수는 없었다. 제니의 배엔 배꼽이 없었지만, 아무튼 거기까지 벌어졌던 모든 상처와 제거된 피부가 완벽히 생성된 순간에야 랑스는 안도의 한숨을 내쉴 수 있었다.

하지만 '재생'은 종료되지 않았다.

'뭐지, 이건?

랑스는 마법을 멈추려 했다. 하지만 이미 제니의 몸에 작용된 '재생'은 랑스의 의지와는 관계없이 그의 몸을 전지 삼아 끊임없이 돌아가기 시작했다.

'어째서? 이미 잘려 나간 장기와 근육, 피부까지 모두 재생 완료잖아!

랑스는 끊임없이 빠져나가는 마력에 경악하며 손을 떼려했다. 하지만 제니의 가슴과 랑스의 양손은 마치 처음부터 하나였다는 듯 떨어지지 않았다.

방금 전 라비타와 계약을 맺을 때와 비슷한 상황이었다. 랑스는 영문을 알 수 없었다. 뒤에서 지켜보는 폰테라는 랑스의 몸이 더욱 마르는 걸 보며 경악했다. 랑스의 몸은 이미 피골이 상접해 있었다.

'이상해……'

랑스는 몸에 힘이 풀리는 걸 느끼며 그대로 제니의 몸 위로 쓰러졌다. 하지만 그런 와중에도 그의 손은 제니의 가슴에서 떨어지지 않았다.

이유는 간단했다.

랑스는 제니의 복부와 내장만 재생시킬 생각이었다. 하지만 일단 시작된 마법은 제니의 몸에서 손실된 모든 부위, 즉 잘려 나간 오른팔과 왼쪽 다리, 그리고 오른쪽 발까지 모두 재생시키기 시작한 것이다.

"라, 랑스 군… 나도 마력이 거의 한계야……"

벽에 기댄 채 주르륵 미끄러져 바닥에 쓰러진 라비타가 가까스로 입을 열었다. 하지만 랑스는 입조차 열 수 없는 상태였다. 의식이 남아 있는 건 '재생' 마법이 쉴 틈을 주지 않고 그의 머리를 계산기처럼 사용하고 있기 때문이었다.

보다 못한 폰테라가 랑스의 손을 떼어내려 했지만 헛수고였다. 가늘어진 랑스의 손목은 이젠 힘을 주면 부러질 정도로 약해진 상태였다.

'무서운 마법이구나…….'

랑스는 서서히 자라기 시작한 제니의 오른팔을 보며 마음속으로 감탄했다. 모든 생명의 몸속엔 어떻게든 자신의 잃어버린 기관을 복구하고 싶어하는 본능이 있다. 그 본능을 마법으로 바꾸어 사용했더니 말 그대로 '끝'을 보기 전까지는 멈출 수 없게 된 것이다.

"……."

"정신이 드나, 랑스 군?"

"……."

"랑스 군! 정신이 든 건가?"

눈을 떠보니 라비타가 괴로운 표정으로 자신을 내려다보고 있었다.

랑스는 겨우 눈만 떠서 주위를 둘러보았다.

난 대체 얼마나 오래 잠들어 있던 걸까?

고개를 돌리는 것조차 힘들었다. 그는 방금 전 자신이 '재생' 시킨 제니의 침대에 누워 있었다.

침대에 누워 있는 건 혼자였다. 랑스가 시선을 돌리자 침대 옆에 앉아 있는 제니의 모습이 보였다. 그녀는 빨갛게 충혈된 눈으로 자신의 손을 꼭 붙잡고 있었다.

하지만 손에는 아무 느낌도 없었다.

"랑스 군… 어쩌면 이렇게 될지도 모른다고 생각했었어."

"……."

"드래곤의 마력을 평범한 인간의 몸이 견딜 리가 없는데… 난 제니를 구하기 위해 그런 위험 같은 건 생각도 하지 않고 그냥 계약을 맺어버린 거야."

라비타가 눈을 질끈 감으며 자책했다. 그는 어느 정도는 이렇게 될 걸 알고 있었으면서 용마석을 넘기는 계약을 밀어붙인 것이다.

하지만 랑스는 자신의 몸이 이렇게 된 게 단지 그것 때문은 아니라고 생각했다. '재생'이라는 마법 그 자체가 이렇게 위험한 마법이었던 것이다.

한번 발동하면 결코 멈출 수 없는.

하지만 랑스는 라비타에게 그런 이야기를 꺼낼 수가 없었다. 입이 움직이지 않는다. 입만 안 움직이는 게 아니라 온몸의 감각이 거의 없었다. 눈만 깜빡거리고, 입안에 고인 침만 겨우 삼킬 지경이었다.

"랑스님, 저 때문에… 한 번도 본 적 없는 저 같은 걸 구하려고 이렇게 되시다니……."

제니가 울면서 고개를 숙였다. 그런 제니의 모습을 보자 랑
스는 우울하던 기분이 한결 좋아졌다. 방금 전까지 차마 눈
뜨고 볼 수 없던 처참한 모습의 소녀가 이렇게 '완벽히' 회복
된 몸으로 일어나 있는 것이다.

기분이 좋다.

그런데 왠지 죽을 것 같다.

"내가 자네에게, 그리고 자네의 부하들에게 죽을죄를 졌
어. 죽어도 갚을 수 없는 은혜를 입었고."

괴로워하던 라비타는 가물가물한 랑스의 눈을 보며 결심
을 굳힌 듯 말했다.

"우리 일족은 과거에 디그리브나 라지할에게 용핵을 주고
나서 무척 후회했어. 사실은 '인간이 용핵을 먹는 그 행위'
자체가 세상의 균형을 깨는 행위였던 거야."

"……."

"이해할 수 있겠나? 인간이 용핵을 먹을 때마다 이 세상에
타이브와 연결되는 새로운 통로가 생겨. 차원의 문 말이지.
그래서 일족은 이후에 결코 인간에게 용핵을 주면 안 된다는
결정을 내린 거야."

"……."

"새로운 통로가 열릴수록 더 강한, 더 끔찍한 것들이 두 세
상을 자유롭게 오갈 수 있게 돼. 하지만 난… 하지만 난 일족

의 규칙을 깨고서라도 자네에게 용핵을 먹이기로 했어.”

“…….”

“만약 새로운 통로가 열려, 설사 타이브의 ‘마왕’ 이 이쪽 세상에 건너오더라도 내가 목숨 바쳐 그걸 막을 거야. 그럼 되겠지. 내가 죽더라도 내 동생을 살려준 은혜와 위험할지도 모른다는 진실을 말하지 않은 내 죄를 다 갚을 수 없으니.”

“…….”

그렇다면 필요없습니다.

랑스는 그렇게 말하고 싶었다.

지금 당장 죽는 건 너무도 아쉽다. 하지만 이 정도면 꽤 충실하게 살지 않았을까 하는 만족도 있었다.

기병의 몸으로 태어나 기사를 둘이나 상대했다. 그것도 한 명은 이겼다.

평생 걸쳐도 불가능한 소원을 이미 이뤘으니 그렇게까지 연연할 필요는 없지 않을까?

다만 아쉬운 건, 이비사 같은 격이 다른 기사와 다시 한 번 제대로 싸워보고 싶었다.

약물을 개량하든 스스로를 더 단련하든.

더욱 강해진 몸으로 그런 아름다운 기사와 다시 싸우고 싶었다.

죽기 전에는 고향에 있는 부모님이나 가족의 얼굴이 떠오를 줄 알았는데, 이상하게 동굴 앞에서 싸웠던 이비사의 모습이 떠올랐다.

검을 휘두르는 그녀의 모습, 자신의 검을 피하는 그녀의 모습이 천천히 기억 속을 스치고 지나간다.

아마도 죽어서도 잊을 수 없을 것이다.

강한 기사란, 그토록 아름다운 존재라는 사실을.

"제니?"

라비타는 제니를 보며 고개를 끄덕였다. 제니 역시 고개를 끄덕이며 랑스의 손을 놓고 자리에서 일어나 밖으로 나갔다.

그리고 잠시 후, 제니가 작은 상자 하나를 가지고 방으로 돌아왔다. 문득 밖에서 크라이의 목소리가 들렸다. '이 도마뱀 새끼들아! 너희들, 너무한 거 아냐!' 라고 외친 것 같은데 랑스는 청력이 약해진 상태라 확신할 수는 없었다.

제니는 상자 속에서 빨갛고 작은 구슬을 꺼냈다. 그녀는 랑스의 상반신을 살짝 일으키고 자신의 입에 구슬을 머금은 후 그대로 입을 맞추며 랑스에게 구슬을 먹여주었다.

'잠깐, 제발 내 의견도 좀 들어봐.'

따뜻한 제니의 혀가 입안으로 들어오며, 촉촉하고 매끄러운 작은 구슬을 목구멍으로 밀어 넣었다. 랑스는 저항할 수 없었다.

순간 움찔하고 몸을 떨렸다.

뭔가 불덩어리 같은 뜨거운 게 목구멍을 지나 위 속으로 천천히 내려갔다.

"으으……."

랑스는 신음 소리를 내며 괴로워했다. 마치 불을 삼킨 것 같다. 아니, 불이 아니라 용암 덩어리를 삼킨 것 같다.

만약 몸이 정상이었다면 미친 듯이 발작하며 비명을 질렀을 것이다.

하지만 지금의 랑스의 몸은 비명을 지르는 것조차 허용하지 않았다.

제니가 그런 랑스의 손을 꽉 붙잡으며 말했다.

"아프다는 걸 알아요. 기록에도 디그리브가 사흘 동안 고통에 몸부림쳤다고 쓰여 있었어요. 죄송해요, 정말 죄송해요……."

이런 고통이 사흘씩이나 계속된단 말인가? 말도 못하는 랑스의 눈에 눈물이 흘러내렸다. 순수한 통증의 강도로만 놓고 보면 태어나서 지금까지 겪은 그 모든 통증보다 강렬했다.

위를 뜯어내 버리고 싶을 정도였다. 아니, 이젠 정확히 위가 아픈 건지 몸속의 어디가 아픈 건지 통증의 부위를 확정할 수 없었다.

온몸이 아프다.

방금 전까지만 해도 누가 자신의 손을 붙잡고 있는 촉감조

차 느낄 수 없었는데, 갑자기 누군가 펄펄 끓는 물을 자신의
몸에 부어버린 것처럼 고통스러웠다.

“머… 멈춰… 멈춰줘…….”

완전히 쉬어버린 목소리로 랑스가 겨우 입을 열었다. 제니
는 눈물을 뚝뚝 떨어뜨리며 랑스의 오른손을 자신의 가슴에
품었다.

“죄송해요. 정말 죄송해요……. 이젠 정말 멈출 수가 없어
요…….”

『*PANDORA*』 2권에 계속…

저작권 보호!!

장르문학의 성장에 힘이 되어주십시오.

저작물의 무단 전재와 복제, 불법 다운로드!
이것은 관심이 아니라 무관심입니다!

작가님들은 창의적 열정과 시간을 투자해 자신의 꿈과 생계를 유지합니다.
한 권의 책을 만들어 많은 사람들은 자신의 인생과 미래를 설계합니다.

저작물 속에는 여러 사람의 노력과 희망이
담겨 있습니다!

저작물의 무단 전재와 복제, 불법 다운로드는 여러 사람들의 꿈과 생계를
위협함으로써 장르문학을 심각한 상황에 빠뜨리고 있습니다.

이제는 무관심이 아니라 관심으로 장르문학의
성장에 힘이 되어주세요.

[도서출판 **청어람**은 항시적인 저작권 보호를 통해 장르문학과
여러분의 희망을 지키겠습니다.]

저작물의 무단 전재와 복제, 불법 다운로드는 법률에 의해 처벌받을 수 있습니다.
저작권법 제97조의5 (권리의 침해죄)
저작재산권 그 밖의 이 법에 의하여 보호되는 재산적 권리(제73조의 4의 규정에 의한 권리를
제외한다)를 복제 · 공연 · 방송 · 전시 · 전송 · 배포 · 2차적 저작물 작성의 방법으로 침해한
자는 5년 이하의 징역 또는 5천만 원 이하의 벌금에 처하거나 이를 병과(동시에 두 가지 이상의
형벌을 지우는 일)할 수 있다.

도서출판 **청어람**

팔선문

八門仙

정봉준 新무협 판타지 소설

『철산전기』의 작가 정봉준!!!
팔선문을 통해 또 다른 유쾌함을 선사한다!!

뛰어난 자질을 갖춘 팔선문의 대제자 유검호,
그의 치명적인 단점은 게으름과 의지박약!

천하제일마두의 기행에 재수없이 동참하게 된 의지박약아.
갖은 고생 끝에 가까스로 고향으로 돌아오다.

"무림? 그딴 건 개나 주라 그래. 나만 안 건드리면 돼!"

시간을 가르는 그의 행보에 무림이 뒤집어진다!!!

War Mage

워메이지

김재한 퓨전 판타지 소설

사람들이 인식하는 상식의 세계 이면,
짙은 어둠이 드리워진 그곳에 사는 괴물들이 있다.

문명이 드리운 그림자 속에서, 전투기계들과
인간의 사념으로부터 태어난 마물들이 격돌한다.
마법과 주술이 난무하는 초현실적인 전장,
소년은 그곳에 서는 대가로 인생을 잃었다.
운명의 노예가 되어 가족과 인성을 잃어버린 소년, 진유현.

총염(銃炎)과 검광(劍光)이 뒤얽히는
어둠의 거리에서, 운명의 족쇄를 끊고 나온
소년의 눈이 살의를 발한다.

유행이 아닌 자유추구 -
WWW.chungeoram.com
Book Publishing CHUNGEORAM

눈매 퓨전 판타지 소설

the Mask of Leon

가면의 레온

**중원을 공포로 떨게 만든 희대의 악마, 혈마존.
그의 영혼이 기억을 잃은 채 차원 이동을 한다.**

한 소년과 몸이 바뀐 후 깨어난 혈마존.
기억은 지워지고 싸가지없는 본성만 남았다!
욱할 때마다 튀어나오는 살벌한 말투와 그의 독자 무공.

'아, 나는 왜 이렇게 성격이 더러운가?
어째서 이리도 잔인한 기술을 알고 있는 것인가? 착하게 살고 싶다.'

살인광이었던 그가 전혀 어울리지 않는 대신관이 되기로 결심한다.
하지만 그 본성이 어디 가나…….

"이런 빌어 처먹을 놈들, 신전에서 봉사 활동 안 할래?"

유행이 아닌 자유추구 —
WWW.chungeoram.com
Book Publishing CHUNGEORAM

임준욱 장편 소설

무적자

WITHOUT MERCY

그의 이름은 임화평(林和平)이다.
이름처럼 살기를 소망했고 그렇게 살아왔다.
그를 건드리지 말았어야 했다.
조용히 살게 놔두었어야 했다.

"너희들 실수한 거야.
내 세상의 중심,
내 평안의 근거를 깨뜨린 거다,
세상 전부와도 바꿀 수 없는……
알게 해주마, 너희들이 누구를 건드린 건지."

그의 고독한 여정이 시작되었다.

―오, 바라타족의 아들이여. 언제든지 정의가 무너지고 정의가 아닌 것이
판을 치는 때가 되면 나는 곧 나 자신을 나타내느니라.
올바른 자를 보호하기 위하여, 악한 자를 멸하기 위하여, 그리하여 정의를
다시 세우기 위하여, 나는 시대에서 시대로 태어난다.

〈바가바드기타 중에서〉

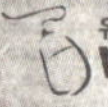